TAKE
SHOBO

29歳独身レディが、年下軍人から結婚をゴリ押しされて困ってます。

青砥あか

Illustration
なおやみか

29歳独身レディが、
年下軍人から結婚をゴリ押しされて困ってます。

Contents

プロローグ

「くそっ、バレた！　時間がない」

明かり取りの細い窓の向こうは、いつもより闇が深い。地下室から見える裏路地の石畳、そこに落ちるガス灯の明かりも頼りなげに感じる。今夜は、新月だ。

暖炉の中でパチパチと薪がはぜる音がする。赤い炎に照らされたお父様の顔はいつも着ている白衣のように蒼白（そうはく）で、焦げ茶色の鞄（かばん）を漁る手は震えている。カチャカチャとガラス管や真鍮（しんちゅう）のケースが触れ合う音は、幼い私の神経をやすりで薄く削りとり、不安にさせる。

擦り切れたソファに腰かけた私は、せわしなく動き回るお父様を目で追うことしかできない。研究室に満ちる緊張感に窒息してしまいそうで、喘（あえ）ぐように口を開く。喉を抜ける空気に、消毒液のツンとした臭気が混じった。

私がお父様に連れられて訪れる研究室はいつも楽しくて刺激的で、同時に漂う禍々しさが、空想を膨らませる未知の場所だった。

人や動物の骨格標本や、ランプに照らされて淡い光を放つ鉱石の数々。胸部の歯車が剥きだしになった、作りかけの美しい機械人形（オートマタ）。試験管にフラスコ、ビーカーの中で色を変える怪しい液体に、アルコールランプで熱せられて上がる泡のボコボコという音、なんとも言えないすえた臭い。お父様とその助手が、私にはわからない不思議な実験を繰り返すのを、近くで静かに眺めるのが好きで、ペダルを回すと動きだす歯車やチェーンの重々しい軋(きし)み、始まるピストン運動、大きな蒸気機械から熱いスチームが噴射される様には、何度見ても興奮して心が躍った。

そんな思い出のつまった研究室の隅に、助手が横たわっている。お父様の第一助手で、一番信頼している相手。私の遊び相手にもよくなってくれた、真面目で気さくな彼の顔は石膏(せっこう)像のように真っ白で生気がない。私を連れて研究室に駆けこんできたお父様に、注射針を首に突き立てられたせいだ。遅くまで残って研究していた彼は、白目を剥いて泡を吹き椅子から倒れた。きっとなにが起こったのかもわからなかっただろう。

死んでいるのかもしれない。

私は彼が視界に入らないように、じっと虚空を見つめる。手足の震えがじょじょに大きくなっていく。お父様が怖い。けれどそれよりもお父様を信じたい気持ちのほうが大きかった。

お父様は真鍮のケースから新しい注射器をだし、薬瓶から透明の液体を吸い上げ終わるとこちらにやってきた。

「安心しなさい。お前にひどいことはしないから」

そう優しく言いながら、お父様は動けないでいる私のドレスの袖をまくる。

「大丈夫。少しちくっとするだけで、あとは意識がなくなって痛みも感じない」

なにをしようとしているの?

私はこれからどうなるの?

私も殺すの……？

そう問うこともできずにいると、腕にすっと注射針が沈んでいく。お父様はこういう行為に慣れているのか、わずかな痛みもなかった。強張っていた体から力が抜け、くらりと眩暈(めまい)がしてソファから落ちそうになる。

お父様は私を抱きとめ、苦し気に呟(つぶや)いた。

「絶対に……絶対にお前だけは死なせない」

強く私を抱きしめる腕はかすかに震えていて、まるで神に祈りでも捧げるようにお父様は瞼(まぶた)を閉じた。科学をこよなく愛し、神も奇跡も信じていないはずのお父様が、この時だけはなにかに祈っていた。

私はさらさらと流れ落ちる長い黒髪の隙間から、そんなお父様をじっと見つめていた。

第1章

大陸の七割を占めるグラナティス共和国の最南端。

首都のグラロスから二十キロほどの場所に位置するクリスタロス海岸の港に、豪華客船カナリニ号の姿があった。盛夏の日差しにさらされた優美な曲線を描く純白の船体は、紺碧の海と同じ色のフラッグガーランドで飾られ、船頭には金色の大きなリボンが巻かれている。

ロレンソ商会、とリボンには印刷されていた。客船のオーナー会社だ。

埠頭には船に荷物を積みこむ船員、乗船客の列、彼らを見送る家族や恋人、見物人と多くの人で賑わっている。中には、横断幕を持ってなにかを叫ぶ団体の姿もあった。

「そんな話、聞いていません！　どういうことですの叔父様！」

数時間前に乗船をすませたコーネリア・ユスフ・ヴァイオレットは、デッキに設けられたカフェのテーブルを叩くようにして立ち上がる。がたんっ、と鋳物の椅子が大きな音をたて周囲の視線が集まる。

長身で、姿勢の良いすらりとした痩せ型。腰まである真っ直ぐな黒髪に青白い肌理の整った肌。すっと通った鼻筋や、目尻にいくほど長くなっていく睫毛、切れ長のブルーグレーの瞳が涼しげで整った顔立ちを作っている。一見、大人しそうに見えるが、眉だけは彼女の意志の強さを表すように、濃くはっきりとしていた。

そんな彼女の容姿はとても目を引く上に、喪服かと思われる漆黒のドレス姿は、夏の日差しが照りつけるデッキでは異様だった。ツーピースのドレスの上にはおった立襟のボレロは黒いレースで肌が透けていて、一応、夏仕様であるとはわかるが、明るい色のドレスのご婦人方が多いカフェの中では悪目立ちしていた。

だが、人の視線などどうでもいいコーネリアは、臆したりせずに叔父のエリオット・ヴァイオレットに詰め寄った。

「叔母様がご病気で臥せっていて、代わりにパーティに出席してほしいとおっしゃるからこうして参りましたのに……まさか騙すなんて。卑怯です！」

今日、カナリニ号は処女航海に出発する。水晶のように煌めく砂浜を持つクリスタロス海岸から、西に向かってグラナティス共和国の主要な港を一週間かけて回っていき、終点は北西にあるコラリ港だ。コーネリアは今夜開かれるカナリニ号披露パーティに、現ヴァイオレット伯爵である叔父のパートナーとして出席し、三日後に停泊する港で下船する予定だった。

「まさかお見合いさせるつもりだったなんて！　以前から申し上げていますが、私は結婚するつもりはありません！」

なんの疑いも持たずにここまできてしまった自分もバカだったが、この国ではオールドミスと呼ばれる二十九歳にもなった自分に、今さら見合い話が舞いこむなんて思ってもいなかったのだから仕方がない。それにコーネリアが結婚しない――できないわけを知っている叔父が、こんな形でお見合いを仕掛けてくるとは、裏切られたような気分だ。

きっ、と強くにらみつけると、叔父は人の良さそうな下がり眉をますます下げ、額に浮かんだ汗を幾何学模様が織りこまれたリネンハンカチで拭う。

「だが、しかし……そうはいっても年を取れば寂しくなる。その時になって相手を探すのは困難だぞ」

「よけいなお世話です。私は一生独身を貫くと、とうの昔に決心しました。そのために自立して働いていますし、死ぬまで働き続ける覚悟もあります。そうやって社会と関わっていれば寂しいということもありません」

コーネリアが十歳の時に亡くなった父は、発明家であり科学者だった。その血をしっかりと引き継いだ彼女の頭脳は明晰（めいせき）で、女学校を卒業してから良家の子女相手に家庭教師をしていたが、今では修理屋を営んでいる。

百年ほど前、蒸気機関が発明されてから工業や科学技術の発展は目覚ましく、あらゆるものが機械化し、社会にも家庭にもそれらの発明品が流入した。また二十年ほど前に終結した世界大戦によって技術が飛躍的に発展したのも手伝い、機械製品が量産化して安価にもなった。

今では蒸気機関車、蒸気船、飛行船、自動車やオートバイは交通手段としてすっかり根付き、蒸気駆動式電子演算器やタイプライター、接客用の機械人形（オートマタ）などは社会に必要不可欠である。他にも映写機、蓄音機、鉱石ラジオなどの娯楽、人々の生活を楽にする蒸気式自動洗濯機や冷蔵庫は一般に広く普及した。特に富裕層では、人間の使用人以外に機械人形（オートマタ）が使われるようにもなった。

そして、それらの機械製品を専門的に直す修理屋という職業も誕生した。その多くは男性で、コーネリアのような若い女性は珍しいのだが、かえって女性であることが仕事の依頼を受けやすくしていた。特に富裕層の奥様やお嬢様相手の仕事依頼が多い。悪い虫を寄せ付けたくない心配性のご主人から評判が良いからだ。

「叔父様も知っての通り、私は経済的にも困っておりません。男性と結婚する必要がどこにあるというのですか？」

刺々しさを含んだ声で言い募れば、叔父はぐうの音もでない様子。

コーネリアは修理だけでなく、機械製品のオーダーメイドも受ける。女性が好む繊細なデザインに仕上げることから、社交界で名を売っていて、高い報酬を得ている。注文するうら若きご令嬢や奥様方にとって、厳つい男性の修理屋より女性のコーネリアのほうが話しやすく、いろいろと注文をつけやすいというのもあるが、元伯爵令嬢という肩書も彼女たちの警戒心を解くのに一役買っていた。

おかげでコーネリアが営む修理屋の経営は手堅く安定していて、オーダーメイドの予約は三年先まで埋まっている。首都にある亡き父から受け継いだ邸宅を維持しつつ、それなりに裕福な生活を送れる経済力は、そのへんの男では足元にも及ばない。

同業者からは「女だてらによくやる」や「お嬢ちゃんのお遊び」などと嫉妬混じりに揶揄されるほど羨まれているのだ。

「ともかく、そのお見合い。お断りいたします」

「いや……でも、ずっと安泰という仕事でもないだろう。もしなにかあって、仕事を続けられない事態になるかもしれない。そういう時のためにだね……」

「保険として結婚をしろと？　そんな理由で私なんかと結婚させられる男性が不憫です。そもそも、私みたいな女とお見合いしようなどという相手は、子持ちの後妻目当ての方なのでしょう。私はそういうお相手が求めるような、母になれる女ではありませんし、今の仕事をやめるつもりもありませんので」

そう言い切ると、困り顔だった叔父の表情に悲しさが混じった。

「コーネリア、そんな自分を卑下するようなことを言わないでくれ。君はとても美しくて気高い。頭も良くて働き者だ。けっして他の女性より劣ってなど……いいや、むしろ私の姪っ子はそのへんの女性より優れているし可愛いと、私は自信を持って言える」

叔父はコーネリアとしっかりと視線を合わせ、強い語調で言い募る。今度は彼女が黙りこみ、居心地悪げに視線をそらして無意識に下腹部を抱きしめるように撫でた。

十八年前のある事件で両親を惨殺され、コーネリアも深い傷を負った。その後、コーネリアの父――兄から爵位を引き継いだ叔父が後見人になった。息子だけで娘のいなかった叔父夫婦は、ぜひ養女にとまで望んでくれたが、それを突っぱね両親との思い出がある屋敷で暮らしたいというコーネリアの我が儘を聞き入れた。一人暮らしになってしまう彼女のために信頼できる使用人を雇用し、賃金を払ってくれたのも叔父だ。女学校を卒業後、結婚しないで働くと言った姪に、難色を示しながらも家庭教師の仕事も用意してくれた。

その叔父に、言葉は強いのに切なげな表情でこう言われると、コーネリアはたちまち弱腰になって口をつぐんだ。騙されたのではなく、正面からお見合い話を持ってこられ、切々と訴えられたら断ることなんてできなかっただろう。

「あれを大きな欠点だと思っているようだが、そんなことはない。気にしない人たちはたくさんいるし、むしろお前自身を求めてくれる相手と幸せになってほしいと願っているんだ。幸い、今日のお見合い相手もそのご両親も、気にしないと言ってくれている。だから会うだけでも会ってみてくれないか？」

「でも……」

そんな自分に都合のいい相手がいるはずない。どんな身分の相手か知らないが、伯爵である叔父の顔を立ててそう言ってくれているだけではないのか。それとも、獣医師として著名で伯爵位を持った叔父となんらかの関係を結びたいとか、利することがあるから自分とのお見合いを引き受けたのではないかと勘ぐってしまう。

そうでなければ、女として欠陥のあるコーネリアとお見合いをするなんて考えられなかった。

「そうよ、コーネリア。せっかくなんだから会ってみなさいよ。昔みたいにお見合いしたから即結婚なんて時代でもないのだし」

カンカン、と螺旋(らせん)階段を鳴らしてデッキに上がってきたクレア・グレースが、観葉植物のヤシの陰からひょっこりと姿を現した。淡い金髪を今風に肩までの長さでカットし内巻きにした彼女は、乳白色の健康的な肌色をしている。全体的に華奢(きゃしゃ)で手足は細いのに、胸はふっくらと豊かで柔らかい雰囲気があり、こぼれ落ちそうなほど大きな茶色の目は愛らしいだけでなく、くるくると表情が変わり異性の心を惹きつける。

そんなクレアは、コーネリアと同い年だが年齢より五歳は若く見える上に、二児の子を持つ未亡人だった。

「クレア……あなたまで……」

幼馴染みでお隣さんの彼女に、コーネリアは昔から弱い。

母性的なクレアになにくれと世話を焼かれてきたからだろうか。今も、最低限の使用人だけしか雇わず、仕事以外の家政をおろそかにするコーネリアに代わり、ヴァイオレット邸の家事を実質取り仕切っている。使用人は主人であるコーネリアより、隣家に住むクレアに指示をもらいにいくほどだ。

「ヴァイオレット伯爵、本日はコーネリアと一緒に私までお招きいただきありがとうございます。短い時間でしたけれど、子供たちも楽しめたようで、喜んでおりましたわ」

クレアは水色のドレスを揺らしながら叔父の横に腰かけ、こちらをちらりと見上げる。目で座るように促され、コーネリアは渋々腰を下ろした。

「それは良かった。ウィリアムとジャスミンはこれから自宅へ？」

「ええ、迎えにきてくれた執事とメイドに預けてきましたわ。今夜は港の近くに一泊して、ジャスミンの体調を見て明日、邸に帰る予定ですの」

ウィリアムは八歳になる息子で、ジャスミンは六歳の娘だ。ジャスミンは生まれつき体が弱く、腎臓に病気を抱えている。今回の処女航海についていく体力はなく、万が一船上で体調を崩した場合、専門医にすぐ診せられないので、子供たちはお留守番ということになった。

当初は、クレアも出港するまで船内を見学するだけで、子供たちとコーネリアを見送る予定だった。けれど息子のウィリアムが、「たまにはお母様も息抜きしてきなよ。ジャスミンのことは任せて」と言って送りだしてくれたのだ。三年前に病で父を亡くした息子は、なかなかにしっかりしている。

「それで、お見合いは今夜のパーティで？」

「食事の時にと思っていまして。先方にもそう伝えてあります」

船内施設などの雑談からお見合いの話に戻った二人に、コーネリアは眉尻をぴくりと吊り上げる。

「待って。私、お見合いする気はありませんから。叔父様の顔を立てるつもりでパーティには出席しますが……」

「そんな、パーティにだけ出席して帰るつもり？　さすがに先方に失礼よ」

「クレアは黙っていて。これは私と叔父様の問題よ」

おしゃべりで口の達者なクレアにかかると、このまま押し切られてしまう。そうでなくても、昔から口でクレアに勝てたためしがない。

「ともかく、私はお見合いはいたしません。先方にお断りしていただけませんか？」

「コーネリア……会うだけでも……」

叔父が渋い顔になると、にわかにデッキが騒がしくなってきた。鼓笛隊の軽やかな音楽が聞こえてくる。ふと、そちらに視線をやった。なんの余興だろう。

「そうそう、あなたのドレスだけれど、こちらで用意させてもらったわ」

「え……っ？　なんですって！」

鼓笛隊に気を取られていたコーネリアは、慌てて視線をクレアに向ける。彼女は悪びれる様子もなく、ティーカップを傾け、紅茶を一口飲んで言葉を続けた。

「せっかくのお見合いなのに、いつもの黒いドレスでは味気ないし、喪服みたいで処女航海のパーティには陰気ですもの。あなたのところの執事に言って、旅行鞄のイブニングドレスを入れ替えておいてもらったわ」

「入れ替えた……？」

コーネリアは口元を引きつらせる。

ヴァイオレット家の家政を、クレアにほぼ丸投げにしていたのを後悔した。家政に関して執事は、主のコーネリアよりクレアの指示に従うようになってしまっていた。せめて出立前に荷物を検(あらた)めるなりすればよかった。

ただ、それより気になることがあった。

「……ちょっと待って。ねえ、あなた……さっきから聞いていると、私がお見合いさせられるって知っていたの？」

「そうね、そうなるかしら？」

クレアは空とぼけるように視線をそらし、形の良い唇をつんっと尖(とが)らせる。その仕草を見て、コーネリアは眉間の皺(しわ)を深くした。喉に小骨でも刺さったような不快感がこみ上げてくる。こんな感覚は久しぶりだ。

視線を叔父に向ければ、こちらもまた目を泳がせる。

「叔父様……」

「いやぁ、その……お前に良いお見合いの話があるのだが、どうすればお見合いをしてもらえるかとクレアに相談したのだよ。それにほら、彼女には普段から世話になっているだろう。そのお礼も兼ねて、船に招待しようとだね……」

言葉尻をにごす叔父に、コーネリアは呆然とする。要するに、船でお見合いすることも、彼女が一緒に招待されることも、クレアの作戦だったのだ。

叔父の言う通り、クレアが一緒でなければコーネリアはこの招待を断ったかもしれない。パーティなんて出席するのは面倒だし、豪華客船でちょっとした旅行なんて時間がもったいない。仕事もやりたいこともいっぱいあるのだ。だが、招待状を見て目を輝かせ「いってみたいわ。きっと子供たちも喜ぶと思うの」とクレアに言われると、コーネリアは嫌だなんて言えなかった。いつも世話になっている彼女と、その子供たちを喜ばせてやりたいと思ったのだ。

それがすべて嘘だったなんて……。ちょっと前まで、初めての豪華客船に興奮し歓声を上げる子供たちを微笑ましい気持ちで見つめ、幸せを感じていた自分が虚しくなる。

「そういうわけで、他に着られるイブニングドレスはないから。大人しく私が選んだドレスを着てちょうだいね」

癒やし系と呼ばれるクレアの微笑みが、悪魔の笑いに見えた。

「嫌よ……何色か知らないけど、そんな怪しいドレスは着ないわ！　私は見世物じゃないのよ！」

昔から、コーネリアはお洒落に興味がない。着こなしやら自分に合う色やら、流行りがどうとか、そんなことを考える暇があったら、仕事や趣味の研究に没頭したい。だからコーネリアが所有するドレスのほとんどは黒色だ。デザインもだいたい同じで、「制服じゃないんだから……」とクレアに呆れられるが、ドレスも小物も色とデザインを統一しておけば、なにを着ようか考えないですむ。無駄なことを考える時間が少ないほど効率的で有意義だと思っているので、むしろ制服を着ていたいぐらいだ。

そもそも、仕事の修理や依頼品を作っている間は作業着で、一日の大半をそれで過ごすので制服みたいなものだった。作業着も、汚れが目立ちにくい黒色だ。

そんな生活をもう十年以上は続けている。今さら、黒以外の色を着るなんて落ち着かないし、派手な色や華やかなデザインだったらと想像すると血の気が引く。

「怪しいとか見世物とか、失礼ね。私がコーネリアを思って選んだんだから、絶対に似合うわ。これでもセンスは良いほうなのよ。いい加減、黒から卒業なさい。常に全身黒ずくめのほうが恥ずかしいわよ」

痛いところをついてくるクレアに言葉をつまらせる。彼女の言いたいこともわかるし、近所の子供たちに「喪服女」とあだ名されているのも知っている。

「そういう問題じゃないの……ともかく着ないし、お見合いもしないからっ！」

怒鳴るように言って立ち上がると、コーネリアの言葉をさえぎるように汽笛が鳴った。

「そうは言っても、お見合いからは逃げられないわよ。船の上なのだし」

「いいえ、下船するわ。出港する前にわかって良かっ……」

テーブルに立てかけていた真鍮製の柄のパラソルを摑み、階段に向かおうと一歩踏みだしたところで、ぐらりと足元が揺れた。

「残念、出港よ。もう、降りられないわ」

クレアが微笑む後ろで、鼓笛隊のシンバルがひときわ大きな音をたてる。それに続いて、汽笛が二回鳴らされた。

そうか。鼓笛隊は、出発のセレモニーだったのだ。

気づかなかった自分に腹が立った。コーネリアは踵を返し、階段があるデッキの海側とは逆、埠頭側に走った。デッキの手摺から、身を乗りだすようにして埠頭を見下ろす。船から投げられた色とりどりのテープを持ち、手を振る見送りの人々が見える。なにか訴えるように叫んでいる団体の持つ横断幕には「エレオス動物愛護団体」と書かれているのがなんとか読みとれた。船体はもうだいぶ岸から離れてしまったが、まだ間に合う距離だ。

長い黒髪を、腕に巻いていた黒い組み紐でさっと一つにまとめる。

「コーネリア！　なにをする気なの!?」

異変を悟ったクレアが、背後であせった声を上げる。続いて叔父もなにか叫んでいたが、無視してツーピースの巻きスカートのリボンをほどく。シュッ、と衣擦れの音がして巻きスカートが落ちると、その下には黒革のズボンと編み上げのロングブーツが現れる。ついでに動きにくいレースのボレロも脱ぎ捨てると、ベアトップ姿になる。コーネリアが仕事で機械を組み立てる時の作業着だ。出先で作業することになった場合にと、いつも重ね着していたが、今日も用心で着てきて正解だった。

「昼間から肩をだすなんて！　な、なんて格好をするんだ！」

振り返ると、古い価値観の叔父が卒倒しそうな顔色をしている。今時、肩や背中を露出したドレスを昼間に着るのは珍しいことでもなくなった。特に真夏や海辺ではよく見かける。騒いでいるコーネリアたちに注目するデッキの人々の中には、今のコーネリアより露出している者さえいる。

「コーネリア、服を着なさい！」

自分の麻のジャケットを脱いで駆けてくる叔父に向かって、甲板に落ちていた巻きスカートとボレロを蹴り上げる。海風に乗ったそれらが、うまい具合に叔父の頭にかぶさった。叫び声を上げデッキに転がる彼を見ながら、青空にパラソルを掲げ、真鍮製の柄に埋め込まれた蛍石の飾りを押した。

カチンッ、と機械音がしてたくさんの歯車が回りだす。コーネリアが好きな、わくわくする音だ。

「あなたまさか、飛び降りるつもりなの！」

ゆっくりと開いていくパラソルを見て、クレアが叫ぶ。

「そうよ。人に強制されるお見合いなんてまっぴらよ！」

パラソルの骨組みが、キンッと澄んだ音をたてて開ききる。後方に向かって鳥の羽を開いたようなその姿は、パラソルというには形が変わっていた。コーネリアが趣味で作った蒸気式のハンググライダーだ。次に柄の根元にはめ込まれた歯車を回す。パラソルの先端から蒸気が噴射し、いつでも飛べる準備が整った。

丘の上から駆け降りる実験は何度かしていて、成功している。船から埠頭に向かって飛び降りるのは初めてだが、なんとかなるだろう。

「駄目よコーネリア！　もし海に落ちたらどうするの？　あなた、泳げないじゃない！」

手摺りに足をかけたコーネリアの背中に、クレアのあせった声と足音が飛んでくる。こういう時、適格に相手の怯む言葉を投げてくる彼女は大したものだ。手摺りの下からのぞく海面に、一瞬、コーネリアが躊躇（ちゅうちょ）するのと同時に、船体が大きく右に旋回して汽笛を鳴らした。

「きゃっ、蒸気がっ……きゃあぁッ！」

風向きのせいか、汽笛の蒸気が飛び降りようと構えていたコーネリアの視界をふさぐ。体がぐらつき手摺りに摑まるが、勢いでそのまま船の外に投げだされそうになる。バランスを崩した体勢のまま落ちたら、埠頭に降りられるかわからない。それよりも、蒸気と海風でハンググライダーがあおられて、上にも引っぱられる。このまま手を放したら、風にあおられて埠頭とは逆の海側に飛ばされた挙げ句、船体に体をぶつけながら海面に叩きつけられるかもしれなかった。

「コーネリアっ!!」

クレアの絶叫と、近くで事態を見守っていたカフェのお客から悲鳴が上がる。蒸気で濡（ぬ）れた手摺りに手がすべり、コーネリアはもうこれまでかと思って目をつぶった。

「危ない！」

若々しい張りのある声がして、飛ばされそうになっていた体に男性の逞（たくま）しい腕が回る。船側に腰を強く引っ張られ、声の主とともに勢いよくデッキに倒れた。

衝撃の後、ゆっくりと瞼（まぶた）を開く。手から離れたハンググライダーが真っ青になったクレアのほうに転がっていくのが見えた。

「いたた……っ、無事ですか？」

コーネリアを助けた男性が、腰に腕を回したまま起き上がる。後ろから抱きしめられていたので、彼の組んだ脚の間にコーネリアは座るようになってしまった。

「あ、あの……ごめんなさいっ！」

恥ずかしさに慌てて立ち上がろうとするが、下半身に力が入らない。その様子に笑い混じりの声が頭上から降ってくる。

「腰が抜けてしまったんですね。どこか怪我をしているかもしれませんから、医務室にいきましょう」

「別に、そこまでしていただか……やっ、やだっ！」

先に立ち上がった男性が、こちらの言葉も聞かずにコーネリアをひょいっと横抱きにする。そこで初めて、彼の顔を仰ぎ見た。

澄んだ青い空とまぶしい太陽を背景に、褐色の肌に銀の髪を持った彼が笑った。稲穂のような金色の瞳を細め、薄い唇の間から白い歯がのぞく。爽やかで端整な顔立ちが、笑うと少年のように愛くるしくなった。年はコーネリアより下だろう。

着ているのは、白い詰め襟に青いラインの入った海軍の制服だ。コーネリアを抱き上げる腕や胸板が逞しく力強いのにもうなずけた。背もかなり高い。胸にはいくつもバッジがついていて、たぶん勲章なのだろう。若いけれど、彼は優秀な軍人に違いない。

「あの、降ろしてください。大丈夫ですから……」

ちょっと見惚れていたコーネリアは、はっとして彼の胸を押し、脚をバタつかせた。

「駄目ですよ。そう言って、また飛び降りようとするかもしれないし。あなたなら、救命ボートで脱出とか考えそうですから」

さっきなにをしようとしていたのか見ていたらしい。胸を押す手を押し返すように、コーネリアを抱き上げる腕にぐっと力がこもる。

「それに逃げられると困るので……パーティでダンスの相手がいなくなってしまいますから」

「はっ？　ダンスの相手？」

不審げに彼をにらみつけると、再び少年のような無垢な笑顔を向けられた。

「あ、申し遅れました。俺、シリウス・チャン・スカイっていいます。今夜、あなたとお見合いする相手です」

コーネリアは目を丸くして、「よろしくお願いします」と言うシリウスを凝視したのだった。

第2章

客船のメインダイニングは、今夜のパーティに招待された紳士淑女で賑わっていた。船上とは思えない豪華なシャンデリアが天井から吊るされ、その煌めきをテーブルの上に置かれたランプやグラスに反射させる。

きらきら輝くシャンパングラスで乾杯する音があちこちで聞こえ、オーケストラの生演奏が広間を満たす。その間を、無機質な美しさをまとった燕尾服姿の機械人形が、無駄のない優雅な動きで給仕して回る。人間の給仕は少数で、特別な客の席にしかついていない。

特別な席の一つに、ロレンソ商会の若社長オースティン・ロレンソの姿がある。そして恭しく給仕を受けている彼の隣には、クレアが座っていた。

「お見合いの席に、未亡人とはいえ、あなた以外の独身の女性が座っているのはいけないわ」

と、クレアは同席を拒否した。その代わり、今夜のパートナーをスカイ提督に紹介されていた。

ハリソン・スカイ提督はシリウスの父で、二十年前に終結した世界大戦では多大な功績を上げ、グラナティス共和国を勝利に導いた英雄だ。現在は共和国海軍の総指揮官である。

爵位はないものの、共和国制となってから形骸化し伝統と格式を継承するだけとなった爵位持ちのヴァイオレット伯爵家とは、同格どころか格上の相手。元伯爵令嬢でしかないコーネリアにとって、スカイ家の息子シリウスはすぎた見合い相手である。国の中枢メンバーであるスカイ家の総資産は、今やこの国で五本の指に入ると言われている。シリウスは、コーネリアとは比べられないレベルのお坊ちゃん育ちということだ。

空になったコーネリアのグラスに、人間の給仕がワインをつぎ足す。この見合いの席も、ロレンソ商会社長の席同様に特別だった。

コーネリアの隣席には叔父、その向かいにスカイ提督とその妻。そして目の前には、見合い相手のシリウスが座っている。

ワイングラスに口をつけ、一気に半分ほど飲む。気分は最悪だった。

引きつりそうになる口元に微笑みを浮かべながら、コーネリアは叔父とスカイ提督の話に相槌（あいづち）を打つ。さっきから話題になっているのは世界大戦中の食事について。なにがどんなに不味かったかで叔父と提督は盛り上がっている。当時、子供で終戦間際の記憶しかないコーネリアには、なにが楽しいのかわからなかったが、戦争の悲しい話を聞かされるよりマシだ。

英雄と呼ばれた提督が、自慢話をしないのも好感が持てる。その妻も始終にこにことしていて、たまに「若い人にはつまらないお話でしょう」とコーネリアを気遣ってくれる。

どうやら叔父が持ってきた見合い話は当たりのようだ。だが彼らにとって、コーネリアは外れの見合い相手としか思えない。特に彼にとっては……。

デッキでの騒動の後、コーネリアはシリウスに抱き上げられたまま、問答無用で医務室に運ばれた。そこで彼から説教——というより、とても穏やかな口調と態度で、いかに船から飛び降りると危険か、船員や乗船客にどれだけ迷惑がかかるか、とうとうと説明を受けた。ついてきたクレアには責められ、叔父は何度も頭を下げ謝罪を繰り返してシリウスを恐縮させていた。

そんな相手と見合いだなんて、決まりが悪い。彼とて、こんな迷惑な女と結婚など考えられないはずだ。

ちらりとシリウスを盗み見ると、目が合う。にっこりと爽やかに微笑み返され、慌てて視線を手元に落とす。皿の上にはメインの肉料理が小さく切り分けられていた。コーネリアはそれを一切れフォークで刺し、秘かに息を吐く。

シリウスは悪い男ではない。それどころか、コーネリアにはもったいない相手だ。

「美味しくないですか？　それとも具合が悪いとか？」

そっと、コーネリアにだけ聞こえる声音で問う彼に、「別に……気になさらないで」と素っ気なく返す。望まぬ見合いだろうに、気遣いを見せる彼はなんて好青年なんだろう。

コーネリアは食べきれなかった皿を給仕に下げてもらい、グラスに残ったワインを飲み干した。

それからコーネリアとシリウスの間に会話はないまま食事は終わり、処女航海記念パーティが開催される大広間に移動する。すでにダンスは始まっていて、大広間の中心ではいくつものドレスの花が咲いては閉じ、優雅に舞っていた。

その中に見覚えのある顔があった。ロレンソ商会の若社長だったが、パートナーはクレアではない。彼女の姿を探して辺りを見回していると、ここでお決まりの「あとは若い人同士で」という言葉を残して提督夫妻と叔父が去っていってしまった。

シリウスと残されてしまったコーネリアは、仏頂面で腕を組む。彼とダンスをする気はさらさらない。どうやってこの場から逃げようか。そう考えていると、唐突に不躾な質問が降ってきた。

「コルセットきついんですか？」

「はぁっ？　なんですって？」

思わずしかめっ面で彼を見上げる。

「だって、食事中ずっと脇腹のあたりをさすってましたよね？　コルセットを締めすぎて、ご飯が喉を通らないのかなって思ったんですけど。違いましたか？」

悪びれたふうもなく、あっけらかんとした物言いだった。一瞬、嫌味なのかとも思ったが、どちらかというとなにも考えていなくて失礼なだけに感じた。

「あなた……よくも、女性に下着がきついのかなんて聞けるわね」

言い返す言葉と唇が震え、怒りと羞恥で頬が熱くなってくる。自身を抱きしめるように腰に回した手で、思わず痛む脇腹をさすっていた。

彼の言う通り、コルセットがきつかった。嫌だと言ったのに、クレアがぎりぎりと締め上げたせいだ。

普段、コーネリアはコルセットは着ていない。体を締めつけられるのが嫌なのもあるが、仕事で修理をするのに体を動かす作業が多く、コルセットなんてしていたら動きにくい上に酸欠で倒れてしまうからだ。それに最近は、普段着でコルセットを装着しない女性も増え、パーティでイブニングドレスを着る時以外は、ブラジャーとショーツだけというのも一般化してきた。コーネリアもそんな女性の一人だ。

そのせいもあって、久しぶりに身に着けるコルセットは苦しかった。加えて、クレアが用意した群青色の地に真珠のビーズがちりばめられたドレスが細身で、「できるだけ絞ったほうがラインが綺麗にでるの。それにこれぐらいコルセットで締めるのなんて普通よ」と言って、コーネリアの悲鳴を無視したからだ。いつものように自分で着付けたなら、こんなにきつく締め上げなかった。

ドレスの色とデザインが派手でなかったのは良かったのだけれど、浅い呼吸しかできないこのコルセットはいただけない。食事をするのも一苦労で、最後はワインを飲むだけになっていた。

そんなコーネリアを見て、「下着がきついのだろう」と目の前の男は想像していたのか。叔父の面目を考え大人しくしていたが、もう耐えられなかった。

「なに考えてるのよ。失礼な男ね！　私が行き遅れの年増女だからって、なにを言ってもいいと思ってるの!?」

この男は、はなからコーネリアを女性扱いする気がなかったのだ。さっきまでは叔父や提督がいたから、自分同様に礼儀をわきまえた態度をとっていただけで、二人きりになったから本性をだしてきたに違いない。

「まだ二十五歳のあなたが、オールドミスを押しつけられて迷惑な気持ちはわかるけど、言っていいことと悪いことがあるわ！」

憤然としてにらみ上げると、シリウスは気圧されたのかおどおどしながら一歩引く。女性にしては背の高いコーネリアより頭一つ分は大きく、体の厚みも倍ぐらいある彼がたじろいでいる姿は滑稽だ。

少し溜飲が下がったコーネリアは、ふっと鼻で笑って彼の横をすり抜けようとした。このまま逃げて、気が合わなかったと縁談は断ろう。シリウス側も可愛げのない年上女なんて嫌なはずだから、今ので断る口実ができてきっと助かっただろう。

「では、失礼。もう二度と会うことはないでしょう」

「えっ？　ちょっと、待ってください」

腕を掴まれ、ぐっと体を引かれる。シリウスと向かい合うかたちになった。

「なにか文句でも？」

きつい口調でねめつける。年増女に罵られ、振られることになってプライドが傷ついたとでもいうのだろうか。

ところがシリウスは、しゅんとして眉尻を下げる。整った顔から精悍さが急になくなり、捨てられた子犬のような表情になる。体は大きいのに。

「いえ、まさか。そうじゃなくて、ごめんなさい」

想像もしていなかった謝罪に、コーネリアはぎょっとした。「へっ？」と間抜けな声をもらし、目を丸くして瞬きする。

「そういうつもりではなかったんです。あなたを侮辱する気はなくて……その、前にコルセットがきつくて貧血を起こしたご婦人を介抱したことがあって、やっぱりまともに食事や水分をとってなかったんですよね。その日は暑い日で、重篤な状態になってしまったんです。まあ、若かったので助かったのですが、美しく見せるために命を危険にさらすなんて馬鹿らしいなっていうか……その」

言い訳なのかなんなのか、しどろもどろに言葉を募るシリウスの姿は、耳がぺたんとたれた子犬のようだ。

「ええっと、なにが言いたいかというと、心配していただけなんです。それなのに考えなしに失礼なことを言ってしまって、本当にすみませんでした！」

軍隊式なのか、勢いよく腰を直角に折って頭を下げられる。何事かと周囲の視線が集まり、コーネリアはあせった。

「い、いいから、やめて。頭を上げて。私も悪かったわ、ごめんなさい」

肩を摑んで、むりやりシリウスを起こす。こちらを見下ろしてくるシリウスの目が「本当に？もう怒ってない？」と問う子犬のようで、コーネリアはすっかり毒気を抜かれてしまった。

「なんか……調子が狂うわ」

小声で呟き嘆息する。

こういうタイプの男性は初めてだった。仕事で接する同業者は、頭でっかちの機械好きで女慣れしていない口下手か、荒っぽい職人気質の男たちだ。他は顧客の夫や息子などだが、彼らは紳士然としていて表向き女性を大切にしてはいても、本気で女性相手に非を認めたり謝罪したりなんてしない。謝ったとしても、相手の気を引きたいか、女性の我が儘を聞いてやる寛大な紳士というのを演出しているだけ。

例外はあっても、男という生き物はだいたいプライドが高く、女よりも優れていると思いこんでいる。そして負けん気の強いコーネリアは、彼らにあまり好かれなかった。

なのにシリウスときたら、本気で謝っている。コーネリアにだって非はあるのに、それを責めもしないで頭を下げるなんて、プライドがないのだろうか。それとも寛容なのか鈍感なのか。育ちが良すぎるとこうなるのか。

「あの、怒ってないなら……一曲どうですか？　ダンスの相手をしてくれませんか？」

おずおずと手を差しだしてくる彼に、また驚く。今の流れでダンスに誘ってくるとは思わなかった。神経が図太いのかもしれない。

「私、男性パートしか踊れないわ。背が高いから、女子校ではいつも男役だったの」

つい、いつもの癖で憎まれ口を叩いてしまい、内心あせる。彼相手に意地悪を言う必要なんてないし、せっかくダンスに誘ってくれたのに失礼な断り文句だ。罪悪感で痛む胸に、コーネリアは戸惑った。

見合いをぶち壊したいはずだったのに、差しだされた手を取りたくなっていた。

ところが、シリウスは気分を害するどころか「ああ、そういうことですか」と笑顔でうなずき、恥ずかしげもなく女性パートのポーズをとった。

「士官学校も男だらけなんで、一年生の頃はよく女性パートを踊らされたんですよね。だから俺、女性パートも踊れますよ」

「え……本気なの？」

「ん？　なにが？」

邪気のない表情で返され、コーネリアは呆気(あっけ)にとられた。膝から脱力してしまいそうな感覚に、頭を抱える。

「なんなの、もう。それ、素なの……理解できない」

「あれ、どうしました？　やっぱりコルセットが……」

「違うから！」

まだポーズをとっているシリウスの腕をとって強引に下げると、コーネリアは早足で出入り口に向かった。周囲からくすくすと笑い声が聞こえて、恥ずかしかった。

「どうしたんですか？」

廊下にでると、追いかけてきたシリウスが横に並ぶ。少し息が上がってしまったコーネリアとは違い、大股でゆったりと歩いてきた彼は息一つ乱れていなかった。その呑気(のんき)な顔を見上げていると、なぜだか憎らしくなってきた。

「天然のバカね」

「はい、よく言われます」

なにが嬉(うれ)しいのか、シリウスは笑顔になる。逆にコーネリアの顔の筋肉は引きつった。

「悪口言われてるって自覚はないの？」

「悪口だったんですか？　ヴァイオレット嬢は俺のことが嫌いですか？」

急にしおらしくなって聞き返され、言葉につまる。

「き、嫌いもなにも……今日、会ったばかりで……なにも」

はっきり嫌いだと言い返せばいいのに、その言葉がなぜかでてこない。視線をさ迷わせ唇を嚙むと、横から回りこんで目の前に立ちふさがったシリウスが言った。

「会ったばかりだけど、俺はあなたのことが好きです」

突然の告白に頭が真っ白になる。だがすぐに、これは単なる好意で、愛の告白でもなんでもない、社交辞令みたいなものだと自分に言い聞かせる。けれど、シリウスがたたみかけてきた。

「だから結婚を前提にお付き合いしましょう」

断る予定の見合いで、絶対に断られるとも思っていたのに、なぜ交際を申し込まれているのだろう。啞然としていると、いつの間にか両手を握られていた。

「え……はぁっ？　なに考えてるの？　正気？」

「もちろん正気ですよ。酔ってもいません」

「私、年上よ」

「四歳しか違わないですよね。誤差みたいなもんでしょう」

「誤差って……男と女じゃ時間の流れが違うの。女でこの年だと行き遅れで、そんな年の相手と結婚したらあなたが恥をかくじゃない！」

年上の女性と結婚する男性がいないことはない。ただそれはもっと女性の年齢も若くて、せめて二十代前半だったり、政略結婚、あるいは後妻など特殊な場合だろう。若い男性の初婚で、もう婚期も過ぎたオールドミスと結婚しようという物好きはそういない。大恋愛の末とかならわかるが、二人は見合いで今日初めて顔を合わせたばかりだ。

「恥をかくかかないで、生活や一生を共にする相手を選ぶっておかしくないですか？　年齢なんて言わなければわからないし、ヴァイオレット嬢は美人で年齢より若く見えます。いちいち人の年齢を詮索して、年上女房は恥ずかしいなんて言うのは要注意人物だから人間関係を切ったほうがいいでしょうね」

「そうじゃなくて……あのね、私が言いたいのは……」

　言葉を続けようとしてもなにもでてこない。シリウスが言うことはもっともで、自分も同じように思っていて、オールドミスと揶揄する相手に憤っていたはずだ。なのに年齢を言い訳に、結婚の申し込みを断ろうとしていた。いや、はっきり断ればいいのに、できなかった。

「それにうちの母は父より年上で、婚期が過ぎてからの結婚だったって聞きました。母たちの世代は戦争があったから、高齢での結婚や出産、未婚は珍しくなかったそうです。だから両親が、嫁が年上で文句を言う心配はありません。だいたい若いうちに結婚しろとかオールドミスとか、平和だからでてきた価値観ではないですか？」

「ちょっと、待って！　論点をずらさないで！　今時の価値観どうこうじゃなくて、女性には出産できる年齢とかあるから若いほうがいいっていうのは仕方のないことでしょう。戦時中は特殊な例なんだから、引き合いにださないで……ああ、もうっ！　なんの話をしていたのかわからなくなったじゃない！」

　わざとなのか。シリウスとの会話はまるで迷路にでも放りこまれたような、出口のわからなさがあって、調子が狂ってくる。天然とみせかけた策士なのではと思えてきた。

「だから、俺はあなたと結婚したいって話ですよ」

「覚えてるわよ、それぐらい！　そうじゃないの！」

イラっとして、まだ握られたままだった手を振りほどいた。

「そもそも、私は結婚するつもりなんてないし、結婚するには向いてない女なの！」

「向いてない？」

「叔父は先方に伝えてると言っていたけれど、ご両親から聞いてないの？」

小首を傾げるシリウスから視線をそらす。恥じることではないが、自分から口にするのは嫌な話題だった。

「……私は事故で、子供を産めない体なの。だからまだ若くて初婚のあなたには向かない相手よ。あなたは私にはもったいなさすぎるわ」

無意識に傷のある下腹部に手がいく。コーネリアは震えそうになる唇をぐっと噛んだ。

「あなたにはもっといい人が……」

「それなら聞いてますよ。産めないなら養子をもらえばいいじゃないですか」

ちょっと感傷的になって言葉を続けたのに、そこに空気を読まない陽気な声がかぶさってきて、コーネリアは間の抜けた顔で固まってしまった。

「え……？　養子……」

「そっちこそ聞いてませんか？　俺、戦災孤児で養子なんですけど」

シリウスが自分を指さして、へらへらと笑う。そこに戦災孤児という不幸な境遇は微塵（みじん）も感じられなかった。

「気づきませんでした？　特徴的なカタフニア族独特の見た目なんですけど」

「そういえば……」

大柄な体軀に褐色の肌、白髪と金目。それは、グラナティス共和国の北方に位置する険しい岩山に囲まれた地域で暮らす、カタフニア族の外見的特徴だった。シリウスの場合は白髪というより銀髪で、目も茶色っぽい金だ。

スカイ提督は白髪の混じる黒髪で金目、その妻はプラチナブロンド。てっきり父親譲りの目に母親譲りの髪色で、海軍という仕事柄、日陰の少ない海上暮らしが長くて肌が焼けているのだと思っていた。

「父と母は体に問題はなかったんですが、なかなか子供に恵まれなくて俺を養子にしました。子供ができない苦しさはよく知っていますし、ヴァイオレット嬢の体のことは問題にしていません。俺も血縁にこだわりはないです」

こんな自分に都合のいい相手がいるなんてと、呆気にとられる。叔父は本気で、コーネリアに相応しい相手を探してきてくれたらしい。けれど、この条件だけで安心なんてできなかった。

「だけど……今はそう思っていても、将来、自分の子供がほしくなるかもしれないじゃない」

シリウスはまだ若い。これからいくらでも考えが変わるはず。後になって、やっぱり子供がほしいと捨てられるのは嫌だ。

「将来のことは誰にもわかりませんが、俺は子供を作ることを目的に結婚相手を選びたくありません。そもそもそういう価値観なら、最初からお見合いを断っています」

結婚する気なんてなかったのに、コーネリアの心がぐらりと揺れる。こんなふうに男性から求められたのなんて初めてだった。

「でも、なんで……なんで私なの？　会ったばかりで、難ありのお見合い相手なのに結婚しようなんて思えるのよ？」

嬉しい反面、シリウスがなにを考えているのかわからなくて、なにか企みがあるのではと疑わしかった。コーネリアを騙して得することなんて彼にはないだろうけれど、やっぱり信じられない。

するとシリウスは、思案するように顎に手を当て眉間に皺を作り、呟いた。

「本能……」

コーネリアが訝しげに首を傾げた次の瞬間、シリウスがぱっと表情を輝かせた。

「野生の勘です！」

放たれた言葉の意味を理解するのに数秒かかった。わかったとたんに、意味のわからない怒りがわいてきた。

「その理由は却下っ！」

腹立たしさに、シリウスの脛を思いっきり蹴り上げていた。潰れた悲鳴を上げて脛を抱える彼を放置し、廊下を早足で進み通路デッキにでる。海風に髪がなびいた。

いったい自分は、どんな言葉を期待していたのか。それにしても「勘」だなんて、やっぱりシリウスはバカだ。そんな曖昧な根拠で、コーネリアの人生まで巻きこまないでほしい。

「ま、待ってください……ごめんなさい！」

強く蹴ったはずだが、シリウスはすぐに追いかけてきた。蹴られた片足をちょっと引きずりながらだが、すぐにコーネリアの横に並んだ。

「からかいたいなら、別の相手を探しなさい」

「別にからかったとかじゃなくて、こう、なんて言うんですかね。デッキで勇ましいあなたを見た時に、結婚したいなーって思ったんですよ」

たまたま助けに入ったのではなく、あの叔父とクレアとのやり取りを見られていたのか。恥ずかしさがこみ上げてきて、よけいに腹が立った。

「さっきも言ったと思うけど、私、結婚する気はないの。独身主義なの！」

足を止め、シリウスをにらみ上げてきっぱりと断る。変に迷う素振りを見せてしまったのがいけなかった。心が揺れた自分も悪い。

だが、シリウスは目をぱちくりさせた後、無邪気に笑って言った。

「ああ、そうなんですか。でも、俺はあなたと結婚したいです」

「だからっ、私は結婚したくないの！　迷惑だし、あなたのことも好きじゃないわ！」

「はい、わかってます。でも、あなたの気持ちや主義主張で、俺の想いをどうこうすることは無理ですよ。あなたがどんなに結婚したくなくても、俺はあなたと結婚したいです」

二の句がつげなかった。なんと言えばあきらめてもらえるかもわからない。

天然で嫌味も悪口もわからなくて、すぐにしゅんとするのに、この気圧される感覚はなんだろう。

得体のしれない押しの強さに、コーネリアは空恐ろしいものを感じた。人の意見をきかないというレベルではない。こっちの気持ちをわかった上で、自分は一歩も引かないと主張している。

養子とはいえ、全国でも有数の金持ちの家で育つとこうなるのだろうか。これが育ちの良さというなら、スカイ家は迷惑な教育をしている。

「なので、あなたが結婚したくなるまで追いかけます」

シリウスが真剣な目でこちらを見下ろしてくる。これはもう、なにを言っても無駄だ。

「ところで、ダンスをしないならどうします？　さっきあまり食べていなかったから、食事にでもいきませんか？　コルセットは……どこかで着替えたほうがよさそうですね。船内の店で新しいドレスをプレゼントしますよ」

そう言われ差しだされた手を払いのけ、コーネリアは近くの化粧室に足を向けた。

「新しいドレスなんていらない。そこの化粧室でコルセットを緩めてくるわ」

本当は自分の客室に戻って着替えたかったが、ついてこられたら厄介だ。そのまま部屋に上がりこまれ、あの押しの強さでなにをされるかわからない。

「もちろん食事はご馳走(ちそう)してくれるんでしょうね？」

「ええ、喜んで！」

とりあえず話に乗る振りをして油断させ、女性用の化粧室に駆けこんだ。食事にいく気なんてなかった。

緋(ひ)色と濃紺色の調度品でまとめられた広い化粧室の中をぐるりと見回す。パーティ会場から少し離れたここには誰もいなかった。化粧直しをするための鏡とスツール、休憩用のゆったりとしたソファがいくつか並んでいる。奥には仕切りがあって、用をたすトイレがある。

「あった……」

天井と壁を見上げ、目的のものを見つけたコーネリアはスツールを持って奥の壁に移動する。別の場所に繋(つな)がるエアーダクトの入り口があった。コーネリア一人なら、余裕で中を通って逃げられるだろう。仕事で建物内の空調の修理をすることもあるので、こういうことには慣れている。

スツールに片足を載せ、ドレスのスカートをまくり上げる。ガーターでとめられたストッキングの上に、工具の入った革のツールケースを巻きつけていた。普段はズボンの上から太腿(ふともも)に巻いて仕事をしている。ドレスの着付けを手伝ったクレアの目を盗んで持ってきた。常に仕事道具を身に着けていないと、なんだか落ち着かないのだ。

「持ってきてよかった」

ドライバーをケースから抜き、スツールに上って手早くダクトの入り口をふさいでいるフィルターを外す。舞い上がる埃(ほこり)に顔をしかめ、入り口の汚れを軽く払ってから中に入ろうとして、ぎょっとした。

「え、ちょっとなにこれ!?」

ダクトの中にあり得ないものがある。時計が中心にくくりつけられたダイナマイトで、雷管に火はついていないが、代わりにケーブルがついていた。ケーブルは時計に繋がっていて、いわゆる時限爆弾というものだ。

「どうしてこんなものが？　とりあえず解除しなきゃ」

作りは単純な時限装置なので、持ち合わせの工具で安全に解体できる。船の警備には後で知らせることにして、コーネリアはペンチとドライバーであっという間に爆弾を解体してしまった。

「とりあえず、これでよしと……きゃあぁっ！」

椅子から降りようとした時だった。遠くで爆発音が聞こえたかと思うと、船が大きく揺れ、コーネリアは椅子から転げ落ちた。

「失礼します！　大丈夫ですか？　今、外でなにか……って、なにしてるんですか！」

外の爆発とコーネリアが椅子から落ちた音で、心配したシリウスが化粧室に飛びこんできた。そして外されたダクトのフィルターと、転がった椅子、ドライバーを手に尻もちをついたコーネリアを見て彼は顔をしかめた。

「まさかそんなところから逃げようとしたんですか？　ほんと油断も隙もないですね」

「うるさいわね！　それより、そこに爆弾があったの！」

コーネリアが指さしたダクトをのぞき、すでに爆弾が解除されているのを確認してシリウスは再び呆れ顔になる。

「解体したんですか？　危ないじゃないですか」

「そのままほっとくほうが危ないでしょ。それより、なにがあったの？　他にも爆弾があったの？」

「さあ、これから確認しますが、恐らく爆弾でしょうね」

コーネリアを助け起こしながら、シリウスはダクトを振り返る。

「それにしても爆弾を解除できるなんて、詳しいんですか？」

「いいえ、専門外よ。でも、簡単な作りだったから、基本の配線が理解できていれば難しくないわ」

「そうなんですか。じゃあ、作ったりもできそうですね」

できるわよとうなずきながら、シリウスがこの話に興味を持っていることを不思議に思った。

「ともかく、船内にいるといざという時に逃げられなくなるかもしれません。外にでましょう」

手を引かれて化粧室をでると、そこは人でごった返していた。大広間にいた人々が一気に通路デッキに流れてきたのだ。あちこちで悲鳴や怒鳴り声、子供の泣き声、誰かを呼ぶ声が響き渡り混乱に陥っている。船員の避難誘導する声が遠くでするが、なにを言っているのか聞き取れない。狭い通路デッキは逃げまどう人々ですぐに混雑し、身動きできなくなった。

シリウスとコーネリアも身動きできないまま人波に押し流されていく。

「ヴァイオレット嬢！」

いつの間にか繋いでいた手が離れ、二人の間に人が流れこみ距離ができる。シリウスはこちらに向かってこようとするが、別の流れに押しやられていく。

そうこうするうちに、またどこかで爆発音が連続して起こり船が揺れた。パニックを起こした人々が、救命ボートがある場所へと向かって動く。コーネリアはその流れから弾きだされるように、通路デッキの手摺りの傍までやってきていた。

背の高いシリウスの頭がここからでも見える。彼は人波に逆らい、コーネリアのほうにこようと必死にもがいていた。

「あきらめればいいのに……」

こんな時に他人の心配をしても無駄だ。それぞれ逃げることに専念するのが一番だと思うのだが、コーネリアもまたクレアと叔父を心配していた。この人波の中にいるのではないかと、辺りを見回したその時。どんっ、と強く背中を押された。

「えっ……嘘っ……」

パンプスが脱げ、手摺りから体が乗りだす。そこでまた背中に衝撃が走って、視界が回転する。気づいた時には、船外に体が放りだされていた。

「いやああっ！　コーネリアっ!!」

遠くで、クレアの叫び声が聞こえる。爆発に巻き込まれず、無事だったようだ。

「駄目です！　グレース夫人、飛び降りないで！」

「でもっ、コーネリアが！」

クレアを止めるシリウスの声にほっとした。泳ぎが得意な彼女なら、後を追って飛びこみかねない。そして彼女が助かるようにと願ったすぐ後、海面に体が叩きつけられた痛みでコーネリアは意識を失った。

第3章

朦朧（もうろう）とした意識の中、私が連れていかれたのは研究室の奥。

秘密の部屋。お父様も助手も、けっして私にのぞかせなかった場所。

でも私は、そこがどういう場所なのか知っていた。内緒でのぞいたことがあったから……ここは手術室だ。

なにをしているかも、なんとなくだけど理解している。

怖い。お父様は私にもあれをするのだろうか。あの人たちと同じように……ひどいことはしないって言ったのに。

どうして？

私をどうするの？

その言葉は音にもならずに喉の奥で消え、唇がかすかに痙攣（けいれん）しただけだった。

お父様は部屋に入ると、力を失った私の体を手術台に載せた。ガッシャンというブレーカーを上げる重い音がして、青白い明かりがつく。

ぼんやりと見上げた天井には、大きな歯車が組み合わさった機械が吊（つ）り下がっている。中心には、真鍮（しんちゅう）製の蛇腹に折られた細い棒が何本も密集して下を向いていた。その先にはハサミやナイフ、太い針。それから名前もわからない恐ろしい形をした刃物が私のほうを向いていて、今にも落っこちてきそうで恐ろしい。

「安心しなさい。すぐ終わるから」

お父様が私の頭を優しく撫でてくれているみたいだった。もう肌の感覚も鈍くてよくわからない。恐怖心さえも遠のいて、なにもかもどうでもよくなる。ドレスを脱がされ、露(あらわ)になったお腹に、ひやりとした感触。アルコールで消毒されたのだろう。

やっぱり……やっぱりそうなんだ。お父様は私のことなんて……。

絶望に目の前が涙で霞(かす)む。そんな私の額にお父様は口づけ、なだめるように優しく言う。

「これは将来、お前を助けることになるかもしれない。だから残しておくんだ。残さなくてはならないんだ」

どういう意味なの？　それは嘘？　それとも気休め？

「お前なら、これがなにか見ればわかるはずだ。それだけの知識は与えてきた。お前は賢い。私と彼女の自慢の娘……宝物だ……エリ、エゼル」

お父様のすすり泣く声が耳元でした。けれど機械音、蒸気音、歯車のきしむ音にかき消され、すべての音が意識から遠のく。天井の歯車が回転しながら降りてきて、中心の金属の棒はにょきにょきと伸びながら縦横無尽に動きだす。機械の触手が私に迫ってくる。鋭い針の先が、もうなにも感じなくなったお腹に刺さる。

冷えた金属が入ってくる気持ち悪さに、私は目を閉じ闇へと落ちていった。

＊＊＊

「あ、ここですか？　無人島みたいですよ」

あっけらかんと笑顔で言い放つシリウスに、さっき意識を取り戻したばかりのコーネリアは呆然とする。

手の下の白い砂や日陰をつくる棕櫚の木の大きな葉、その向こうで輝く太陽と青空、青い海。どれもが現実離れしていて、そう簡単に受け入れられなかった。

「え……無人島って……なんで……？」

「覚えてませんか？　船で爆発騒ぎがあって、あなたは船から転落しました。俺はそれを追いかけて飛びこんで助けたんですが、あの辺りは潮の流れが速くて船に戻れなかったんです。みんな混乱していたので救助船に拾ってもらうこともできなくて、この島まで流されてしまったんですよ」

はきはきとしゃべるシリウスに悲壮感は微塵もない。事態を悲観している様子もなく、呑気に「困りましたね〜」なんて笑顔でこぼす。

徐々に思いだしてきたコーネリアは青ざめ震えた。全身は海水に濡れていて、乾き始めた髪は潮でべたべたとし、頬に張りついてくるのが気持ち悪い。すべて悪い夢であってほしい。

「……冗談でしょ？　からかってるの？」

「いいえ、本当ですよ。俺たち遭難しました」

そうであってほしいと期待をこめて聞いたのに、シリウスはにこにこしながら否定した。

「そうそう、あなたが意識がない間に島内をちょっと散策してきたんですが、湧き水がありました。真水が手に入らないとキツイなって思ってたんで、本当に助かりました。泉になっていて、近くにちょうどいい平地もあるし、生活するならそっちのほうがいいと思うんですよね。なので移動しましょう」

「え……ええ……そうね」

現実についていけないコーネリアに対して、シリウスの適応能力は恐ろしく高いようだった。ともかく、なにもしないで放心していても状況に絶望するだけ。どんどんやるべきことを提示されていったほうが、暗い考えに陥らないですむ。今はシリウスの前向きさがありがたい。

「立てますか？」

先に腰を上げたシリウスが手を差しだす。逆の手には、四角い大きな旅行用トランクを握っている。

「それは？」

「あなたを助けて浮き上がってすぐに、近くに流れてきたんです。これに摑まってここまで流れ着いたんですよ。たぶん船の乗客の持ち物でしょうね」

「あっ！　そのトランク知ってるわ。どこかのブランドがだした、船が難破したら浮き輪代わりになるって商品よね」

そういうことに疎いのか、シリウスは「そうなんですか？」と言って首を傾げた。コーネリアも疎い人間なのだが、その浮き輪になるトランクシリーズの中に、変わった商品が含まれていたから覚えていたのだ。

「それ、中身はなんなの？」

「鍵がかかっているのでまだ中は確認していないんですが、役に立つものが入ってるかもしれないから持っていこうかと。他にも流れ着いているものがあるので、後で漁る予定です」

言われて砂浜に視線をやると、いろいろなものが打ち寄せられている。ただガラクタばかりで、使えそうなものはないように見えた。

「では、いきましょうか」

コーネリアは差しだされた手に掴まって立ち上がり、シリウスの後について鬱蒼と生い茂る草木の間に入った。道なき道をいくのかと不安だったが、木の根と湿った土が続く獣道ができていた。シリウスが前もってブーツで踏み慣らした跡があり、歩きやすい。邪魔になる草や枝も手折ってある。

さすが軍人だけあって、こういう事態に慣れているのだろう。無人島と聞いて不安しかなかったが、彼がいてよかった。自分独りでは途方にくれるだけだったはずだ。

しばらくしてその獣道もなくなると、上り坂のゴツゴツとした岩が埋まる場所にでる。歩けないような険しい場所ではないが、今のコーネリアにはちょっと難しい。岩の手前で足を止めて一瞬迷っていると、先に進んでいたシリウスが慌てて戻ってきた。

「すみません！　それじゃここは歩けないですよね」

「ううん、大丈夫よ。靴がないのは仕方ないし」

パーティではいていたパンプスの片方はデッキで脱げ、もう片方は海で流されてしまったのだろう。コーネリアは裸足で、獣道を歩いたせいで足裏は泥だらけだったが、そういうことを気にする女性ではなかった。

「駄目ですよ！　怪我したらどうするんですか！」

なるべく平らでゴツゴツしていない岩場を探して踏みだそうとしたところ、急に目の前が回転した。

「きゃあっ！　なにするのよ！　降ろしてっ!!」

なんの断りもなく、シリウスの肩に荷物のように担ぎ上げられていた。

「こんな抱き方ですみません。片手がトランクでふさがってるもので」

「だったら降ろしなさい！　私はちゃんと歩けるんだから！」

「だから、怪我したら困るでしょう。ここには医者も薬もないんですから。傷が化膿（かのう）したり、最悪破傷風にでもなったらどうするんですか？　だから向こうに着くまで少し我慢してください」

「嫌よ！　怪我しないように歩くし、これじゃ頭に血が上って気持ち悪くなるじゃない！」

コーネリアだって怪我はしたくない。ただ、まだ出会って一日ぐらいしかたっていない異性と、こんなふうに密着するのは嫌だった。初対面で横抱きにされて医務室に運ばれたので今さらとも思うが、嫌なものは嫌だし恥ずかしい。

しかも横抱きと違って、シリウスの逞しい腕が腰や臀部に当たっている。胸は背中に押しつけるようになってしまい、意識してしまう。所詮、乏しい胸だが、なにか思われるのではと想像するだけで顔が熱くなってくる。

それにシリウスにはプロポーズされていた。よけいなことを思い出してさらに恥ずかしくなったコーネリアは「降ろしなさいよっ！」と足をじたばたさせるが、筋肉の鎧を着たようなシリウスはびくともしなかった。

「そうですね、頭に血が上るのはつらいですよね。じゃあ、急いで向かいますから、しっかり摑まっててください」

言うが早いが、シリウスは岩で歩きにくいはずの道を大股で飛ぶように走りだした。

「きゃあああっ！　いや、怖いっ！　違うって……そういう意味じゃないわよっ、バカあああっ！」

コーネリアが恐怖で絶叫している間に、目的地に着いていた。湧き水は小さな滝になっていて、下にある直径十メートルぐらいの窪地に流れ落ち泉を作っている。泉から流れでた水は微かなせせらぎを立てながら、細い川となって海のほうへ下っているようだった。

泉の畔に下ろされたコーネリアは近くにあった岩を背もたれに、荒くなった息を整える。叫びすぎたせいで眩暈までした。

それに比べてシリウスはまったく息を乱していない。コーネリアの隣にトランクを置くと、近くの林に入って枯れ枝や葉を拾って戻ってきた。

「とりあえず火を起こしますね。あと服は洗って干しましょう」

シリウスは木と木を擦り合わせて火を起こそうとしている。そんな原始的な方法ではいつになるかわからない。

スカートに手を突っこみ、錐とドライバーを取りだす。太腿に巻き付けていたツールケースと道具一式は流されていなかった。ナイフなどもあるので、これからの生活で役に立つだろう。まずはトランクを開いて、なにが入っているか確認したい。火を起こすのに役立つものがあるかもしれなかった。

トランクの鍵はそれほど特殊なものではなく、コーネリアの手にかかると簡単に開いた。中の歯車が動きだし、上と左右の留め金がパチンッと音を立てて外れる。浮き輪代わりに作られただけあってか、中身は無事だった。海水が入らないように設計されているのだろう。ちょっと分解してみたいと思いながら上部の留め金に触れると、その横に丸いカラビナがついていた。

ネームダグやチャームをつけるためのものかと引っ張ってみると、リールが回転するような音がしてワイヤーがでてきた。カラビナについたワイヤーは、引っぱると伸びて、手を離すと中に巻きこまれていく。

「ああ、これがあの商品ね……」

浮き輪になるだけでなく、海の中でトランクが自分から離れないようこのカラビナをズボンのベルトなどに引っかけるのだ。女性なら指輪のようにして使う。普段は収納され、飾りをつける輪っかとして使用する。

実際に使えるかどうかはともかく、ちょっとした遊び心でブランドが付け加えたもので、この変わった趣向があったからコーネリアは覚えていたのだ。

「せっかくのアイデアだけど、このトランクの持ち主は実用できなくて残念だったわね……ともかく、なにかないかしら」

火を起こせる道具、と口中で呟きながら中身をだしていく。大判のタオルが二枚に、夏のバカンス向きの締めつけのないドレスや羽織り物が数着、レースアップのサンダルが二足。これでコーネリアの着替えと履物がない問題は解消された。

持ち主は夏の船旅を楽しむつもりで、この荷物を詰めこんだのだろう。それからアクセサリーケースにピンクのセロファンに包まれたキャンディの入った丸い瓶。小さな救急箱も入っている。他、細々とした日用雑貨で、無人島で生活するのに役立ちそうなものばかりだった。

そして最後に身分証がでてきた。なぜか顔写真がなく、メアリ・サラザールと書かれてある。トランクの持ち主だろう彼女に感謝し、コーネリアはキャンディの瓶を手に取った。

「これが使えそうね」

中のキャンディをすべてだす。これに水を入れレンズの代わりにして燃えやすいものを発火させればいい。ようは虫眼鏡で火をつけるのと同じやり方だ。天気もいいので、うまくいけば十数分で火がつくだろう。

「ねえ、これを使って……」

そう言って振り向くのと同時に、シリウスの手元で煙が上がったかと思うと火がついた。

「え……嘘っ！」

「ん？　どうかしましたか？」

「ううん、別に……すごいわね。そんなやり方で簡単に火がつくなんて思わなくて……」

コーネリアは差しだしかけていた、瓶を持った手を下げる。

トランクを開錠して漁っていたのなんて数分だ。その間に発火させるなんて、収れん発火（※レンズ状の物体を使い、太陽光を集めて発火すること）より早い。圧倒的な筋肉の前には、科学的な知識なんて無駄なのかもしれない。彼のまくり上げたシャツからのぞく、盛り上がった筋肉を見て思った。

「ああ、こういうの慣れてて。孤児院にいく前の、五歳まではカタフニア族の村で生活していましたから。あそこはガスも水道も電気もない上に、戦時中だったから物資不足で。あと国境なせいで敵からも攻められて、昔はそれなりに栄えていた村というか街だったらしいんですけど、俺が物心ついた時には廃墟しかなかったですね。おかげで、割と原始的な生活してたんで、火をつけるぐらいはなんてことないです」

シリウスが重い話を笑顔で軽く語る。人によったら深刻になる話のはずなのに、彼ときたらまるで楽しい世間話でもするようにほのぼのとしているものだから、こちらの調子が狂う。ただ、いまだに戦争の爪痕はあちこちに残っていて、この手の暗い話や経験者はごろごろいる。

シリウスやコーネリアの世代の戦争孤児は多く、養子として成人した人間は珍しくない。むしろ養子としてもらわれただけ運がよく、立派な家に養子にいけたシリウスはとてつもなく幸運なのだ。彼にとって過去はそれほど不幸な出来事ではないのかもしれない。

そうはいっても、軽々しく相槌を打てずに固まっていると、シリウスの視線がコーネリアの手元に落ちてきた。

「あの、それなにかに使うんですか？」

「……なにか役に立てばと思ったんだけど。いるならあげるわよ」

今さらこれで火をつけようとしていたとは言えなくて、押しつけるようにシリウスに差しだした。

「ありがとうございます。ちょうどこういうのほしかったんですよ」

嬉しそうに瓶を受け取るシリウスを見て、少しだけ気分がよくなる。望まなかったとはいえ、さっき彼に担がれてここまで運ばれた。海に落ちたのを助けてくれたので、命の恩人でもある。これ以上借りは作りたくないし、この島ではコーネリアは足手まといになってしまうかもしれないので、なるべく役に立ちたかった。

本当はコーネリアが火を起こせればよかったのだが、まさか筋肉の力押しに負けるとは……次こそは知識で勝ってやると妙な闘争心を燃やしながら、勧められるままコーネリアは先に泉で水浴びをさせてもらった。ついでに自分とシリウスの服も洗って潮を落とす。負けん気の強いコーネリアとしては、彼の世話にばかりなるのは許せなかった。

水浴びと洗濯を終え、トランクの中にあった黒いドレスに着替えた。サイズは問題なかったが、スカートの長さは背の高いコーネリアが着ると膝下ぐらいだった。布地も薄くて落ち着かない。

パーティ用のドレスの下に着ていたシュミーズやショーツは濡れていたので洗ってしまったし、

胸まで覆っていたコルセットは脱ぐのが大変で、腰から編み上げていた紐をナイフで切って脱いだ。替えの紐がなければ使えないし、こんな苦しい下着を着けて無人島でサバイバル生活をする気にはなれない。

今のコーネリアは下着なしで、薄いドレスを一枚着ているだけの状態だ。気休めにグレーのカーディガンを羽織るが、やっぱり心もとなかった。ショーツは乾けば着られるが、ブラジャーはないので胸は無防備のまま、シリウスと過ごさなくてはならない。いくら胸がささやかな大きさしかないとはいえ、恥ずかしさで背中が丸くなる。

「これ、洗濯できたから干したいんだけ……」

胸元を洗濯物で隠しながら戻ると、さっきまで平地だった場所が様変わりしていてコーネリアは目を丸くした。

上半身裸でズボンだけ履いたシリウスが顔を上げる。彼は火の傍に座って、ナイフで器用に木を彫ってスプーンを作っていた。

そして火の周りには石で囲いが作られ、その上に長くて頑丈そうな枝を使って三脚がこしらえられている。三脚からは鎖と鍋が吊り下げられ、簡易のかまどになっていた。鎖や鍋は砂浜に流れ着いたものの中にあったそうだ。

鍋の中ではお湯がわいていて、「海水で塩を作ってるんです。塩分は大事ですからね」とシリウスが言う。材料さえあれば煮炊きできる状況だ。

物干しもできていた。あのトランクのワイヤーを枝に引っかけてカラビナで固定して伸ばし、別の木の枝にトランクが引っかかっている。そこにシリウスと手分けして洗濯物を干した。

「喉渇いてません？　ヤシの実があったからとってきたんです。美味しかったですよ」

勧められ、平らな場所に枝と葉で作られた、屋根と壁、床だけの掘っ立て小屋に入る。床は大きな葉が敷きつめられていて、座ってみると柔らかかった。地面に生えていた雑草を根元から折って、編むように重ね合わせ、その上に葉を敷いているのだ。

手渡されたヤシの実のジュースは、ほんのり甘くて、漂流して疲れた体に染みわたるような美味しさだった。コーネリアが置いていったツールケースの道具を使って割ったそうだ。役に立ててよかったとは思うものの、これはもうシリウスには勝てるわけがないと悟った。洗濯している間にこれだけのものを揃えられてしまっては、勝負にならない。

なんなんだろう、この生活力というか生きるための能力の高さは。

「そうそう、さっきの瓶ありがとうございます。おかげで餌をたくさん集められました」

ヤシの実のジュースを飲み終え一息ついたところに、ほらとシリウスが見せてきた瓶の中身に悲鳴を上げた。

「なっ、なななにってそれ!!　気持ち悪い！」

「芋虫ですよ。あれ？　虫、苦手ですか？　大丈夫そうなタイプに見えたのに」

「別に虫ぐらいは平気だけど、そんなにいっぱい生きたまま瓶詰にされてるの見たら誰だって気持ち悪いわよ！」

シリウスの言う通り、コーネリアはそのへんの女性と違って虫は平気だし触れる。ただ、うじゃうじゃとたくさん集まっているのは別だ。背筋がぞっとして嫌悪感で鳥肌が立つ。

「餌ってなんなの？　しかも普通の芋虫より大きくない？」

「大きいのはここが熱帯だからでしょうね。どの種類の虫も熱帯地域だと大きく育ちますから」

思わず顔が引きつる。虫は平気だけれど、あくまでコーネリアが知っているサイズでの話。それよりも、どの虫も大きいと想像すると怖くなってきた。

「この虫は魚釣りの餌にするつもりです。もう日が落ちてきたので、釣りは明日にしますけど……あ、そうだ。コルセットもう使わないんですよね。中のワイヤーを釣り針代わりにしたいので、分解してもいいですか？」

逞しいというか、なんでも利用して道具を作っていこうとするシリウスには脱帽する。もう恥ずかしいとかどうでもよくなり、どう処分しようかと隠していたコルセットを素直に渡した。まさか異性に使用済みの下着を手渡す日がくるなんて思ってもいなかった。

「そうそう、今夜のご飯も確保してきました。焼いて食べましょうね」

そう言ってシリウスがいそいそとだしてきた、串刺しになったヤモリを見て、悲鳴が喉の奥に張りつく。やはり普通のヤモリより大きく、まだ生きているのかビクビクと腹のあたりが痙攣している。

「やっ……いや……」

「え？　なんですか？　聞こえません」

シリウスがヤモリを手に持ったまま近づいてくる。こっちにくるなと言いたかったが、衝撃的なヤモリの姿に身動きもできない。

ああ、これが生き抜くということか。サバイバル生活を舐めていたと、涙目になって後悔した時だ。シリウスの顔色が変わり、唐突に手にしていたヤモリを投げ捨て、ズボンのベルトに差していたサバイバルナイフを抜き、コーネリアを抱き寄せた。

目の前に迫った逞しい裸の胸板とシリウスの温もりに胸が高鳴り、窒息しそうになる。

男の裸の胸板なんて、同業者のおかげで見慣れている。彼らは暑いからと夏場は上半身裸で修理作業をするのが普通で、コーネリアはそういう現場に何度か立ち会ったことがあるからだ。

なのに、シリウス相手だとどうしてこんなに動揺してしまうのか。肌が密着しているせいもあるけれど、抱きしめられる前から、彼の裸の胸を直視できずどぎまぎしていた。

「えっ、ちょ、ちょっと……なにっ！」

軽くパニックに陥っていると、コーネリアを抱く腕が緩んで体が離れた。ほんの数秒の出来事だった。

「危なかった……仕留められてよかったです」

ふうっ、と息を吐くシリウスの手には、ナイフで頭を貫かれた蛇が握られていた。もちろん仕留められてすぐなので、尻尾がバタバタと威勢よく暴れていて、それを彼が押さえつけている。

「あ、これ毒がないタイプですね。でも、嚙まれなくてよかったです。あと、今夜のご飯が増えましたね！」

鼻歌でも歌いそうな様子で喜んでいるシリウスと、血を流しのたうち苦しんでいる蛇の姿。そのギャップに、コーネリアの中で堪えていたなにかが切れた。

「いやあああっ！　絶対に食べないから！　蛇もヤモリも嫌っ!!」

「なんでですか？　タンパク質は大切ですよ。食べないと生きられませんよ」

わなわなと震えて絶叫するコーネリアに対して、シリウスは斜め上の返答しかしない。

「もう、嫌ッ！　嫌なものは嫌なの！」

彼がいないと生きていけないだろう無人島生活だが、果たして彼とやっていけるのか不安しかないコーネリアだった。


結局、蛇のスープは食べた。ヤモリの姿焼きは見た目からして無理だったが、シリウスがさばいて皮を剥ぎ、骨をとって海水の塩と摘んできた香草で味付けしたスープは、胃に優しい味だった。蛇の身はまるで鶏肉みたいな味で、ナイフの入れ方のせいなのか食感はふわふわしていて想像していたのとは違う味がした。

悔しいが美味しかった。しつこくすすめられ、嫌々一口食べたら止まらず、お代わりしていた。昨夜のパーティから、ろくに食べていなくて空腹だったせいだ。そう言い訳するコーネリアを、シリウスは微笑ましいとでも言いたそうな表情で見ていた。

初のサバイバル体験のショックも覚め、空腹も満たされると、疲れがどっと襲ってきた。すっかり日も落ちている。

火の番をするというシリウスに申し訳ないと思いつつ、コーネリアは先に横になった。けれど、いつまでたっても眠れない。体は疲れているのに神経が昂（たかぶ）っているせいだ。一日でたくさん衝撃的なことがありすぎた。

それに、いろいろ考えてしまう。街と違って、島の夜は闇がとても深い。明るいうちは深く考えないでいられたことが、頭のなかでぐるぐるする。

このまま一生をこの島で暮らすことになるのだろうか。怪我や病気をしたらどうなるのか。さっきみたいに蛇などの動物に襲われるかもしれない。誤って毒性のある植物を食べてしまうことだってある。シリウスは頼りになるけれど、彼がコーネリアを残して死んでしまうことだって、絶対にないとは言えないのだ。

押し寄せてくる結論のでない不安と闇に、飲みこまれてしまいそうだった。

「寝られませんか？」

何度も寝返りを打っていると、シリウスがこちらを振り向いた。

「こっちにきますか？　寒くはないですが、昼間に比べたら冷えますし。なにより火の傍は落ち着きますよ」

シリウスの言う通り、火の暖かさを感じる彼の隣に腰かけると、少しだけ不安が軽くなったような気がする。体も緊張しているせいか、火にあたって足先が冷えていることに初めて気づいた。

「大丈夫ですよ。流されたといっても、そんなに遠くまできてはいないはずです。きっとみんなも探してくれています。船が難破したり、人が船から落ちたら、海軍が出動して捜索するんです。俺も新人の頃はそういう任務についていました。けっこうそれで救出される人は多いんです」

優しくて静かな彼の声に、尖っていた神経が和らいでくる。代わりに、喉の奥が苦しく切なくなってきた。

「今日、少し海岸を見ただけですが、この海域は以前に船できたことがあります。そのうち軍の巡視船が通るはずです。だから助かる確率は高い。それまで、怪我や病気をしないように生活しましょう」

返す言葉が思いつかず、しゃべったら泣いてしまいそうで、コーネリアは無言でこくんとうなずく。となりで、ふっとシリウスが微笑んだ気配がして、大きな手が頭に載った。

「安心してください。あなたのことは、なにがあっても俺が守ります。傷一つつけないで、家まで帰します。絶対に」

くしゃりと頭を撫でられたところで、限界だった。体が大きく震えて、しゃくり上げた。涙が堰を切ったようにあふれ、嗚咽が漏れる。戸惑うようにシリウスの手が止まった。

「ご、ごめんなさい……、あなたは悪くないの」

むしろ、彼の優しさに泣いてしまった。

シリウスの言葉は気休めか、楽観的すぎるように思えたけれど、コーネリアの心細さを包みこみ胸を温かくする。涙が止まらないのは、張りつめていた気持ちが緩んだせいだ。

「あのっ、す、すぐに……止めるから……」

ひっくひっくと喉が鳴ってしまう。年下相手に情けないし恥ずかしくて、早く泣き止まないと、と思うほど頬が熱くなってくる。手の甲で顔を隠すように頬を拭うと、手首をぐっと掴まれた。

「我慢、しないでください。止めなくていいです」

あせったような声に、シリウスを見上げる。もとは凛々しい面持ちなのに、眉尻が下がって情けない表情をしている。

「いろいろあったし……泣きたくなるのが普通です。軍人でもないのに、よく取り乱さないで耐えてくれて、こっちはすごく助かりました。一般人はこういう時、パニックになるから気持ちを鎮めるのが大変なんです。でも、あなたはしっかりしていて……それでつい、こっちが甘えてしまって。すみませんでした。蛇やヤモリのこととか、もっと気遣うべきだったのに……あの……だから泣いて楽になるなら、泣いてください」

腰と膝裏に腕が回ったかと思うと、軽々と持ち上げられ、シリウスの膝の上に抱かれていた。

「それぐらい俺が受け止めますから」

肩を抱かれ、頭を撫でられる。止めようとしていたせいで喉を熱くしていた涙があふれた。昼間は彼に抱きしめられてドキドキしたのに、今は安心感しかない。この腕の中が、世界で一番安全で居心地のよい場所だった。

彼の背に腕を回し、ぎゅっとしがみつく。しばらくして涙が止まって息が整っても、離れられなかった。

「あの……そろそろ……泣き止みました？」

顔をのぞこうとシリウスが体を離そうとしてくるのに、「いや」と拗ねた声をだしてシャツを掴む力を強くし、額を胸に擦りつけた。

　こんな甘えた気持ちになるのは、やっぱり心細さがあるからだろう。もう以前の生活には戻れないかもしれないと考えると、プライドだとか羞恥とかどうでもよくなってくる。それよりも、今はこの安心できる腕の中からでたくない。

「ヴァイオレット嬢……あのですね……」

「コーネリアでいいわよ。もうお嬢様って年じゃないから」

「あの、じゃあコーネリア……そういうのほんとに困るんですけど。もう落ち着きましたよね？」

　なにに戸惑っているのか、シリウスの声に混じるあせりの色が強くなってくる。ちらりと、にらむように涙目で見上げると、長い溜め息をつかれた。

「……そういう顔をしないでください」

「意味がわからないわ」

　唇を尖らせると、シリウスがますます渋い表情になった。

「この状況わかってますか？　あなたは下着もつけてない状態で、深夜に男に抱きついてるんですよ。当たるんですよいろいろ！　だから泣き止んだなら大人しく寝てください」

　コーネリアの体に触れないようにか、シリウスは両腕を上げた状態で視線をそらしている。頬が赤くなっているのがなんだか面白くて、さらにぎゅうっと強く体を押しつけた。

「そっちが抱き寄せたくせになに言ってるのよ。私はここから離れたくない。暖かいし、居心地がいいんだもの。今さら放りだすなんて薄情よ。責任とりなさい」

「……それは、俺のプロポーズにＯＫしたと受け取りますよ」

そういえばプロポーズのことなんてすっかり忘れていたが、これから助かるかもわからず、無人島で生活していくのに結婚もなにもない。

「勝手に解釈すれば。もうどうでもいいし」

投げやりに返すと、「ひどい」とシリウスが呟く。

「ほんとに、襲いますよ！」

「だから好きにすればいいじゃない」

「キスしますよ！」

「いいわよ、ほら」

さっきから口ばっかりで、強引に膝から下ろそうともしないシリウスの脅しに威力はない。コーネリアは挑発するように目をつぶって唇を差しだした。

それにシリウス相手ならいいかと思えてしまった。

ごくりと、喉が鳴るのが聞こえた。彼の喉仏が上下する様を想像して、なぜか腰のあたりがうずく。先の展開を期待している自分に、コーネリアは驚いていた。

けれどどうせ、シリウスはなにもしてこない。しばらくたっても動きのない彼を残念に思いつつ、瞼（まぶた）を開きかけたその時。ぶつかるように唇が重なってきた。

驚いて、反射的に身を引きそうになるのを、肩を押さえつけるように抱きしめられる。唇の重なりが強くなり、隙間から舌が入ってきて歯列を舐（な）める。くすぐったさに開くと、入ってきた舌がコーネリアの舌に絡まった。

初めてだったけれど知識はある。コーネリアはおずおずと舌を動かし、彼を受け入れた。聞いた時は気持ち悪いと思った行為なのに、やってみるとそんなことはなかった。相手が彼だからそう感じるのか。わからないけれど、体の芯がとろけていくような快感に力が抜けていく。

「んっ……はぁ、んん……ッ」

甘い息苦しさに喉が濡れた音をたてる。後頭部をかき抱いていた手にうなじを撫でられると、背筋がぞくりと粟立った。気持ちよさに体が震えてしまう。

「怖いですか？　これに懲りたら、もう挑発しないでください」

コーネリアの震えを勘違いしたシリウスが唇を離し、叱るように言う。だが、コーネリアは熱く濡れた息を吐きながら「嫌よ」と返した。

「怖くないわ……」

鼻にかかった声がでる。自分でもびっくりするぐらい甘ったるい、誘うような声音だった。

シリウスの視線に熱が宿り、それを抑えるように眉間に皺が寄るのが色っぽい。ぼうっと見つめていると、乱暴に唇が重なり、貪るように口中を蹂躙される。

「そんなふうに、誰かを誘うんですか？」

咎めるような響きを含んだ問いに、コーネリアは「違うわ」と口づけの合間に返事をする。

「こんなこと……初めてよ」

恥ずかしい告白に視線をそらし肩を竦めると、肩を抱くシリウスの手に力が入る。

「ああ、もうっ……知りませんよ。覚悟してください」

切羽詰まった声の後、シリウスが首筋に噛みつき、ドレスの上から乳房を揉む。ささやかな大きさしかない乳房は、彼の大きな手の中にすっぽりと納まり揉みくちゃにされる。痛くはないけれど、荒々しい愛撫にコーネリアは嬌声を上げた。

脚の付け根がうずき、その奥がびくびくと痙攣する。下腹の奥が熱くとろけて、蜜のようなとろりとしたものがあふれてきた。

「はぁんっ、あぁぁ……いやぁ、んっ！」

体を反転させられ、背中から抱きしめられる。前に回った手が、ドレスの胸元を下げて入ってきて、直接肌に触れた。熱い手の感触と愛撫に、体がびくっと跳ねる。硬くなっていた乳首を指でつままれ、こねるように押しつぶされる。

「ひっ、だめ。そこは……あぁッ！」

「やめませんよ。そっちが誘ったんだから」

抵抗するようにシリウスの腕に爪を立てると、肩口を甘噛みされる。

「ひゃぁ、ンッ！　あっ、あ……やぁんッ」

声がひっきりなしに漏れ、全身を震えさせるうずきに膝を擦り合わせる。蜜はもう、ドレスを汚すほどしたたっていた。

「……んっ、あぁ……いやぁ、あぁン！　だめ、だめぇッ！」

スカートの中に入ってきた手が、蜜にまみれた襞に触れる。体が大きく跳ね、緊張で手足に力が入る。

「もう、こんなに濡れて……しかも、ここも下着をつけてなかったんですね」

耳元でシリウスの興奮しかすれた声がした。

「だめぇ、まって。ンッ……ひゃん……！」

「駄目です」

残酷で甘い返答の後、襞をかき回すように指が動き、中心の肉芽をつまむ。敏感な場所を乱暴に捕らえられ、コーネリアはもう快感にむせび泣くしかできなくなった。初めて感じる淫らな熱とシリウスの指使いに翻弄され、体をくねらせる。

そしてすぐに、高まっていく熱に目の前が真っ白になり、背筋がびくびくと激しく震えて快感が弾けた。

なにが起きたのかわからずぼうっとしていると、「いったんですね」とシリウスが濡れた声で告げる。

それを理解する前に、達して痺(しび)れた感覚のある肉芽に再び触れられた。

「あっ、や……ッ！　ひっ……！」

指先でひと撫でされただけで、頭の奥に電流が走った。さっきより体が敏感になっている。

そうとわかっていて、シリウスが前よりも激しく愛撫する。何度も小さい波が打ち寄せてくるような絶頂感に、コーネリアは甘くさいなまれる。そして好きなだけ肉芽を蹂躙した指は、さらにその奥でひくつく蜜口に入ってきた。

「はっ、あぁぁ……そんな、とこ……だめっ、あんっ……！」

入り口を押し開くように指が回転しながら中を行き来する。数も増え、中を広げるようにばらばらに動いてコーネリアを犯す。最初に感じた異物感はすぐになくなり、濡れたいやらしい音が闇に響く。もう何度目になるのかわからない絶頂の波が押し寄せてきた。

「あぁ、シリウス……も、だめぇ……っ！」

中に入った指が、敏感な場所をえぐるように突き上げる。背筋を駆け抜けた電流のような淫らな痺れに、コーネリアは声もでないほどの大きな快感を味わい全身を痙攣させた。

びくっ、びくっ、と数回大きく体が跳ね、甘い緊張が弛緩する。糸が切れたように崩れ落ちる体をシリウスが受け止めた。その腕の中で、放心したコーネリアは瞼をゆっくりと閉じた。

急に疲れと眠気が襲ってきて、手足が鉛のように重くなる。遠のいていく意識に抗えなかった。

「コーネリア？　……やっと寝てくれた」

安堵した溜め息の後、どこか残念そうなシリウスの声が最後に聞こえた。

第4章

無人島の朝は、シリウスが自重トレーニングをしている掛け声から始まる。彼にとってトレーニングは日課らしい。

腕立て伏せの回数を数える声とその息遣いを聞きながら、コーネリアは寝床からむくりと体を起こし、朝日のまぶしさに目を眇める。夜型のコーネリアだったが、無人島で生活するようになり朝型になった。ここでは夜になるとなにもできないからだ。

「あ、おはようございます！」

「……んー……、おはよ」

朝からやたら元気な声に、あくび混じりで返事をする。

無人島にやってきてもうそろそろ二週間。敬語は使わなくていいと言ったのに、「軍だと目上の相手には絶対に敬語で、それに慣れちゃってるんで難しいです」と返され、そのままだ。ただ、シリウスのしゃべり方が馴れ馴れしいからなのか、堅苦しさはまったくない。とりあえず丁寧に話しているという程度の敬語だった。

腹筋が終わったシリウスは立ち上がり、軽くストレッチを始める。この後、泉の周りを走るのだ。

「一緒に軽く走りませんか？」

「絶対に嫌」

いつものように誘われ、コーネリアは即座に断る。

「そうですか、残念ですね。気持ちいいのに」

なぜ毎回誘ってくるのか知らないが、コーネリアはあまり運動が好きではない。仕事で重たいものを持ち上げたり組んだりするので、普通の女性より筋力も体力もあるが、できればあまり動きたくなかった。

それに運動が好きだとしても、シリウスと走るのは無理だ。

「では、いってきます！」

コーネリアに手を振ったシリウスは、軽くとはほど遠い勢いで走りだす。どう見ても、全速力でダッシュしている。そして速度を緩めないで泉を何十周もするのだ。

「筋肉馬鹿だわ……」

呆（あき）れた溜（た）め息をもらし、走るシリウスを横目に泉の水を鍋でわかし、自生していたレモングラスとミントの葉を入れてハーブティを作った。火は、いつも先に起きる彼がつけておいてくれる。狼煙（のろし）の意味もあった。

朝はあまり食べられないコーネリアは、ヤシの実で作った器にハーブティをそそぎ、昨日収穫しておいた果物を食べる。キイチゴやグミ、ヤマモモ、イチジク、バナナなど、この島には他にも様々な果実のなる樹が自生していて、果物だけでも食べるには困らない環境だった。

泉のほうに視線をやると、シリウスの姿がない。岩陰で水浴びでもしているのだろうと考えていると、鳥の鳴き声といっせいに飛び立つ羽音が聞こえた。

簡単な朝食が終わった頃、走り終えたシリウスが上半身裸で泉から歩いてくる。やっぱり汗を流していたらしく、濡れた髪から露が滴って陽光できらめいていた。

「なに持ってるの？」

彼が手に下げたものを見て、ぎょっとする。それは絞められ羽をむしりとられた鳥の姿だった。

「水浴びしてたら近くに止まったんで、石投げて仕留めたんです」

すごく嬉しそうに笑いながら「朝食です」と言い、脚を掴んだ鳥をかかげて見せてくる。コーネリアは顔をしかめ、ぼそりと呟いた。

「……現代人じゃないわ」

「え？　なにか？　食べます？」

「いらない。朝からそんなに食べられないわよ。それにしても石でよく仕留められるわね」

シリウスがこうやって獲物を狩ってくるのはもう珍しくもなんともない。初日のように動揺したり、残酷だと思うこともなくなっていた。

「ここの動物は人間を警戒してませんからね。こっちがなにしててもじっとしてる。動かない的に当てるのは簡単です」

だからといって、投石で獲物を捕まえるというのがコーネリアにはもう理解できない。そんなことをいとも容易くやるのは、創作物の登場人物ぐらいだ。

すでに泉で内臓を抜いてきたのか、シリウスは鳥の腹に香草を詰めこんで焼き始める。小ぶりの七面鳥みたいだなと思いながら、彼にもハーブティをついであげた。

シリウスはとにかくよく食べる。一日の大半は、彼の食料を捕獲するために使われると言ってもいい。対してコーネリアは少しのタンパク質と果物でじゅうぶんだった。そして食料を確保する以外、今のところこの島でやることはない。おかげで、街で生活するのに比べて、時間がゆっくりと過ぎていくように感じる。

無人島は徒歩で一周三時間ぐらいの小さな島だ。南東に面した砂浜の反対側は切り立った険しい崖になっていて、高い波を防いでくれている。湾になった砂浜側は穏やかで、軍の巡視船がくるならこっちだろうとシリウスは言うけれど、コーネリアは救助を期待していなかった。

あまり望みを持ちすぎてもつらいだけだし、以前の生活を思いだすと不安になる。また初日の夜のように、取り乱してしまうかもしれなかった。

夜になるとひたひたと迫ってくる言いようのない恐怖に、コーネリアはまだ慣れていない。

シリウスの無人島にしては豪華な朝食が終わると、釣り道具を持って二人で海岸にいく。釣り道具はシリウスのお手製で、針はコーネリアのコルセットのワイヤーだ。午前中は、岩場で釣りをしたり、貝や海藻をとり、お腹が空いたらとった魚などを焼いて食べる。

「ねえ、今の無人島生活とカタフニア族の時の生活と、どっちが大変？」

串焼きにされた魚を食べながら話しかける。

娯楽はないが時間だけはたっぷりあるので、二人は毎日いろいろなことを話す。最初の頃はお互いの仕事など、あたりさわりのない内容だった。そこから外堀を埋めるように友達や卒業した学校のこと、街での生活、使用人のこと……けれど、波風の立たない話はもう尽きていた。

「まあ……子供の頃の話は、嫌ならしなくてもいいから」

質問しておいて、すぐに後悔した。

先に彼の過去に関わる話を振ってしまったのは、自分の過去や両親が殺された事件を聞かれるのが嫌だったからだ。聞かなくても、父親が軍幹部のシリウスは知っているかもしれないが。

「別に嫌じゃないですよ。そうですね……こっちの無人島生活のほうが楽ですよ」

シリウスは顔色も変えずにさらりと答える。

「カタフニア族が暮らしていた地域は乾燥した寒冷地で、作物を育てるのも大変でした。しかもあの頃は隣国が攻めこんでくる紛争地域でもあって、普通に生活するのも難しかったんですよ。それに比べて、ここは温暖で食べ物も豊富です。今のところ外敵もいなさそうだし、休暇にキャンプをしにきたみたいで楽しいです」

そう話しながら、シリウスは漂着物の中にあった鉄網の上で焼いた貝を、コーネリアの前に置いてくれる。熱いはずなのに、普通に手づかみしているのに驚く。手や指の皮が厚いのだろう。

感心して無言になっていると、勘違いしたシリウスが慌てた様子で謝ってきた。

「あ、すみません。コーネリアは楽しくないですよね」

「ううん、別に責めてなんていないから。私はあなたのおかげで楽な生活をさせてもらっているし……そもそも私が聞いたのよ。こっちこそ嫌な思い出を掘り返したみたいで、ごめんなさい」

「嫌な思い出なんかじゃないですよ」

シリウスがびっくりしりたように目を丸くしてから、ふっと笑みを浮かべる。

「俺、子供だったから嫌な思い出もなにも、あーなんか大変だったなーぐらいにしか覚えてないんですよね。産んでくれた親のことも朧気にしか覚えてなくて。でも、両親に愛されてて幸せだったなって記憶はちゃんとあるんですよ。不思議ですよね」

顔いっぱいに皺を寄せ、子供みたいに笑うシリウスは本当に幸せそうだった。

「カタフニア族の豊かな時代を知らない俺にとって、あの生活が普通で日常でした。そうじゃない世界があるのは後になって知ったことで、その時にはもうカタフニア族としての生活は過ぎたことだから、嫌も不幸もないですよね。比べてみると大変だったなってぐらいで」

彼の言う通り、比べるものを知らなければ、大変だとかつらいだとか感じることはないのかもしれない。コーネリアがよけいな気を回すほうが、失礼だった。

「そういうものなのね。てっきり悪いことを聞いたかとあせったのに」

「気にしなくていいですよ。俺、そういう話を振られるの慣れてますし、コーネリアが悪意なく質問してきたってのもわかってますから」

シリウスにしては珍しい含みのある言葉に、貝を持った手元から視線を上げる。焚き火の具合を見ている彼の横顔は相変わらず穏やかで、さっき声音に混じっていた微かな毒のようなものは感じられなかった。

気のせいだったのだろうか。

「あっ、これ食べ頃ですよ」

屈託のない微笑みで、彼が二つ目の貝をコーネリアの前に置いた。それで話は終わり、なんとなく戦災孤児として保護されてからのことは聞けなかった。

午後は島中心部の森に入って、コーネリアは果物や香草を採取し、シリウスは狩りをする。大きな動物はいないが野兎がたくさん繁殖していて、夕食は主に兎肉だ。

こうして二人は、ほぼ一日中一緒に過ごす。また蛇に襲われるような事態になったら嫌だからと、シリウスが傍を離れないせいもある。もし一人の時になにかあったら使うようにと、彼から笛も渡されていた。軍で支給されるものらしく、銀製のチェーンが通されたシンプルな笛だ。

夕食後、泉で水浴びをすることにしたコーネリアは、首にかけた笛を外そうとしてやめた。まだ日は落ちきっていないけれど、今日は曇り空でいつもより辺りが暗い。澄んだ泉の水も底のほうから暗闇が迫ってきて、足元がよく見えなかった。もう何度も水浴びしていて安全だとわかっていても、暗い水の中には得体のしれないなにかが襲ってくるようなぞくりとする怖さがある。

コーネリアはお守りのように笛を握って、そろそろと足先から泉にゆっくりと入っていった。海岸でついた砂や、森を歩いてかいた汗を落とし、指ですくようにして長い黒髪を洗う。これが一番、面倒な作業だった。

身の回りのことはなんでも自分でこなすコーネリアだったが、長い髪を洗ったり乾かすのをよく侍女に手伝ってもらっていた。なるべく自分でするようにしていたが、仕事で疲れている日などは億劫で仕方がない上に、そういう時に限って仕事で使う潤滑油などで髪が汚れている。

本当は短く切ってしまいたかった。今時、女性の髪は長いものだという価値観はない。皆、思い思いの髪型を楽しんでいるし、男性のように短くしている婦人もいる。髪色だって自由に変えていて、最近では染めるだけではなく、注射で薬を投与し遺伝子レベルで髪や瞳の色を変える技術があり、医者のよい副業になっているらしい。

そんな時世で、コーネリアの長い黒髪は前世紀の遺物のようだ。仕事をするにも邪魔なので切りたいのだが、周りが反対する。クレアだけでなく、執事や侍女、使用人まで口を揃えて「そんな立派な黒髪を短くするなんてもったいない！」と言うのだ。髪の短いクレアに言われるのは納得いかないわけだが、勝手に切ったら一生恨み言を言われそうな剣幕で「切らないでね」と迫られている。

とりあえず、侍女や使用人がよってたかって長い髪の世話をしてくれるので、今まで切らないでやってきた。だが、無人島で生活するなら短いほうが楽だ。そう思って、流されてきた翌日にナイフで切ろうとしたのだが、シリウスから反対にあった。

切るなんてもったいないと、コーネリアのナイフを取り上げたのだ。なんの権利があってと憤慨したが、「面倒なら乾かすの手伝いますから！」と拝み倒され、拾ったトランクの中にあったブラシで毎晩乾くまで髪をすいてくれる。それがとても気持ちいい。

あの無骨な手で優しく髪を弄られ、整えられると、夜になるにしたがって重苦しくなっていく心が軽くなり、暗い考えが消えていく。そして、ふと肌にふれるシリウスの指先に胸の奥が甘くざわついて、落ち着かない気分になるのだった。

「今夜もするのかしら……」

火照ってくる体を冷やすように、ざぶんと泉に頭まで浸かる。毎晩繰り返されるあの行為を思いだすとこみ上げてくる羞恥に、暗い水への恐怖も霞んでしまう。

　初めての夜以来ずっとだ。シリウスに無理やり関係を迫られているわけではなく、どちらかというとコーネリアが誘っているのだろう。始まりもこちらが挑発したようなものだ。

　夜になり闇が濃くなると、昼間は忘れられていた不安がわいてくる。それから逃げるように、コーネリアはシリウスに身を寄せる。横になっていても起きていても、ぴったりと彼に体を密着させ腕をからめた。一度体に触れることを許してしまったせいで、彼と触れ合うのに抵抗感はなく、むしろ安心できた。

　初めの頃はシリウスが逃げ腰だった。「困ります」と何度も注意され、「俺も男なんですよ……」と情けない声で訴えられた。それでもやめずにべったりくっついていると、ちょっと低めた圧のある声で「襲いますよ」と脅してくる。だから「いいわよ好きにして」と挑発したら、最初の夜のように行為が始まった。

　それから、まどろっこしいやりとりはすぐになくなり、夜になってコーネリアが彼に身を寄せると、自然とそういう雰囲気になり抱き合うようになった。けれどまだ、最後まではしていない。

　コーネリアは泉から顔をだし深呼吸する。熱は冷めるどころか、強くなっていた。こぼれる溜め息も熱がこもっている。

「そろそろ上がらなきゃ……」

　心配性なところのあるシリウスが、なにかあったのかと様子を見にきてしまう。

　辺りはすでに暗くなっていて、鳥の声や生き物が動き騒めく微かな音も小さくなっていた。焚き木がはぜる音が微かに聞こえるぐらいだ。

　水中でしゃがんでいたコーネリアは、淫らな期待から逃げるように勢いよく立とうとして悲鳴を上げた。

「や、やだっ！　なに……!?」

　髪が水中に引っぱられる。動揺して足をすべらせ、頭から飛びこむように再び泉の中に沈む。うっかり水を吸ってしまい、苦しさにもがいた。水は腰までしかない場所なのに、上も下もわからなくて水面に顔をだすこともできない。

「コーネリア!!」

　パニックに溺れかけていると、腕を掴まれ引き上げられた。咳きこむコーネリアを抱きしめたシリウスが、震える背を撫でる。

「なにがあったんですか？」

「ゲホッ……こほっ、髪が引っぱられて……」

　言うが早いか、シリウスは泉に潜った。そしてすぐに浮き上がってきて、笑って言った。

「底に根を張ってた木に、引っかかってただけみたいですね」

「え……えっ、嘘。やだ……」

　水底で手折ってきたらしい、コーネリアの髪がからまった木の根をシリウスが見せる。恥ずかしさと安心したのとで、体から力が抜けてまた泉に沈みそうになる。木の根から丁寧に髪をほどいていたシリウスが、慌ててコーネリアを抱き上げた。

「しっかりしてください」

「し、仕方ないじゃない……私、泳げないのよ。暗くなってからの泉ってなんか怖いし。ほっとしたら腰が抜けて……」

震えながら、シリウスの濡れたシャツにしがみついていると、苦笑が降ってきた。

「そういえば泳げませんでしたね。危ないから、水浴びも一緒にしましょうか？」

冗談交じりの言葉は本気ではないとわかっていたけれど、コーネリアは思わず「それいいかも」と真剣な声で返していた。シリウスの体がびくりと震えて緊張する。

「えっ？　な、なに言ってるんですか？」

「なにって、そっちから提案してきたんじゃない」

「いや、今のは冗談で……」

脅すくせに、すぐ尻込みするシリウスの背にぎゅっと抱きつく。

「そうよ、初めからそうしていればよかったのよ。終わった後、いつも泉で軽く体を流すじゃない。暗くて怖かったのよね」

「あ、あのですねっ！　どうしてそういう……もうっ、あなた前はこんな性格じゃなかったですよね？　島にきてからおかしいですよ！」

「仕方ないじゃない。精神的にいろいろ不安定なのよ！　それにもう世間体とかどうでもいいし。怖いものは怖いの！」

コーネリアだって、自分がこんなに甘えた言動をとれる人間だとは思っていなかった。だが、社会から切り離され、世間体や結婚や恋愛や、面倒な価値観から解放されたせいで心と体の欲求に素直になっていた。

そもそもコーネリアには、旧態依然とした貞操観念なんてない。

結婚するまで処女を守るだとか、そういう女性ばかりに貞節を押しつける考え方には反発を覚える。だからといって性に奔放でもないのは、いろいろな事情から障害が多くて結婚や恋愛をするのがとてつもなく面倒だったからだ。

だから結婚だの恋愛だの関係なく、ただ安心感を得るためにシリウスと抱き合うのは気に入っている。快楽を得ることに罪悪感はないし、自分にも性欲があったのかと新たな発見に感心もした。

「だいたい私のこと好きなんでしょ。結婚したいんでしょ。だったら拒否することないじゃない」

「そうですけど。そういう問題じゃないんです。もっとこうなんていうか……もっと自分を大事にしてください！　結婚前の女性なんですから！」

シリウスは案外古い価値観の持ち主なのかもしれない。結婚しようと迫ってくるくせに、肉体関係には尻込みするのだから奥ゆかしいというかなんというか。

それか、真剣にコーネリアのことを考えていて、大切にしてくれているのだろう。ちょっと嬉しかったが、遭難してもう一生ここで暮らすかもしれないのだから、貞操なんてどうでもいいじゃないと思うコーネリアだった。

「別に減るものでもないし。もう今さらでしょ」

「そういうのは悪い男が言う台詞です！」

シリウスが少し切れ気味に声を上げた時、さっと掃かれたように夜空の雲が流れ、月明かりが差した。彼の首に腕をからめ、身を乗りだしていたコーネリアの白い裸体が暗闇の中で浮き上がるように露(あらわ)になる。

水が滴るなめらかな白い肌、貼りつく濡れた黒髪。華奢(きゃしゃ)な細い腰に、薄い脂肪と適度な筋肉がついた体は、妖精のような美しさがある。けれど、その清廉さを壊すように、右下腹部に大きな傷跡があった。

「見ないでっ!」

シリウスの胸を突き飛ばすようにして離れたコーネリアは、闇を求めてざぶざぶと泉の深いほうへと歩いた。暗い間は気にならなかった傷跡を手で隠し、暗いほうへ暗いほうへと入っていく。

シリウスに愛撫されている間、コーネリアはドレスを脱いだことがなかった。この醜い傷跡を見られたくなかったからだ。恥じるものではないとわかっていても嫌だった。愛撫しているシリウスなら、手触りでここに傷があるのをわかっていたはずだとしても。

「待って! そっちは危ないです。急に深くなっている場所があります」

「いや、放して!」

追いかけてきたシリウスが、コーネリアの腕を掴む。振り払おうと暴れても、あっという間に彼の腕の中に閉じ込められていた。

「コーネリア……俺は好きです。あなたのことが」

腕の中でもがいていたコーネリアは、突然の告白に動きを止めた。

「なにも話さなくていいんです。最初からぜんぶ受け入れてます。俺はそれでもあなたが愛しい。初対面で好きだと感じたんです」

やっぱり知っているのだと確信した。あの惨劇も、亡き父への疑惑も……。

コーネリアはきゅっと唇を噛んで下を向く。額を彼の胸に寄せると、そっと抱きしめられつむじに口づけられる。何度も何度もキスが降ってきて、額や生え際、こめかみ、目尻、耳と落ちてくる。顎に指がかかった時には、コーネリアの中で固くなっていたなにかが溶けていった。

静かに重なった唇は、ゆっくりとお互いを貪るような濃厚な口づけになり、コーネリアの体の中心に淫らな火をつける。顎を持ち上げていた大きな手は、首筋を撫で下ろして乳房を揉みしだき、腰を抱いていた手は水の中で臀部を撫で、脚の間に入ってきた。

「んっ……あぁ……ッ」

水中で動く手が、後ろから敏感な場所を嬲る。シリウスの愛撫に慣らされた体は、甘い痺れを期待して濡れてくる。すぐに膝に力が入らなくなり、すがるように熱くなった体を彼の胸に押しつけると、抱き上げられた。

そのまま寝床に連れていかれるのかと思ったら、泉の畔で押し倒されシリウスが覆いかぶさってきた。足首はまだ泉の中で、背中は海岸のような柔らかい砂に受け止められた。

「ここで……するの？」

その質問に答えることなく、シリウスはつらそうに眉根を寄せ襲いかかってきた。まるで我慢できないとでも言うように、コーネリアの首筋を甘噛みし、荒々しく体に手を這わせる。

「あっ、あぁぁンッ、ちょ……シリウス、待って……っ！」

いつもより性急な愛撫に悲鳴のような嬌声が上がってしまう。

「ひぁっ、ンッ！　だめっ、そこ……あぁ、やさしくして……」

甘く噛まれながら、舌先で乳首を転がされる。びくびくと背筋が跳ね、腰に快感が集まってくる。

手が、舌が、体中を這い回りコーネリアを翻弄していく。

指が濡れそぼる脚の間にすべりこみ襞をかき回し、臍や腹を舐めていた舌が下りてきて愛撫に加わった。

「あンッ！　ああっ、いやぁん……！」

舌と指で、敏感な場所をぐちゃぐちゃにされていく。中心の肉芽を舌先で執拗に嬲られ、感覚がなくなるまでしゃぶられる。こみ上げてくる絶頂感に腰をよじって喘ぐと、意地悪するように愛撫が引いた。

「やっ、やだ……やめないで……はぁ、んぅ」

「駄目です。まだ我慢してください」

「んっいやぁ……あっあぁ！」

脚を持ち上げられ、大きく開かれる。恥ずかしい格好に思わず脚を閉じようとするが、蜜口に入ってきた指に膝が大きく震えて力が抜けた。

「あん、やぁんッ！」

入ってきた太い指が、蜜口を広げるように中で回転する。本数はすぐに増えて、中をみっちりと埋めつくす。指を締め付ける蜜口が、淫らに痙攣し、奥へ誘いこむように内壁がうごめくのを抑えられない。シリウスの指はそれらの締め付けを無視するように、激しく抜き差しを始めた。

「ひゃっ！　あぁ……だめ、だめぇ……そんなにしたら……！」

中で感じることを覚えた体は、あっという間に上りつめていく。つま先がぴくぴくと引きつれるように跳ね、達することしか考えられなくなる。

「あん、あっ！　あぁ、もうっ……！」

指がばらばらに動いて、感じる場所をえぐるように突き上げる。その瞬間、体が浮く感覚がして熱が弾けた。体の中心を駆け抜ける淫らな痺れに、胸がぶるりと震える。

「はっ、はぁ……あンッ、シリウス……」

「まだですよ。俺にも付き合ってください」

艶めいたシリウスの声がして、まだ余韻でびくびくと痙攣する恥部に硬いものが押し当てられる。

「……あっ、それ」

コーネリアはごくりと唾を飲みこむ。何度もこの行為をするうちに、シリウスの欲望も一緒に処理するようになった。コーネリアが手で愛撫することもあれば、こうやって恥部に擦りつけられたりする。

「あぁはぁんっ……！　やぁ、んっ、シリウス……！」

達して過敏になっている肉芽を擦り上げるように、襞の間を熱塊が行ったり来たりする。

締め付けるものがなくなって、不満げに震える蜜口から愛液があふれた。中にもっとほしいと、

切なく痙攣してコーネリアを身悶えさせる。

もう耐えられなかった。これだけなんて、生殺しのようでつらい。

「シリウス、ねえ……はぁんっ、いやぁ……ねえってばぁ……ッ」

コーネリアの横についた彼の腕に爪を立てると、シリウスが動きを止めないで目を眇めた。

「なんですか？」

「して……最後まで」

恥ずかしかったけれど、自分から催促した。そうでもしないと、シリウスは絶対に一線を越えてこない。どんなに欲望に駆られても、彼は自制できてしまう。

「シリウス、お願い……」

涙目になって彼を見上げる。恥ずかしいのと、この先への甘い期待でいやらしく胸が高鳴った。

「それはっ……駄目です」

「いやぁ、もう苦しいの。それに私、妊娠しないし……だから」

繋がってしまったとしても、怖いことはなかった。無人島で妊娠出産するというリスクは負わないでいられる。

「コーネリア、そういうことを言わないでください」

腰の動きを止めたシリウスが、語気を荒くする。

「妊娠できないからって、なにしてもいいと俺は思いませんし、そんな扱いはしたくありません」

「でも……」

　シリウスの熱が冷めていっているような気がした。離れていくのではとあせって、彼のシャツを摑んだ。

「どうしてよ……？　なんで駄目なの？　私もう、頭がおかしくなりそうなのに」

　熱い吐息とともに涙が目尻からぽろぽろこぼれる。

　始めの頃はイクだけで満足できたのに、中を弄られて達することを体が覚えると、もっとその先の快楽や、さらに奥を満たされたくて体がうずいた。イっても完全に満足できなくて、体の芯が火照ったままのような感じが苦しい。もうずっとじらされ続けてきたようなものだ。

「ねえ、シリウス……っ」

　卑猥な涙に潤んだ目で彼を見上げる。衝動を抑えようとしているのか、シリウスが浅く息を吐くけれど、金色の目は欲望に濡れ、飢えたようにコーネリアを凝視している。

「私、あなたならいいのに……かまわないのに」

　シリウスが苦し気に目を細め、覆いかぶさってきた。嚙みつくように口づけられ、腰に腕が回る。

　濡れそぼった蜜口と硬くなった熱が、二人の間で強くこすられ淫らな音をたてた。

「ひっ、あぁんっ！　シリウス、もっ……お願いっ」

「ああ、もう……知りませんからね」

　甘く息を乱したシリウスがそう吐き捨て、びくびくと痙攣する蜜口に欲望の切っ先を押しつけた。入り口を先端で開かれる感触に、コーネリアの背筋がぞくりとした。

「あぁぁ――……ッ！　いやぁ、あぁ……ンッ！」

指とは比べ物にならない質量が蜜口を押し広げ、最奥まで一気に貫く。毎晩慣らされ続けていたそこに痛みはなかったが、入ってきた衝撃に腰が大きく震え頭の中が真っ白になる。息が止まるような快感にのみこまれて達した。

けれど急にやってきた絶頂に、ぼんやりとしている暇はなかった。中を埋める熱が、すぐに動きだす。

「あっ、ひゃぁん、あっ、あぁまって……ひぃ、んッ！」

コーネリアの懇願は喘ぎ声にかき消され、抜き差しされる欲望になにも考えられなくなる。中をこすられるたびに新たな悦楽を引きだされ、乱れていく。シリウスは箍が外れたかのように、コーネリアをかき抱き乱暴にその体を揺さぶった。

獣が獲物を捕らえて貪るように、首筋に噛みつかれ、熱い切っ先で中をぐちゃぐちゃにかき回され犯される。理性なんてなくしてしまったかのような激しさなのに、シリウスは的確に感じる場所を突いてくる。そのせいか、初めてなのにどうしようもないほど感じてしまい、あられもない声がひっきりなしに上がるのを止められない。

「はっ、はぁンッ……ん、あぁっ、だめぇ……！」

繋がった場所から、蜜がたくさんあふれる。そのぬめりを借りて、抽送が激しくなっていく。蜜口は抜き差しされる熱に感じて痙攣し、放すまいときつく締まる。その締め付けを強引に広げるように熱塊が出入りして、コーネリアを嬲る。

強すぎる快感に、抱きしめたシリウスの背に爪を立て「やめて」と懇願してしまう。

「いやぁ、やぁあぁんっ……！　シリウス、だめ……ッ！」

「そっちから誘ったんですよ。泣き言はききませんから」

残酷で甘い声が耳元で響き、耳朶を甘噛みされる。耳孔に入ってくる舌先にも感じ、脳の奥まで犯されていくような気がした。もう、体のどこを触られても感じてしまう。全身が性感帯にでもなってしまったように甘く痺れ、敏感になっていた。中はそれ以上に快感を得て、コーネリアを翻弄する。

「ああぁんっ、あぁッ……！」

密着していた体が離れ、シリウスの動きがより激しくなる。腰を抱えられ、上から叩きつけるように中をえぐられると、あまりの気持ちよさに意識が飛びそうになった。

「あっ、ひぃんあぁ……いやぁ、変になる……ぁ、ああぁっ！」

淫らな熱が集まっては弾ける。何度も繰り返される絶頂感が、甘く苦しくコーネリアを責める。

「好きです。コーネリア……愛してます」

もうこれ以上の快感は限界だと思った時、降ってきた甘い告白にコーネリアの胸が締め付けられる。中に入ってきた熱も、強く締め付けてしまう。

「あぁ、んぅ……私も……ああぁっん、いやあぁ……ッ！」

最奥を激しく突かれ、快感で視界が揺れる。どくんっ、とコーネリアの熱が大きく弾ける感覚がして、中を埋めるシリウスのものも限界に達した。

最奥に熱いものが叩きつけられ、体から力が抜けていく。下半身は痺れて、もう自分の自由にならないぐらい感覚がないけれど、満足したような倦怠感に全身が包まれていた。

「コーネリア、愛してます」

まだ繋がったままのシリウスが、コーネリアを強く抱きしめる。中に入ったままの欲望が、ゆっくりと熱を取り戻すのを感じて、びくんっと腰が揺れた。

「もっ……むり……」

涙ぐんで拒否するが、シリウスの目はまだ欲望に濡れていて、コーネリアを捕らえて放さなかった。

「だから俺は、これ以上は駄目だって拒否してたんです。我慢できなくなるから……一線を越えさせた責任はとってもらいますよ」

それからすぐに腰を激しく揺らされ、コーネリアの体はいやらしく乱れ、意識は快楽に溺れていった。


絶倫なのか、これが平均なのか……比べるような異性関係がなかったのでわからないが、コーネリアは自ら誘って最後までしてしまったことをちょっと後悔し始めていた。

浜辺の木陰で横たわるコーネリアの下には、大きな葉が何枚も敷かれている。枕代わりにしているのは、シリウスの軍服の上着だ。敷物にしている葉をとってきた彼は、ここから見える位置の岩場で釣りをしている。その近くで焚き火をして狼煙を上げているのはいつもの光景だった。

以前ならコーネリアもそこで釣りをしたり、岩場で貝をとったりしていたのだが、ここ最近は浜辺で寝そべってばかりいる。寝返りをうつのも億劫なほど、体が疲れているせいだ。

「それもこれも……シリウスのせいよ」

もとはと言えば自分が悪いのだが、日々の生活に支障がでるほど抱き潰されるとは思ってもいなかった。

一線を越えてからのシリウスは、それまでの頑なな態度が嘘だったかのように、朝も夜も関係なくコーネリアを求める。回数も一回では終わらずに、立て続けに何回もというのはざらで、場所も二人が生活する寝床だけでなく泉や森、浜辺と様々だ。

最初のうちは、自分から求めた手前もあり応じていたコーネリアだったが、こう毎日立ち上がれないほど抱かれるのは困る。一人で体を洗うこともできなくて、シリウスに頼ると結局抱かれてしまうのだ。

こうなるまで、シリウスは生真面目だから未婚のコーネリアの貞操について考えてくれているのだと思っていた。だがそうではなく、一線を越えたら歯止めがきかなくなると自覚していたのだろう。そういう意味ではコーネリアの身を案じて拒否してくれていたともいえる。大事にされていたし、多大な自制心を強いていたようだ。

それなのに挑発する行為を繰り返して本当に悪かったと思う。思うけれど、さすがに回数を減らすか一日置きにしてほしい。体がだるいとなにもできないし、食料を採集するのもままならない。なにかあった時に協力したり、逃げたりもできないと訴えたのだが、「そんなのぜんぶ俺がフォローしますから」の一言と笑顔で一蹴された。

実際、シリウスはよく働く。毎日二人分の食料を採集してくるし、料理も寝床を整えるのもなんでもする。動けないコーネリアが一人にならないよう、釣りにも狩りにも抱いて連れていく。体がだるくてイライラして言う我が儘にも、嫌な顔一つしなかった。危険があったとしても、シリウスに抱っこされて逃げるほうが生存率も上がりそうだ。

本当に、閨事以外では文句のつけようがない。その閨事だって、別に下手なわけではなく、むしろコーネリアの快楽を優先してくれている。痛いことなんて一度もなかったし、嫌悪感のある行為を求められたこともない。ただとにかく気持ちよくて、よすぎて困るのだ。強くて長く続く快楽に、コーネリアの体力が持たない。

「まさか、これがずっと続くのかしら……」

ゆっくりと起き上がったコーネリアは、想像して眉間に皺を寄せる。まさか一生このままということはないだろうが、ちょっと心配になる。

「まあ……さすがにいつかは飽きるわよね？」

確信はないが、今はそれを信じるしかない。シリウスとて、コーネリアが限界になるまでは抱かなかった。恐らく、こちらの体力をみながら抱いている。衝動に駆られているようでいて、ちゃんと抑制はしてくれているのだ。

コーネリアは枕元に置かれていたヤシの実を手に取る。他にもとれたての新鮮な果物が一緒に置いてあった。お腹が空いたらと、シリウスがとってきてくれたのだ。

「がさつなようでいて、気はきくのよね」

甘いヤシのジュースを飲みながら、しばらくぼうっとしていると遠くで汽笛の音が聞こえた。幻聴か、風の具合でそういう音が聞こえるのだろうと最初は思っていたコーネリアだったが、釣りをしていたシリウスがおもむろに立ち上がり、海に向かって大きく手を振る。そしてズボンのポケットからなにか取りだすと、それを太陽に向かってかかげた。

鏡信号だ。前に、救難信号用に軍で支給されていると、手のひらサイズの鏡を見せてもらったことがある。

「嘘……まさか……」

コーネリアのいる位置からは、水平線に浮かぶ小さな黒い影にしか見えない。けれどその影が、しだいに近づいてくる。

鏡をしまったシリウスがこちらを振り返り、岩を飛ぶようにして駆けてくる。

「コーネリア！　軍の巡視船です！　これで帰れますよ！」

笑顔でそう叫ぶシリウスを呆然と見上げた。

これで助かるという嬉しさと……そしてなぜか落胆している自分にコーネリアは戸惑っていた。

第5章

「ごめんなさい。今日もお世話になるわ」

「いいのよ気にしないで。ジャスミンも遊び相手が増えて喜んでいるのよ」

グレース邸の家族が寛ぐ居間に案内されたコーネリアは、クレアに勧められるままソファに腰かける。すぐさま運ばれてきた紅茶を飲み、ほっと一息ついた。

クレアは二階の窓からヴァイオレット邸の門扉を見下ろしながら、手首の内側をかく。体温が上がり汗をかくと、肌の柔らかい部分に蕁麻疹（じんましん）がでてしまう彼女の無意識の癖だ。長袖のレースの裾からのぞく腕が、少し赤くなっている。

今日は少し蒸すので、部屋が暑い。けれど外の騒がしさに窓を開けられないでいた。

「記者さんたちも、飽きないものね」

「……いつまで続くのかしら？　近所迷惑だし、頭が痛いわ」

ヴァイオレット邸の前には連日記者が押しかけ、朝から晩までコーネリアの動向をうかがっている。夜はまだ大人しいが、朝も九時をすぎるとベルをひっきりなしに鳴らされ、話を聞かせてほしいとうるさい。

これでは自宅でゆっくりできず、コーネリアは家のことや記者への対応を執事に丸投げし、日中は隣のグレース邸に避難していた。

グレース邸とヴァイオレット邸は裏庭で繋がっていて、記者たちに見つかることなく移動できる。お互いの家をしょっちゅう行き来するので、数年前、思い切って両家を隔てる壁の一部を隠し扉にして繋げたのだ。

「あなたが無人島から救助されて、もう一週間よね。そろそろ飽きてもらいたいけれど、世間ではまだまだ話題ですものね」

ふふっ、とクレアが含み笑いをする。

処女航海で爆破事件が起こり、豪華客船が難破しただけでも大きな話題なのだが、行方不明だった二人が救出された。しかも二人の若い男女は、無人島で一ヵ月近くも生活していたとなれば、あらゆる憶測が飛び交い、色めき立つというものだ。

爆破事件での被害者が怪我人だけで死亡者はなく、行方不明になったのが二人だけだったということも大きい。

「これが庶民だったらすぐに騒ぎも収まったでしょうね。でも、あなたたちある意味、注目されやすい立場だもの。仕方がないわよ」

「他人事だと思って……」

甘いクッキーを、コーネリアは苦虫を嚙み潰したような顔でかじった。

「かの発明家オリバー・ヴァイオレット元伯爵の令嬢と、海軍スカイ提督のご子息にして若きエースですものね」

なにが楽しいのか、クレアは嬉々としてゴシップ誌を開いてもってくる。一面の見出しに、今、彼女が言ったままの言葉が大きな文字で躍っている。

「どっちも親の功績じゃない。大袈裟に煽りすぎよ」

「あら、そんなことないわよ。コーネリアは修理工として成功しているだけではなく、オーダーメイドでなんでも作るじゃない。女性発明家よ！　お父様だって……」

言葉を続けようとしたクレアは、はっとしたように口ごもり、「あら、彼の経歴も細かく載っているのね」と話を誤魔化し、誌面に視線を落とす。

クレアの言う通り、父は戦後の復興に貢献した発明家として知られている。国からも功績を讃えられてはいるが、それは表向きの立場である。

もともとヴァイオレット伯爵家は田舎貴族で、国の中枢とは疎遠な家系だった。善良で質素、領地からの少ない収入でつつましく暮らす一族だったと聞いている。それが父のオリバーの代から変わった。科学者として才能が突出していた父は、戦前から国に雇われ、首都で暮らすようになったそうだ。しかし開戦後に武器の開発を嫌がり、行方不明になる。本来なら兵役拒否罪として国から追われる身だが、戦況が深まる中、父を探す人手はなかったらしく、田舎でのんびり隠遁生活ができたという。

そんな父は戦争が終盤にさしかかった頃、母と幼いコーネリアを連れて首都に戻った。もう自分が協力しなくても、自国の勝利が確定していたからだ。そして戦後復興に積極的に協力する約束で兵役拒否並びに逃亡の罪を相殺してもらったという経緯がある。また、逃げた父を批判していた人間が戦争で亡くなったり、なんらかの罪で処刑されたりしていたことで難を逃れたともいう。

なので父は、世間で言われるほど立派な人間ではない。戦争に協力しなかったのも、人の道にもとる行為だとか崇高な理由があったわけでもなく、嫌なものは嫌だったからという精神だ。

生前にコーネリアは本人からそう聞いている。戦後復興に協力したのも、国家予算で好き放題発明できるし、焼け野原にいろんな施設を建て放題だからという理由だった。要するに自分の我が儘最優先の変わり者だ。

そんな父を勝手な人間だと思いつつも、コーネリアは尊敬していたし大好きだった。けれど、この戦中の逃亡が後に問題になり、父への疑惑と惨劇に繋がっていった。

父は田舎に潜伏している間、よからぬ相手と繋がりを作ったのではないか。そういう疑惑を持たれていたと、後に叔父がぽろりとコーネリアにこぼしたことがある。そのせいで父はなにか事件に巻きこまれ、あの惨劇が起きたのだろうと。その相手が誰であるか、叔父も知らないのだと言っていた。

だが、本当に叔父は知らないのだろうか。事件について詳しく知りたがるコーネリアを納得させるために、言える範囲のことだけ教えてくれたのではないか。そんな気がするのだ。

そして国は、この殺人事件について隠蔽し緘口令をしいた。

事件の前からお隣だったクレアは、だいたいの事情を知っているので、さっき言葉をにごしたのだ。その彼女が、「見て。彼ってすごいのね。親の七光りってわけでもないみたいよ」と言って、隣のソファに腰かけ誌面を見せてきた。

「グラロス高等学校を卒業後、海軍士官学校に入学したのね。実習生の頃から海難救助で活躍し、士官学校生時代に活躍を認められ受勲しているんですって」

グラロス高等学校も海軍士官学校も難関校だ。士官学校に至っては、学力だけでなく身体的能力まで問われる。その点、シリウスは合格だろうが、グラロス高等学校に入学できる頭脳を持っているなんて意外だった。あそこは国内で一、二を争う学力の高い高等学校なのだ。

親の威光やなにかが裏で働いているのだろうかと、失礼なことを考えてしまう。だが、海難救助の功績に関しては疑う余地はない。コーネリアが身をもって体験したのもあるが、下衆なゴシップ誌が徹底取材したらしく、当時助けてもらった人の証言や軍の記録が載せてある。読む限り捏造とは思えなかったし、ここで嘘を書く必要もない。

他にも、海軍に入隊してからの功績や受勲歴がいくつも紹介されている。まだ二十五歳にしては華々しい経歴で、現在の地位は中佐で大隊長。出世頭である。

「これで提督のご子息でもあるなんて、世の女性が放っておかないわね」

クレアがほうっと溜め息をつく。

「そうよ。私とお見合いなんて不釣り合いにもほどがあるわ」

「そんなことないわ。家柄なら申し分ないじゃない。年上かもしれないけれど、相手方は気にならないんでしょう？　だったらいいじゃない。それに無人島で……ねえ？」

こちらを横目でうかがうクレアから目をそらす。言外に「婚前交渉があったのでしょう」と言いたいのが伝わってくる。彼女にはなにも話していないが、救助され検査入院した病院に面会にやってきた時、シリウスとコーネリアの間に流れる空気でなにかを察したらしい。

「勘違いしないで、なにもなかったわ。それに、なにかあっても彼と結婚する気なんてないから」

なにか言いたそうなクレアの視線から逃れるように席を立ち、机の置かれた窓辺に寄る。カーテンの隙間から見下ろしたヴァイオレット邸には記者が群がっていて、帰る気配はなかった。

数年前にコーネリアが特別に作ったタイプライターが、机の上に置かれている。このタイプライターは文字を打つのではなく、点字を打つ。亡くなった夫と親の遺産で悠々自適の生活をおくるクレアは、昔からボランティア活動に熱心で、今も毎週月曜日は盲学校に出向いて読み聞かせをしていて、子供たちのためにたくさんの本を点字に翻訳している。その彼女のために、点字タイプライターを製作した。それまで点字は、すべて手打ちだったのだ。

机の上には、点字の完成原稿がたくさん重ねられていた。指先でそっとなぞって読む。点字タイプライターを作る際に、コーネリアも点字を覚えていた。

一番上にある原稿のタイトルは『エリエゼル』。子供向けの絵本で、主人公のエリエゼルが神に祈ると恋人が生き返るという物語だ。懐かしい絵本だと思いながら、打ち途中でタイプライターに挟まったままの原稿も読む。『豪華客船カナリニ号爆破！　犯人はエレオス動物愛護団体か!?』という見出しだった。カナリニ号出港の時、埠頭で横断幕をかかげていた団体だ。

「なにこれ？　新聞の記事？　今は、子供もこういうの読むの？」

「子供じゃないわ。最近、大人向けにも点字翻訳をしているの。新聞を読みたいって要望があって、毎日は無理だけれど一週間分の一面トップ記事だけまとめて点字に起こしているのよ」

こちらにやってきたクレアが、ほら、ともとになった新聞記事を差しだす。

「あの爆破事件って、やっぱりエレオスなの？」

「さあ、警察の発表ではその疑いがあるから調査中というだけで、確たる証拠はでていないみたいよ」

エレオス動物愛護団体というのは、主に動物実験に反対する活動をしている。動物を保護する一般的な動物愛護団体の仕事はせず、化粧品や薬品の安全確認で動物実験をしている企業を標的にデモやストライキなどを決行する。カナリニ号のオーナー会社であるロレンソ商会は、有名な製薬会社が傘下にある。それで狙われ、船を爆破されたのではないかと記事には書かれていた。

「でも……エレオスって豪華客船を爆破するほどの過激派だった？　せいぜい会社の窓ガラス割ったり、社員に生卵投げつけたりする程度だと思ったけど」

「表向きはそうよね。でも、裏では誘拐や殺人をしているって社交界で噂になっているのよ。あなたが遭難している間、シュタイナー男爵家の奥様から聞いたのだけど、セラピア教団とのきな臭い繋がりもあるとか」

社交的なクレアは上流階級に知り合いが多く、コーネリアは彼女の伝手でいくつも仕事をもらっている。所詮噂だ、と馬鹿にできない情報網を持っていたりするのだ。シュタイナー男爵家といえば警察関係者が多い貴族なので、あり得ない話だと流せなかった。

「物騒ね。でも、まあ私たちには関係のない話だわ」

「……それもそうね」

クレアが唇をつんっと尖らせ小さくうなずくと、部屋にノック音が響いた。入ってきたのは執事で、手紙と小さな花束を持っている。

「先ほど届いたお手紙と、あのご老人からの花束でございます。奥様に、いつもありがとうございますと言付かりました」

「まあ、可愛らしい花束ね。気遣いなんていらないのに、いつも持ってきてくれて嬉しいわ」

あのご老人というのは、グレース邸周辺のゴミ拾いをする浮浪者の男性だ。コーネリアとクレアが子供の頃からこの辺を徘徊していて、髭もじゃで年齢不詳だった。優しいクレアは昔から彼に施しを与えていて、それは今も続いている。花束は野原で摘んできた花を新聞紙で包んだ粗末なものだが、彼女はそれをいつも喜んで受け取っていた。

クレアは受け取った花束の香りをかぎながら新聞紙の端を指先で撫でるように弄び、退室しない執事を振り返った。

「他になにかあったの？」

「実は、先ほどお隣の執事から電話がありまして、コーネリア様へのご伝言をお預かりいたしました」

執事とクレアの視線がこちらを向く。いったいなんだろう。先を促すようにうなずくと、執事が口を開いた。

「シリウス様がいらっしゃるそうなので、一度邸に戻っていただきたいそうです。スカイ家の執事には訪問をお断りする連絡をしたそうですが、シリウス様はもう我慢の限界だから好きにする。門前払いでもかまわない、とおっしゃっていたとのことです」

すぐには理解できなくて呆然(ぼうぜん)としたが、あの記者たちが群がる場所にシリウスがやってくると想像して、唇の端が引きつった。とんでもないことだ。彼がなにをしゃべるのかコーネリアには想像もつかないが、あまり嬉しくない展開である。

その時、外で記者たちがどよめく声が聞こえた。慌てて窓の下を見ると、カメラがいっせいにフラッシュをたく中、一台の立派な黒塗りの車が邸の前に止まり、軍服ではなく灰色のモーニングコート姿のシリウスが降りてきた。着崩したりせずに正装していて、シルクハットをかぶり、手にはステッキを持っている。体格がよく、背筋がすっと伸びているので、遠目からでも格好がよかった。

それはともかく、赤い薔薇(ばら)の大きな花束を抱えているのが問題だ。あれではまるで……。

「まあ、素敵！　プロポーズしにきたみたいね！」

横からのぞいていたクレアの感嘆の声に、コーネリアはがっくりと肩を落とし頭を抱えた。


「俺を散々弄んだ挙げ句に捨てるからです。一方的に振っておいて、こちらからの連絡に返事もしない……電話も手紙も何回もしたでしょう！　それで駄目だったから、こうして訪問しただけです。俺、なんか悪いですか？」

ヴァイオレット邸の応接室に案内されたシリウスが、ソファで腕を組んでふんぞり返っている。

不機嫌そうにしかめられた顔は、無人島で見た無邪気さはなく、きちんと正装しているせいか妙な色気にあふれていた。

無人島生活で野生児というイメージがついてしまっていたからか、こういう服装が似合うとは思ってもいなかった。褐色の肌に灰色のモーニングコートがよく映えていて、エキゾチックな魅力のある紳士といった感じだ。

コーネリアはどぎまぎして、真正面に座った彼の文句も右から左に流れてしまう。返答もできずに目を泳がせていると、勝手についてきたクレアがうんうんとうなずいてシリウスの横に腰かけた。

「悪くないと思うわ。きちんと段階を踏んでいらっしゃるし、今日だって正装して正式にプロポーズしにいらしたんでしょう。うちの頑ななコーネリアが悪いのに、シリウスさんはとても紳士的ね」

クレアのものになった覚えもないのに「うちの」よばわりされ、反論しようと口を開きかけたが、シリウスに先を越される。

「ありがとうございます。グレース夫人は話のわかる方のようで安心しました」

「クレアでいいわ。つらかったでしょう？　どんなひどい振られ方をされたの？」

「検査入院が終わり病院で別れる時に、無人島でのことは忘れるように、なにもなかった。お互い非日常に酔ってちょっとおかしくなっていただけ、責任取れなんて絶対に迫らないから、あなたもそのつもりでお願い。もちろん結婚もしないからって」

「まあ……なんて居丈高なのかしら」

「俺は非日常に酔ってないし、その場限りの激情で女性に手をだしたりもしません。しかも無人島なんて特殊な環境下でコーネリアを抱いたのは、それなりの覚悟があってのことです。責任だっていくらでも取るつもりでした……なのに、別れ際に一方的にまくし立てられて、ショックでなにも言い返せないうちにコーネリアはさっさと帰ってしまったんです」

「可哀想に。おつらかったでしょう？」

肩を落とすシリウスの手に、クレアが慰めるようにそっと手を重ねる。同情しているようにみせて、その実、彼女はこの状況を楽しんでいる。口を割らないコーネリアより、ガードの緩そうなシリウスからいろいろ聞きだそうとしているのが長年の付き合いでわかる。

それを阻止しようとして、クレアにさえぎられた。

「しかも、そんなひどい目にあってもまだコーネリアにアプローチを続けてくれるなんて、純愛だわ。それに比べて、電話も手紙も無視するコーネリアは無慈悲ね。どうしてこんな女性になってしまったのかしら……」

クレアが顔をしかめて酷評すると、さっきまで不満をぶちまけていたはずなのに、シリウスが慌ててフォローを始めた。

「いえ、コーネリアはけっして無慈悲ではありません。とっつきにくい感じですが、本当はとても優しいです。無人島でも、なにも言わずに食べ物の一番美味しい部分を俺に取り分けてくれるし、狩りから帰ってちょっと疲れたかなと思っていると、すかさず果物をだしてくれるんですけど、水分が多くて栄養の多い果物から渡してくれるんですよ。ぞんざいな態度だし、なにも言わないんですが、俺のこと考えてくれているんだなって……」

評価されるポイントがすべて食べ物関係で、「子供か！」と突っこみを入れたかったが、聞いているだけで恥ずかしくて声もでない。だいたい優しさでそうしたわけではなく、自分よりたくさん働いてくれるシリウスを労っていただけだ。当たり前のことで、評価されるほどのものではない。

むずがゆい思いに小さく呻（うめ）いて、耳をふさいで膝に抱いたクッションに突っ伏す。それでもシリウスのよく通る声は聞こえてきて、コーネリアは身悶（みもだ）えた。

「それから、無人島に流されても冷静で、無駄に悲観したり騒いだりしなくて落ち着いてて、状況を受け入れて対処していこうって姿は、あまり普通の女性にはない魅力です。俺は、彼女のそういう凛としたところが好きで、惚（ほ）れました」

恥ずかしげもなく言ってのけるシリウスに、コーネリアは顔を上げられない。聞いているほうが恥ずかしくて、震えることしかできない。クレアも同じ気持ちなのか言葉をなくしていたが、はっとしたようにこちらを振り返って言った。

「コーネリア！　この子、いい子だわ。結婚してあげなさいよ！　責任とりなさい！」

「ああ、もうっ！　二人ともいい加減にして！」

耐えられなくなったコーネリアは、テーブルをばんっと叩（たた）いて立ち上がると、クレアの腕を摑んで立たせた。

「とにかくクレアはでていって！　これは彼と私の問題だから、部外者が口を挟まないで」

「あら、私が放っておいたら、あなた彼が悲しむ結論しかださないじゃない！　そんなの可哀想だわ」

「可哀想って……この状況を楽しんでいるだけでしょう！」

「ええ、楽しいけれど、それだけじゃなく心配もしているのよ。男っ気のなかったあなたに、やっとプロポーズしてくれる男性が現れたのよ。この機を逃したら次はないわ」

まるでよけいな世話をやく母親のようなクレアを引きずって、ドアに向かう。口では負けるが、腕力では確実にコーネリアのほうが強かった。

「ご心配ありがとうございます、クレア。コーネリアに振られても、そう簡単に引き下がるつもりはありません。表で待機している記者たちに婚約したって勝手に発表するので、安心してください」

背後でシリウスが不穏なことを言う。さっきも、彼を急いで招き入れるよう執事に命令するまで、記者相手に笑顔を振りまき写真を撮らせて取材に答えていたのだ。あともう少し邸に入れるが遅かったら、勝手に婚約発表されるところだったと執事が言っていた。

振ったら本当にやりかねない。クレアをドアの外に押しやりながら、コーネリアは青ざめた。

「もう、仕方がないわね。今日のところは引き上げるわ」

冗談めかしてそう言った後、クレアはすっと真剣な顔になり声を低めた。

「でもね、コーネリア。前からずっと言っていることだけど……幸せになるチャンスがあったら、躊躇(ちゅうちょ)しないで他人を押しのけてでも摑むのよ。そうじゃないと、同じ幸せはまた巡ってこないわ。だから、自分に素直になって。あなたには幸せになってもらいたいの」

それは昔からクレアがよく言うことで、コーネリアはもう何度も聞かされてきた。なに不自由ない恵まれた家庭で育った彼女が、どうしてそんなに幸せに対して貪欲な言葉を口にするのかわからない。けれど、この台詞を言う時、彼女の目はいつも真剣でほの暗さを秘めていた。三年前に夫を事故で亡くしてからは、特に真剣さが増したような気がする。

なにも言えずにいると、クレア自らドアを閉めて帰っていった。振り返ると、だされた紅茶を行儀よく飲みながらシリウスが待っている。コーネリアはソファには戻らずに、立ったまま彼に詰め寄った。

「記者たちに婚約したって発表するのだけは、絶対にやめて」

持てる限りの威圧感を総動員して言ってみたが、シリウスは臆する様子もなくいつもの調子で微笑んだ。

「コーネリアが俺と付き合ってくれるならいいですよ」

「付き合うってどこに？」

わざととぼけてみせるが、シリウスの笑みが深くなっただけだった。

「恋人になってください。できれば結婚前提がいいですね」

「前にも言ったけど、結婚は嫌よ。あなたと私じゃ釣り合いがとれないでしょう」

「ひどいですね。無人島では俺のプロポーズ受けてくれたじゃないですか」

「あんな口約束は無効だし、はっきりと了承したわけじゃないわ」

よく覚えていないが、「勝手に解釈すれば」としか言っていないはずだ。

「とにかく、無人島とここでは勝手が違うの。あなたと婚約や結婚だなんて、無駄に目立つことはしたくないのよ……わかるでしょう？　過去を掘り返されたくないの」

シリウスは軍幹部スカイ提督の息子だ。今回のことで注目も浴びている彼の婚約となれば、相手の素性を知ろうとする輩が現れる。今、外で張りこんでいるゴシップ誌の記者たちなどだ。

　そんな人間にとって、コーネリアの過去はかっこうの餌食になる。両親の死やコーネリアが負った傷。それらを好き勝手に書きたてられたくなかった。それに、叔父の言っていた父の逃亡時代の悪い付き合いというのも気になる。そのへんを嗅ぎ回られ、明るみにされたくない。コーネリアの今後に関わる。

　シリウスから目をそらし、腕を抱く。足元から這い上がってくる不安に、息が苦しくなってくる。

「私は静かに暮らしたいの。今だって、こんなふうに騒ぎ立てられて迷惑だし、仕事もできない。昔の事件がまだ報道されていないのだって不思議なぐらいだわ……」

「コーネリアが気にしているのは、オリバー・ヴァイオレット伯爵惨殺事件のことですよね」

　目の前が暗くなる。顔を上げると、真剣な表情のシリウスがコーネリアの前に立っていた。

「国から与えられた首都郊外の研究施設で、何者かによって伯爵はめった刺しにされ殺された。たまたま研究施設に遊びにきていた伯爵夫人とあなたも犯人に刺され、母親はあなたをかばい死亡し、あなたは重傷。一命はとりとめるが……」

「やめて！」

　これ以上聞きたくなくて、耳をふさいで叫ぶ。病院で目を覚ましてからのことなんて思い出したくもなかった。

「ごめんなさい。追いつめるつもりではなかったんです」

　シリウスの手が、なだめるように肩に置かれる。知らないうちに、小刻みに体が震えていた。

「警察発表は研究施設での実験失敗による不慮の事故。あなたと伯爵夫人もその事故に巻きこまれただけとなっています。真実はどうあれ、これ以上の情報が出回ることはありません。国の威信にも関わるので、報道されるかもと不安にならなくて大丈夫です」

「でもっ……そんなの信じられない！　どこかから噂がもれることだってあるでしょう」

研究所施設にいた職員や助手、他にも事件に関わり、警察発表が真実でないと知っている人間はたくさんいる。口止めはされているらしいが、それが絶対とは思えなかった。

だが、シリウスは「大丈夫です」と言ってコーネリアをそっと抱き寄せた。

「今から、絶対に報道されないという証拠をお見せします」

そう言うと、シリウスはテーブルに置かれていたベルを鳴らす。すぐに執事がやってきた。

「今すぐうちに電話して、執事にヴァイオレット邸の記者たちを追い払うよう伝言してください」

かしこまりましたと言い残し去っていく執事を、呆然と見送る。それだけで、追い払えるのかと、信じられない気持ちでシリウスを見上げる。彼はにっこり笑うと言った。

「うちの執事は軍の元諜報部員です。こういうことは手馴れています」

「だからって……」

そう簡単に、あのしつこい記者たちをどうこうできるわけがない。けれどしばらくすると、騒がしかった外が急に静かになった。去っていった執事が戻ってきて、当惑気味に「突然、記者たちが帰っていかれました。なにがあったのかわかりませんが、ありがとうございます」とシリウスに頭を下げる。

信じられなくて、コーネリアは応接間の大窓からテラスにでて、門扉のほうを確認した。

「本当にいない……なにをしたの？」

コーネリアを追ってきたシリウスが、いつもの邪気のない笑顔を浮かべている。もう、前みたいに可愛いとは思えなかった。

「戦後二十年。この国はまだ軍の力で言論統制ができる社会なんです。平和も自由も見せかけだけなんですよ」

「要するに、軍が圧力を加えたということね……もしかして、うちを記者たちに囲ませたのもあなたなの？」

敵意をこめてにらみつけると、シリウスが眉尻を下げて本気で悲しそうな顔になる。

「そんなことはしません。むしろ、新聞記事にもさせたくなかったんですが、さすがにそこまですると不自然だし、記者たちの反発が強まります。だから泣く泣く許していましたが、あなたの過去について掘り返すことだけはさせませんでした」

「反発ね……もう追い払ってもいいの？　言論弾圧だって言われるんじゃない？」

「じゅうぶん騒いで儲けたでしょう。そろそろ満足したはずです」

シリウスとコーネリアの無人島生活を扱ったゴシップ誌は、飛ぶように売れたとクレアも言っていた。

「コーネリア、俺はあなたを守ることができます。父からも、あなたを守るためにスカイ家の権力を使っていいと許しを得ています。俺の婚約の申し込みを断るなら、スカイ家の権力は使えません。

またすぐに記者たちが押しかけてくるでしょう」

シリウスは眉尻を下げ、とても悲しそうな顔をしている。しょげ返った子犬の表情だ。脅されているのはこちらなのに、まるでコーネリアが悪いみたいだった。

「しばらくの間……世間が落ち着くまででいいので、恋人になってください。婚約も後で勝手に解消していただいてかまいません」

立場的にはシリウスが高圧的な態度をとってもいいぐらいなのに、なぜか彼は深々と頭を下げ懇願するように言った。

「だからお願いです……あなたの傍にいさせてください」

第6章

ここは……？

少し薄汚れた白い天井がぼやけて見える。次に、モーター音が微かに聞こえた。

首を巡らせると、たくさんのケーブルが繋(つな)がった長方形の機械が台に載っている。機械の上では針がゆっくりと動き、端から方眼紙がだらだらと送りだされてくる。なにが記録されているのか、ベッドに横たわった私の位置からは見えない。たぶん、あの機械は心電図なのだろう。機械から伸びるケーブルの一部が、私の病院衣の中に入り胸に貼りつけられている。腕には点滴の針も刺さっていた。

ここはきっと病院ね。でも、どうしてここにいるのかしら？

私はお父様と研究室にいたはずだ。その奥にある秘密の部屋に連れていかれた記憶までしかない。

なにがあったのだろう？

お父様はどこに……？

それにここは普通の病院なのかしら？

わからないことだらけだ。さらに辺りを見回すけれど、分厚い白いカーテンにベッドを囲まれていて、なにもわからない。誰の気配もない。ただ、左側のカーテンに夕日が透けて黄金色に輝いているだけだった。

それからどれくらいたったのだろう。少しうつらうつらしていると、ドアが開く音がして誰かが入ってきた。ガラガラと台車を押しているような音とともに近づいてきて、カーテンが引かれた。

「あら、目が覚めていたのね！　よかった。先生を呼んでくるから待っていて」

若い看護婦だった。小走りで駆けていった彼女の看護服には、国立病院のマークが刺繍されていた。そしてすぐにやってきた医者が、私の脈をとったり胸に聴診器を当てたりして何度もうなずき診察する。カルテらしきものにサラサラとペンを走らせ終わると、咳払いして私のほうに向き直る。なにか言いにくそうな、苦しげな顔をしていた。

「な、に……が……っ」

こちらから水を向けようと口を開いたが、乾いてひび割れた声しかでなかった。さっきの看護婦が、すかさず吸い飲みを口元に持ってきてくれる。私が水を飲み終わると、医者がおもむろに口を開いた。

「君は……ある事件に巻きこまれ、残念なことに親御さんは……」

医者が淡々と私の知らない私のことを話しだす。ひどく冷めた気持ちで、その話を聞いた。

ああ、今の私はそういう設定でここに運ばれてきたのね……。

これが、お父様が私に与えた新しい人生。これから私は、独りでその過去と秘密を抱えて生きていかなければいけないんだ。

お父様が針を刺した腹のあたりを無意識に撫でていた。なぜか涙がこぼれ、後からこみ上げてきた苦しさに嗚咽がもれる。医者と看護婦がつらそうに視線をそらすのを、私はなんだか滑稽な気持ちで見上げていた。

＊＊＊

コーネリアの乗った車が、歌劇場の前にすべるように入っていき停止する。先に車を降りたシリウスがドアを開け、手を差しだす。車の外では、カメラのフラッシュがあちこちでたかれている。各界の著名人が集まる公演の初日で、取材陣が多数やってきているのだ。

「大丈夫ですよ」

降りるのを躊躇していると、シリウスが苦笑して言った。

「この間言ったことは嘘ではありません。だから怖くありませんよ」

「……別にそんなんじゃないわ」

いい年して怯えていると思われるのが癪で、つんけんした態度でシリウスの手をとり車から降りた。

黒い細身のドレスの裾がはだけ、スリットから網タイツに包まれた脚が太腿まで露になる。集まってくる視線を感じながら、朝露のようなクリスタルビーズがたくさん縫いつけられた、蜘蛛の巣を模したショールを肩にかけ直し背筋をすっと伸ばす。長い黒髪は高く結い上げられていて、おくれ毛を残すうなじが緊張に粟立(あわだ)った。

「さあ、いきましょう」

フラッシュがこちらに向かってたかれることはなかった。コーネリアは止まっていた息をゆっくりと吐き、シリウスのエスコートで緋(ひ)色の絨毯(じゅうたん)が敷かれた緩やかな階段を上る。歌劇場の入り口をくぐる頃には、好奇な視線はすっかり気にならなくなっていた。

入り口すぐの小ホールはたくさんの来場客で賑(にぎ)わい、歓迎のシャンパンが配られている。勧められたシャンパンを片手に、シリウスの案内で小ホールの隅に設けられた小さいながらも豪奢(ごうしゃ)な出入り口に連れていかれた。ほとんどの客が小ホール中央階段を上っていくのを眺め、シリウスを振り返る。

「俺たちはこっちです。約束した特別な席ですよ」

出入り口の前に立つタキシード姿の紳士にシリウスがチケットを渡すと、そのまま奥の廊下へと案内される。中央階段を上がった受付で、機械人形(オートマタ)がチケットを確認する一般の客席とは別格の扱いらしい。

厚い絨毯の敷かれた廊下を進んでいくと、昇降機(エレベーター)があった。かちんっ、という澄んだ音がして昇降機(エレベーター)上の半円形の階数表示版が一階を指す。マホガニー材のガラスがはまった引き戸を案内役の紳士が開くと、真鍮(しんちゅう)製の蛇腹式のドアが現れる。二重ドアの昇降機(エレベーター)らしい。案内役にドアを開いてもらい乗りこむと、ゆっくりと上昇を始めた。

四階で降り、案内役に導かれてボックス席に入る。このフロアは廊下も、他の席と壁で隔てられている。完全な個室だった。

席は舞台真正面で、バルコニーの前に並べられた椅子に座ると上からすべてが見渡せる。背後に置かれた寝椅子では、歌劇の音楽を楽しみながらくつろぐこともできた。個室になっているボックス席のドアは内側から鍵をかけられ、壁にかかった電話で人を呼ぶこともでき、私的な時間を邪魔される心配はない。

また、バルコニーの両側には分厚いカーテンがとめられていて、これを下ろすと舞台や客席側からの目隠しになり、完全に個室となる。そのカーテンの内側には、昇降機(エレベーター)にあったような蛇腹式の引き戸がある。昇降機(エレベーター)のものより蛇腹の目が細かく、なにを目的に設置されているのかコーネリアにはわからなかった。

「よくこんな席、押さえられたわね。もとは王族専用の席で人気があるんでしょう?」

共和国制になってからも王族の血筋は残っているが、王政は廃止になった。王族専用とされていた施設や場所は一般にも開放されるようになり、歌劇場のこの席も、今はお金をだせば押さえられると聞く。それでも、かなりの金額を積まなくてはならないし、今回のような著名人もたくさん集まる人気公演の初日となると、お金だけの問題ではなくなる。

シリウスは「父の知り合いに譲ってもらっただけです」とさらりと流すが、普通のコネではないことは確かだ。

「本当に……お坊ちゃんなのね」

無人島でのいきいきしていた野生児っぷりは幻だったのではないかと思う。ここにくるまでの間だったけれど、エスコートは完璧でよどみがなく、こういう場に慣れているみたいだった。歌劇場など数えるほどしかきたことがなく、それもクレアと一般席に入った経験しかないコーネリアは落ち着かなかったというのに。

「お坊ちゃんはやめてください。恥ずかしいです」

「そう？　様になってるわよ、ご子息様」

からかうように返すと、シリウスは唇を尖(とが)らせ眉根を寄せる。そんな顔をしていても子供っぽくなく、気品が漂って見えるのは今夜の格好のせいだろうか。

濃紺のロングタキシードにグレーのベストと蝶(ちょう)ネクタイが、よく似合っている。肩幅が広く長身で、筋肉で引き締まった体だからだろうか。他のどんな男性より見栄えがよく思える。

あまり見ていると落ち着かない気分になってくるので、コーネリアは早々にシリウスから視線をそらすと、ハンドバッグからオペラグラスを取りだす。今夜のために改造したもので、舞台上のセットの細部をよく観察できる。

オペラグラスの横についた歯車を回し、ピントを合わせる。舞台に下りた幕の繊維まで見られるぐらいに調整していく。

今夜、歌劇場にやってきたのは公演される物語や、出演する俳優や女優に興味があったからではない。コーネリアのお目当ては舞台装置だ。珍しい仕掛けや、最新式の蒸気式昇降装置、収納舞台などが導入されていると、修理工の間で話題になっている。他にも照明装置や音響設備、制御盤なども今までにない機械を使っていると聞いた。

シリウスに誘われる前からなんとしても見たくて、公演のチケットを手に入れようとしたが、一般席でさえ高倍率の抽選で最終日までまったく手に入らなかった。そんなところに、シリウスが特等席のチケットを持って現れたものだから、記者たちの件でできたわだかまりなど吹き飛び、即決でデートの誘いにのってしまった。

しかも公演後に、舞台裏に特別に入れてもらえるというのだ。知り合いの伝手で、舞台装置の技術者と話せると聞いては断れない。

正直、シリウスのことはまだ警戒している。無人島では信頼できたけれど、しがらみのある現代社会ではそうはいかない。

そもそもあのお見合いからしてまだ納得していないし、彼がなぜここまでコーネリアにこだわるのかも不思議だ。好意はたしかに感じるが、それだけではないような気がする。シリウスが言うところの勘みたいなものだ。

彼と婚約しただけで、軍から手厚く守られるのもなにか引っかかる。婚約者の悪い噂(うわさ)を流されたくないというのも、筋が通った理由ではあると思うのに、妙な違和感がある。うっかり大切なボルトの一つを締め忘れたような、そんな座りの悪さを感じるのだ。

ほどなくして、開演を伝える音楽がオーケストラピットから上がる。ボックス席のドアがノックされ、果物とチーズ、ワインを載せたワゴンを押して給仕が入ってきた。コーネリアがオペラグラスの調整をしている間に、シリウスが頼んでいたらしい。バルコニーに置かれた椅子の傍にワゴンを置いて、給仕は下がっていった。

　幕が上がり、真っ暗な舞台がじょじょに明るくなっていく。装置が動いて、舞台上部に設置された銀製の月が沈んで真鍮製の太陽が上がる。その様を、コーネリアはオペラグラスをかまえてじっくりと観察する。まだ大した仕掛けではないが、どこで大掛かりな舞台装置が稼働するかわからない。少しも見逃したくなかった。

「ワイン、ついでおきますね」

「ありがとう……」

　気もそぞろに返事をし、一口だけチーズをかじりワインに口をつけかけたが、舞台の大道具が自動で動きだすのを見て、慌ててワゴンにグラスを戻した。それから先は目まぐるしく変化する舞台装置の数々に釘付けになった。

　幕間に入り、コーネリアはやっとオペラグラスを置いて伸びをした。会場が明るくなり、客たちは席を立ち軽食をとりにでていく。歌劇場内にはレストランやカフェがあり、玄関口前の小ホールでは立食で軽食が供される。そこでの社交目当てで歌劇を楽しみにくる者もいた。

　あまりお腹は空いていないけれど、シリウスはどうするのだろう。やっと彼のことを思いだしたコーネリアはきょろきょろしてから後ろを向いた。隣にいないと思ったら、寝椅子で横になって熟睡している。

「デートで寝るなんて大したものね。まあ私もデートしにきた女の態度じゃないけど」

　シリウスもコーネリア同様、歌劇にはまったく興味がないようだ。チケットをとったのも、デートに誘いだすため、執事にコーネリアの趣味を調べさせたからだと聞いた。

すやすやと寝入っている彼にそっと忍び寄り、顔をのぞきこむ。目の下に薄くだが隈があった。しばらく海上での仕事はなく、地上勤務になるのだと言っていた。主に書類仕事や調べもの、たまに他の部署に派遣されたり警察の仕事を手伝わされたりと、航海にでていない間もいろいろ忙しいらしい。むしろ地上にいる時のほうが、海軍は暇だろうとなにかとこき使われ、大変なのだとシリウスはぼやいていた。

今はなんの仕事をしているのか知らないし興味もないが、こんな無防備に寝てしまうほど疲れているのだろう。自分も働いているので、疲れすぎて気づいたら寝ていたなんて経験がよくある。体力のあるシリウスが寝てしまうほどなのかと思うと不憫で、椅子に置かれていたブランケットをそっと彼の体にかけてあげた。

ぴくっ、とシリウスの体がかすかに跳ね、瞼が震える。起こしてしまったのだろうか。慌てて体を離すと、ドアがノックされた。

「お食事をお持ちしました。鍵を開けていただけますか？」

「食事？」

「お連れの方からご注文がありました」

いつの間にと思ったが、よく食べるシリウスが夕食を省くわけがない。コーネリアが舞台に夢中になっている間に頼んでいたのだろう。それにしても、いちいち鍵などかけなくてもいいのにと思いながら、ドアを開いた。

「あら？　食事は……」

さっきの給仕とは違うが、同じグレーの給仕服を着た男性が立っていた。けれど彼の手に食事はなく、代わりに腕にかけていた白いトーションの下から銃口がこちらに向いている。

「騒がないでください。言うことを聞いていただければ、怪我はさせません」

笑顔で穏やかに告げられたが、信じられない。

「一緒にきていただけますか」

丁寧だが有無を言わせない威圧感と突きつけられた銃口に、コーネリアは声もでなかった。声を上げたところで、隣のボックス席とは廊下も壁で隔たっているので、助けはすぐにこられない。昇降機(エレベーター)に乗ってしまえば、一階まで誰にも会わないだろう。頼りのシリウスは寝ている。

「さあ、いらしてください」

動けずにいると、銃を持っていない男の腕が伸びてきた。思わず逃げを打って肩を引いたとたん、なにかがコーネリアの真横をすごい勢いで飛んでいき、男の額に当たって割れる。飛び散る赤い液体に、男の頭から血が噴きだしたのかと思った。

「コーネリア……伏せて！」

腕を後ろから下に引かれ、床に尻もちをつく。廊下のシャンデリアに反射してきらめくワインボトルのガラス片。赤ワインに濡れてよろける男の姿が、ゆっくりと動いて見えた。銃口がコーネリアの背後に向かって照準を合わせる。

シリウスが撃たれる。そう思ったが、男の手が蹴り上げられ、パァンッと銃声が響く。ボックス席の照明が割れた。

「くそ……っ！」

「待てっ！」

逃げる男をシリウスが追いかけようと、ドア枠に手をつく。次の瞬間、銃声もなくバルコニーの傍にあったワゴン上のグラスや皿が割れ、壁に銃弾が撃ちこまれていった。

「ちっ……仲間がいるのか」

舌打ちしたシリウスが手早くドアを閉め、体を低くして電話の横にあるスイッチを押す。分厚いカーテンが即座に引かれ、部屋が真っ暗になってオレンジ色の非常灯がつく。その後、ガラガラと音がして内側の蛇腹式ドアが自動で閉まった。撃ちこまれる銃弾が、その蛇腹に弾かれるのが見てとれた。

「コーネリア、怪我はありませんか？」

いつの間にか、壁を背に部屋の隅に座りこんでいた。目の前に膝をついたシリウスが、銃弾から守るようにコーネリアの両脇に手をついて囲んでいる。

「大丈夫だけど……なに……なんなの？」

さっきまではなんともなかったのに、急に体が震えだす。痙攣（けいれん）する口元を押さえると、シリウスに柔らかく抱きしめられた。

「俺が盾になるので、あなたには傷一つつけさせません。安心してください」

シリウスはそう言うと、電話に手を伸ばしどこかへかける。

「テオ、侵入者がいた。ああ……頼む。それから……」

元諜報部員だという執事の名が、たしかテオだった。いくつか頼み事をした後、シリウスは電話を切った。

「俺たちはしばらくここにいましょう。今、外にでても危険です。ここは王族用に歌劇中の襲撃に備えて作られていて、他より安全です」

「でも……さっき……」

声が震えてうまく言葉がでてこない。銃撃で穴が空いた壁に視線をやると、シリウスが「大丈夫です」と言った。

「あれはさっきの男を逃がすために、どこかのバルコニー席から仲間が俺を狙って撃ってきただけで、コーネリアを狙ってはいません。さっきの男も、あなたを殺すつもりはなかった。きっと仲間も逃げている最中でしょう。だからもう狙われることはありません」

さっきの男とその仲間は、シリウスの執事とその部下が追っているという。

「幸い、銃撃してきたのが消音装置のついた銃だったおかげで、観客はなにも気づいてないそうです。ちょうど幕間で、客席に人がまばらだったのがよかったのでしょう。へたに騒ぎになったら、犯人たちを追うのも大変ですからね。テオから連絡があるまで、俺たちは念のため、ここにこもります」

コーネリアは無言でうなずいた。もう撃たれる心配はないらしいとわかって安心したし、言われなくてもしばらくこの部屋からでられないだろう。まだ膝が震えている。

抱きしめてくれるシリウスの背中に、きゅっとしがみついた。

「せっかくの公演が見られなくて申し訳ありませんが、我慢してください。今度、なにかで埋め合わせをしますね」

「気にしないで……一幕でいろいろ見られたし」

「少しでも楽しめたならよかったです。ところで、ワインには口をつけなかったんですね」

「ええ、飲もうとしたところで舞台が動きだしたから、飲むのを忘れちゃって」

「そうですか。ワインに睡眠薬が入っていたみたいなんで、飲まなくてよかったです。俺はうっかり飲んでしまって。すみません。肝心な時に寝ていて……怖かったでしょう？」

肝心な時もなにも、ちゃんと助けてくれたのだから謝られる筋合いはない。コーネリアは大丈夫だと首を振った。

「仕事で疲れて寝ているんだと思ったわ。睡眠薬だったのね」

「まさか、寝ませんよ。任……いえ、デートの最中に」

言い直した彼を見上げると苦笑で流され、唐突に唇を奪われる。まるでなにかを誤魔化すようなキスだったけれど、銃撃のショックが尾を引いていたコーネリアは、安心感がほしくて受け入れた。

聞きたいことはたくさんあるのに、重なった唇から思考を吸いとられていく。体の震えも気持ちの波もおさまって、自分から求めるように唇を開けば、口づけが深くなった。

からまり合う舌と舌。交わされる吐息と、濃密に甘くなっていく空気。シリウスと触れる部分が多くなるほど、脳の奥がじんっと痺れて眩暈がする。伝わってくる体温に胸が高鳴り、息遣いもどんどん乱れて、彼にすべてを支配されていくような感覚が心地よくて、コーネリアは口づけの合間に小さく喘いだ。

体の芯が火照ってうずく。こんなキスをしたのは無人島以来で、忘れていた快感を思いだした肌がざわついている。

「はぁ……ぅん、シリウス……」

自分のものでないような甘い声がもれる。脚の間が湿り気を帯び始め、もどかしさに膝が震えた。こんなにも、体が彼を求めているなんて思ってもいなかった。

離れていこうとする唇を追いかけてシリウスの首に腕を回すと、腰のあたりをさ迷っていた手が、スリットから入ってくる。受け入れるように脚を開いて彼の膝の上に乗り上げ、体を密着させた。

「……コーネリア」

「だって、もう観劇もできないじゃない」

咎めるような声に、甘く拗ねた声で返す。

「そっちからキスしたのよ……」

別に誘いたかったわけじゃない。シリウスに火をつけられたのだ。今だって、淡いオレンジ色の非常灯を反射した、情欲に濡れた目でコーネリアを見つめている。そのからみつくような視線から逃げるように目を伏せると、こめかみにキスを落とされた。

「それもそうでしたね」

劣情を押し殺したようなかすれた声がして、キスから先に移るのに迷いがあったシリウスの手が、大胆に動き始める。背中に回っていた手が、ドレスのファスナーを下ろして入ってきた。肩を壁に押しつけられ、貪るように舌が口中を舐め回す。

「んっ、くぅ……んっ……あぁっ……」

網タイツの上から太腿を撫でていた手が奥に進み、ガーターベルトを外してお尻に回る。後ろからショーツの中に忍びこんできた指が、濡れ始めていた襞と肉芽を弄ぶ。甘い痺れに身をよじると、肩からドレスを落とされた。コルセットで盛り上がった胸が露わになり、そこにシリウスは顔を埋め、果物をほおばるように歯を立てた。

甘嚙みされた場所が、じんっと熱を持ち、淫らな感覚が生まれる。シリウスは赤い痕をいくつか残しながらコルセットを引き下げ、のぞいた乳首を口に含んだ。

「あっ、あんっ。やぁ、そこ……ッ」

肉芽を嬲っていた指の動きが、舌の動きに合わせて荒くなる。敏感な場所を同時に攻められ、がくがくと全身が震えた。

カーテンの向こうでは第二幕が始まる音楽が奏でられている。こんな場所で、まだ危険かもしれないのに、体はひどく興奮し濡れてくる。

「ひゃぁ、ンッ……！　あぁ……だめぇっ」

硬くなった乳首を甘嚙みされ、肉芽を指で押しつぶされる。背筋を抜けていく衝撃に、あっけなく達した。ずれたショーツの端から蜜がとろりとあふれ、シリウスの指を濡らしてズボンに落ちる。

「はぁ、あぁ……あ、やだ……ぁ」

「前より早いですね。久しぶりだから？」

からかうような声に、胸がどきどきする。どうして、言葉だけでいやらしく昂ってしまうのか。

蜜口が、びくんっと痙攣してコーネリアを追いつめる。

「また……あふれてきた」

羞恥で顔が熱くなってくる。そんなコーネリアを見上げて、シリウスがふっと笑い、ドレスの裾をつまんだ。

「立って、これ持ってください。自分でたくし上げて、俺に見せて」

「なっ……そ、そんなこと……っ」

恥ずかしくてできるわけがない。そう言いたいのに、強引に裾を握らせてくる手を振り払えない。

「自分でしないなら、ここで終わりにしますよ」

シリウスだって、ここで終わったらつらいはずなのに意地悪を言う。けれどコーネリアと違い、彼ならまだ自制できてしまうのかもしれない。それが悔しくて唇を噛むと、そっと口づけられた。

「噛んじゃダメです。せっかく綺麗な唇なのに、切れたら悲しい」

恥ずかしい言葉とともに唇を舐められ、全身が熱くなる。体の力が抜けて、立つなんてできそうもない。シリウスはコーネリアのハイヒールを脱がせ、震える腰を摑んで持ち上げた。

「ほら、立って」

「やぁんっ……だめっ……！」

強引に立たされたコーネリアの脚の間から、蜜がまたもれてくる。それを、スカートをめくったシリウスが下から見上げる。

「裾、ちゃんと持ってくださいね」

そう言いながら、シリウスは蜜に濡れた脚の間に顔を埋めた。

「あぁぁ……ひゃぁンッ！　やっ、いや……だめぇッ」

立ったまま、下から敏感な場所を舐められる。裾をたくし上げている余裕などなかった。倒れてしまいそうになる体を支えようと、とっさにシリウスの肩に手をつく。その間も、彼の舌は愛撫をやめない。

コーネリアの腰を支えながら、濡れた音をたてて肉芽を吸い、優しく噛んでは舌で襞を開いたりと弄ぶ。

「はぁんっ、あぁ……！　いやぁ……ンッ！　あぁ……そんなに、しないでっ」

膝の震えがとまらない。刺激が強すぎて、頭がおかしくなってしまいそうだった。

さっきイッたばかりなのに、また絶頂の波がやってくる。びくっ、と腰が震えて熱が弾けた瞬間、コーネリアの横で電話が鳴った。

驚いて悲鳴を上げると、シリウスが顔を上げ口元を拭った。

「テオからだ。コーネリアは可愛い声をださないでくださいね」

達した直後でぼうっとしているコーネリアとは違い、シリウスはなにもなかったかのように立ち上がり受話器を取る。

「はい……どうなった？」

シリウスは相槌を打ちながら、受話器を肩で挟み、壁によりかかるコーネリアを反転させた。

「え……なに？」

腰を突きだし、壁に手をつくかたちになったコーネリアが振り返ると、シリウスが静かにと唇に指をあて、ドレスの裾をまくり上げる。抵抗する間もなく、ショーツの隙間から熱く硬くなった切っ先が入ってきた。

とろけきった蜜口は、なんの抵抗もなくシリウスのモノをくわえこむ。

「やっ……ん、んぐっ……！」

上がりそうになった嬌声を、とっさに自分の手で口をふさいで我慢する。

欲望で押し広げられた蜜口が、びくびくと収縮を繰り返す。唐突に貫かれた中は、うねるように動いて熱塊にからみつき、嫌でもその大きさや形をコーネリアに伝えてくる。まだ途中までしか入っていないのに、久しぶりに中を満たされた体が悦んで、立っているだけでもつらい。

「ああ、わかった……それじゃあ……」

受話器の向こうの執事と淡々と会話をしているシリウスが憎たらしい。しかも、快感に身悶えるコーネリアを辱めるように、腰を動かし始める。

最初は浅く出し入れを繰り返し、ぎりぎりまで引き抜いたかと思ったら、一気に最奥まで貫いてきた。その衝撃に上がりそうになった声を飲みこむ。声で逃がすことのできなかった快感が、涙となってぽろぽろとこぼれた。

その後も、シリウスは意地悪するようにコーネリアの体を弄ぶ。執事に命令を与えながら、感じる場所をえぐるように突き上げたり、痙攣する中を激しくかき回す。繋がった場所は蜜でぐしょぐしょになり、卑猥な音がひっきりなしにもれる。電話の向こうに聞こえてしまうのではと心配になるコーネリアをよそに、シリウスは腰の動きを激しくした。

「あぁッ……ンッ！」

最奥を強く突き上げられ、思わず高い声が漏れた。もうそろそろ、限界だった。

「いや、なんでもない。彼女の具合が悪いから、もう少ししてから外にでるよ。あとはよろしく」

シリウスはそう言うと、やっと受話器を置いた。

「ごめんね、待たせて。もう声をだしてもいいですよ」

「はぁ、あ……っ、ばかっ！　もうっ、いや……あぁ、ああん……ッ！」

文句でも言ってやろうと思ったが、激しく腰を揺さぶられ、言葉は喘ぎ声にすり替わる。シリウスも欲望を我慢していたのか、さっきに比べて動きが乱暴で性急だった。

「あぁぁ、ひゃぁ……あぁっ！　シリウス、も、もう……だめぇッ」

待たされていた反動で、一気に上りつめる。我慢させられていた快感が弾け、シリウスのモノを蜜口が締め上げた。けれど、まだ彼の欲望は硬く、コーネリアの中を満たしている。

「もう少し、付き合ってくださいね」

「ひっ、あぁいやぁ……んっ、あぁ！」

激しく中を突かれ、ひっきりなしに上がる嬌声を抑えられない。もう、外の音楽もなにも聞こえ

なくなっていた。そしてシリウスが熱を解放するまで、甘く鳴かされ続けたのだった。

公演の二幕が終わる少し前、二人はボックス席をでた。愛されすぎて足腰が立たなくなったコーネリアは、シリウスに抱えられて執事のテオが用意した車に乗せられた。彼の腕の中でうとうとしている間にヴァイオレット邸に着いたのだが、血相を変えて迎えにでてきた執事のおかげで、一瞬にして眠気が吹き飛んだ。

「コーネリア様！　研究室が……！」

シリウスに抱かれて車から降りたコーネリアは、すぐにその腕を押しのけて玄関に降り立った。さっき見回りにいったら、研究室が何者かによって荒らされていたと、執事は真っ青になって言った。

万が一の事故を考えて、研究室はヴァイオレット邸とは切り離し、庭の北側に独立して建ててある。父の代からそうだった。

コーネリアは少しよろける足取りで、庭を走って研究室へ駆けこんだ。ドアの鍵は壊され、月明かりでもわかるぐらい部屋の中はあらゆる資料や道具がひっくり返され荒らされていた。

危なくて中に入れないコーネリアは、ドアの前で立ち尽くす。

「なにこれ……どういうこと？」

電気系統も壊されているのか、スイッチを押しても部屋の電気がつかない。後からやってきた執事の手から、シリウスがランタンを受けとりかかげる。部屋の壁が照らされ、今日、公演にでかけるまでなかったものが浮かび上がった。

「エリエゼルを渡せ……どういう意味でしょうか？」

壁に赤いペンキかなにかで書かれた文字を、シリウスが読み上げ首を傾げる。コーネリアは震える手で無意識に傷のある腹を抱き、首を横に振り叫んだ。

「知らないわよ……私はなにも知らないのよ！」

第7章

「今日からお仕事なの……？」

ヴァイオレット邸のガレージで、執事とメイドに仕事の荷物を車に運んでもらっていると、白兎(しろうさぎ)の縫いぐるみを抱えたジャスミンがやってきた。六歳になる彼女は父親譲りの黒髪以外は、幼い頃のクレアによく似ている。

少女は、コーネリアと車を恨めし気ににらみつける。

髪を組み紐でひとまとめにしたコーネリアは革パンツにベアトップ、腰にジャケットを巻いた作業着姿。車は、普通の外出に使うものではなく、屋根のないオープンカーだ。脚立などの大きな荷物が積みやすいので、仕事ではこの車を使っている。

「もうお休みはお終い？」

「ええ、そろそろ仕事をしないと、みんなを養っていけなくなるのよ」

執事とメイドを振り返り、冗談めかして言う。実際はまだ休んでいても平気なのだが、なにもしないで家に引きこもっているのに、コーネリアが耐えられなくなったのだ。それにこの間の侵入者の件もある。

邸にいても危険かもしれないなら、外にでたほうが気も紛れるし、無人島で遭難していた頃から溜まっている仕事もさっさと片付けたい。

あの事件で、盗られたものはなにもなかった。侵入者は研究室でなにかを探していたようで、それは「エリエゼル」というものなのだろう。歌劇場での襲撃も、それに関係しているに違いない。

ガレージから研究室のほうを見ると、今日も警備の軍人がいる。あれからすぐ、シリウスが手配してくれた。外出する時は、距離をもってついてくる。

「ねえ、いつ帰ってくるの？」

不貞腐れた声に視線を戻すと、ジャスミンが白い頬を丸くふくらませてこちらをにらんでいる。先天的に腎臓が弱く、普通の子と同じように学校に通えない彼女にとって、ほぼ邸で仕事をしているコーネリアは友達みたいなものだった。

ジャスミンの腎臓が悪いとわかったのは三年前。クレアの夫が亡くなる少し前のことだった。夫婦とも腎臓移植の適合検査を受けていて、将来、ジャスミンの体が成長して手術に耐えられるようになったら、夫の腎臓を移植する予定だった。だが、ジャスミンが手術に耐えられる年齢になる前、夫は事故で亡くなった。残されたクレアはジャスミンと同じ遺伝性の腎臓疾患を抱えていることが検査で発覚していて、移植は絶望的だった。幸い、クレアの疾患は軽度で、日常生活にまったく支障がない。

あとは兄のウィリアムの腎臓がある。ウィリアムは妹のために腎臓を提供したいと言っているが、健康な息子の腎臓を移植することをクレアが許さなかった。コーネリアはその選択は間違っていないと思う。移植する側にもリスクが高い手術だ。両親ならともかく、まだ幼い息子の腎臓を使うのには抵抗があるだろう。

結局、移植ドナーを待つことになったが、適合するドナーになかなか巡り合えずにいた。

コーネリアも検査を受けたが、不適合だった。血の繋がりがないと、適合率が低く、移植できても幼いジャスミンの体では拒絶反応に耐えられない可能性がある。

幼いながらに重い病のせいで不自由を強いられているジャスミンは、我が儘そうに見えて、年の割に賢く、言いつけをよくきく。研究室にやってきては、危なくない場所でコーネリアが作業しているのをじっと見ている。子供の頃、父の研究所で実験を見るのが好きだった自分とどことなく似ていた。

そういえば、ジャスミンの兄のウィリアムも学校から帰ってくると研究室にやってきて、妹と並んで目をキラキラさせてコーネリアの指先を食い入るように見ている。

母親のクレアはボランティアが趣味で、亡くなった父親は弁護士だった。両親とも科学への興味や知識はあまりないのに、兄妹は誰に似たのだろう。コーネリアの影響なのだろうか。

「そうね、今日は遅くなるわ。夜には帰ってくるけど」

ジャスミンは不満そうに頬をふくらませ、縫いぐるみをぎゅーっと抱きしめる。

「それじゃあ、遊べないじゃない」

ここのところ、昼間はずっとジャスミンと過ごしていた。ゲームに興じたり、簡単な実験を見せてやったり、一緒に螺子式の玩具をつくったり。そのせいで離れがたいのだろう。

「ごめんなさいね。夕食の前には帰ってこられると思うから……そうね、寝る前に本を読んであげるわ」

「本当に！　じゃあ、あの本を読んで！　火薬のお話の！」

ジャスミンの表情が子供らしい笑顔になったが、およそ子供らしくない本の読み聞かせを要求してきた。

「ああ……あの本ね……わかったわ」

以前、小さな花火を一緒に作ったことがある。子供には刺激的な実験だったらしく、あれから火薬や爆発に興味を持つようになってしまった。最近はコーネリアの蔵書にある、火薬の歴史を読むのが好きで、クレアに「女の子なのに困ったものね」と溜め息をつかせている。

「絶対よ！　約束だからね！」

もしかして自分は少女にとって悪影響なのではと思いながら、約束の指切りをしていると、軍服姿のシリウスが侍女に案内されてガレージに現れた。

「仕事はどうしたの？」

歌劇場でのデート以来、シリウスは夜になると邸にやってきて、そのまま泊っていくことが増えた。そして早朝に邸をでていく。あんな事件があった後なので、コーネリアも自邸に帰れと強く言えず、まるで一緒に暮らしているような生活だった。彼が傍にいてくれるだけで安心感があり、それは執事たちも同じなのか、シリウスのことをみんなで歓迎している。

「今日の仕事はもう終わりました。コーネリアがどこかにでかけるって聞いたから、ついていこうかと。仕事なんですよね？」

「そうよ。点検で郊外の女学校にいくの」

コーネリアはいくつかの女学校と、設備機械の定期点検を行う契約をしている。以前、点検の男性作業員が某女学校のあちこちに盗聴器を仕掛けるという事件が発生した。女生徒の日常をのぞきたかったというのが犯行動機らしく、一時期、世間で話題になった。

その事件以来、珍しい女性修理工であるコーネリアに、定期点検の依頼をする女学校がいくつも現れた。学校にある設備の機械すべてを点検するので簡単な割に手間な作業ではあるが、一度契約してしまえば半永久的に仕事はあるし、報酬もそれなりに多い。安定した大口契約だ。

この仕事には、いつも侍女とメイドを助手としてつれていく。点検するのはコーネリア一人だが、学校中を移動するので片付けや荷物の移動を手伝う人員が必要なのだ。もちろん男性はなるべく連れてこないでほしい、と先方から言われている。

「うーん……女学校にあなたをつれていくのはちょっとね……男子禁制なのよ」

「駄目ですか？　でも、そうすると護衛がいませんね。女性の軍人をこれから手配するのは難しいんですが」

また歌劇場でのようなことが起きないともかぎらない。それで学校側に迷惑もかけたくないし、どうしようかと悩んでいると、とっくに帰ったかと思っていたジャスミンが、二人の間に割りこんできた。

「ねえ、あなたね。シリウスというのは！」

「はい。そうだけど、レディは？」

いきなり敵意剥きだしでにらみ上げられたシリウスが、自分の太腿（ふともも）ぐらいまでしか身長のない少女にたじろいでいる。そういえば二人は初対面だった。

「クレアの娘のジャスミンよ」

「初めまして、ジャスミン嬢。俺はコーネリアの婚約者のシリウスです」

シリウスがしゃがんで自己紹介をすると、彼女は「ふんっ！」と生意気に鼻を鳴らした。

「結婚は認めないわよ。私の友達のコーネリアをここから連れ去るなんて許さないんだから！」

遊び相手がいなくなると思って怒っているのだろう。まさか彼女がコーネリアの結婚に反対しているなんて思ってもいなかったので、ちょっと驚いた。

シリウスはというと「困ったなぁ……」と呟（つぶや）き、少し悩んでから言った。

「じゃあ、俺がここに婿にやってくるなら許してくれる？」

「ん？　どういうことかしら？」

ジャスミンが大きなブラウンの目を丸くして首を傾げる。

「だから、結婚したとしてもコーネリアとここに住むんだ。そうしたら、君とコーネリアが離れることはないよ」

「まあ、そんなことができるの！」

「できるよ。別に結婚したからって、男のほうの家に住まなきゃいけないなんて法律はないしね」

肝心のコーネリアを無視して勝手に結婚後の住居について話すシリウスに嘆息する。

「わたくしも歓迎いたしますよ」

話を聞いていた執事まで賛同する。長年コーネリアの世話をしてきた執事は、シリウスとの婚約をいたく喜んでいる。おかげで、後々破談するつもりだなんて言える雰囲気ではなかった。

「ちょっと、私抜きで勝手に決めないでよ」

「駄目ですか？　いい考えだと思うんですが……俺は航海にでたら最低でも三ヵ月は帰ってこられません。その間、勝手のわからないスカイ邸や新居で独り過ごすより、生活し慣れたここにいるほうがいいでしょう。結婚後、仕事を続けるんでしょうし。研究室のものを移動させるのも大変だと思うんで、俺がこっちに引っ越してくるほうが合理的じゃないですか？」

　さも結婚するように語らないでほしい。コーネリアに結婚するつもりはないというのに……ちらりと振り返った執事が嬉しそうにしている。善良な老人を期待させないでほしい。

　それとも、コーネリアが執事に破談の件を話せない心情を知っていてわざとやっているのか。そうやって外堀を埋めて、なし崩し的に結婚に持ちこもうと画策しているのではないか。シリウスは策士ではないが、無邪気さで押し通す強引さがある。

　これ以上よけいなことを言うな、と思いをこめてにらみつけるが、シリウスは笑顔でコーネリアを無視してジャスミンに向き直った。

「どう？　これなら、俺とコーネリアの結婚を許してくれるかな？」

「そうね。コーネリアがずっとここにいるなら許してあげてもいいわ」

　ジャスミンはまだ警戒しているようで、嘘ではないかと疑うようにシリウスの顔をじっとにらみつけている。

「ありがとう。それじゃあ今度、俺と遊ばない？」

「あなたと？」

「うん。陸軍でダイナマイトの爆破演習があるんだけど、見学にこない？」

それまで不信感たっぷりだったジャスミンの目が、一瞬で輝いた。

「コーネリア、結婚しなさいよ！　シリウスっていい人だわ！」

母親と同じようなことを言う。あっさり懐柔されてしまった少女に、コーネリアは額を押さえて呻（うめ）く。

ジャスミンの火薬好きをどこで知ったのか。大方、シリウスの執事からの情報だろう。そして優秀な執事テオは、彼らがガレージで雑談に興じている間に、どこかから事態を聞きつけ、女学校へ男性のシリウスが入館する手配をすませていた。数分後にメイドが取り次いだ女学校からの電話で、シリウスの入館許可が下りたと聞いてコーネリアは眉をひそめた。

襲撃事件や侵入者の問題以前に、この邸にはシリウスの密偵がいるらしい。


車に乗ったまま、警備員室の職員に入館証を返却して女学校の門をでる。辺りはすっかり暗くなっていた。昼間はつけていなかったゴーグルを、片手で運転しながら装着する。少し風がでていたので、目を保護するためだ。

行きに「女性の運転する車の助手席に座るのなんて初めてです」と愕然（がくぜん）とした表情で言っていた

シリウスは、大きな体を窮屈そうに折って助手席に座っている。

コーネリアの仕事用の車は改造されていて、本人以外には操作できない仕様だ。当然、男の自分が運転するものと思っていたシリウスは、ハンドル周りの複雑な機器を見て口元を引きつらせていた。

今や女性が運転するのは珍しくもないが、男女でいたら男性が運転するのが当たり前という風潮がある。女性の運転で助手席に座る男性は、免許を取得できない未成年か女性の若い愛人男性ぐらいなもの。図体の大きいシリウスがオープンカーの助手席に座って街中をいくのは、さぞ恥ずかしかったことだろう。

コーネリアも運転している間、あの二人はどういう関係なんだという視線をいくつも感じた。シリウスが海軍の軍服姿というのも悪目立ちした原因だろう。

「これは夕食前には帰れないわね」

ジャスミンが眠る前には帰宅できるが、約束が違うとむくれられそうだ。

「どこかで食べていきますか？」

助手席に座ったシリウスが、手渡されたゴーグルを珍しそうにいじりながら聞いてくる。コーネリアが改造したゴーグルは、歯車やスイッチなどいろいろとついている。

「邸で夕食が用意されているはずだから帰るわよ。それにこの辺で夜遅くに食事ができるところってないのよね」

埃(ほこり)と汗で汚れた作業着では、入れる店も限られている。場末の居酒屋でもコーネリアはかまわないが、メイドが作ってくれた夕食が無駄になるのは申し訳ない。それに郊外の閑散とした街並みの中に、食事ができそうな店の明かりは見当たらず、探している時間があったら帰ってしまったほうが早く美味しい夕食にありつける。

だが、お腹が空ているのか、残念そうに「そうですか……」とシリウスが言う。昼食は女学校の学食を食べさせてもらったが、女性向けの料理ばかりであっさりしていて質はいいが、量がぜんぜん足りなかったのだろう。

「ほら、これでも食べてなさい」

グローブボックスから携行食の箱を取りだし放る。ついでにラジオをつけると、今日のニュースが流れてきた。最近起きた事件や事故、ある国でテロが起きたなどの国際ニュース。国内ニュースではロレンソ商会が新薬を開発したなどの内容を、アナウンサーが淡々と語っていく。

街並みが途切れ、人家も点々と遠くに見えるだけになる。首都へと続く、荒野の中の広い一本道になった頃、ラジオでは明日の天気予報が終わり、いくつかのスポンサーの宣伝が始まった。

食品や日用品の新商品、新作ミュージカルの案内、そして最近よく聞く「人に癒やしを」というフレーズで平和や愛を啓蒙する宗教団体の宣伝が綺麗な音楽とともに流れてきた。

「セラピア教団ですね」

コーネリアが顔をしかめていると、携行食のビスケットをかじりながらシリウスがつぶやく。

「最近、あちこちでスポンサーしてますよね。いろんな番組の間で宣伝流してるから、変にフレーズが頭に残っちゃって、気持ち悪い」

グラナティス共和国には昔から国教というものはない。宗教の自由が認められ、それぞれに好きな神を信奉しているし、無宗教の者も多い。科学が急速に発展してからは、特に無宗教が増えたと聞いている。コーネリアも信奉している宗教はなかった。

渋い表情をしているシリウスも、宗教には興味がないタイプなのだろう。

「宗教は自由だし悪いことをしている教団でもないけど、ラジオとかであんまり流してほしくないわね。洗脳されそう。スポンサーを断れないものなのかしら？」

「無理でしょうね。あの教団、政治家や軍人にコネが多いんですよ。著名人とも繋がりがあるし、ラジオなんかの報道関係にも教団関係者がいるから、断れないでしょうね」

「本当に？　そんな話、聞いたことないわ」

セラピア教団の信徒が多いのは貧困層だ。「人に癒やしを」が主な教義なので、入信すると無料で診療や治療が受けられるため、戦後、焼けだされ財産を失った人々が次々と入信して大きくなっていった新興宗教だ。今も、貧困層が病気になると教団に駆けこみ、そのまま信者になるケースが多い。なので、比較的裕福な階層や安定した職業についている人たちが入信することは少ない。

けれど、貧困層が多い教団なのに、無料で医療行為ができたり、あちこちでスポンサーになり宣伝を流せるというのは矛盾している。お金はどこからでているのだろうか。

ただし富裕層にも信者がいて、多額の寄付を受けているというなら納得だ。

そういえば、エレオス動物愛護団体ときな臭い繋がりがあるらしいと、クレアが言っていた。

「富裕層はこの教団との繋がりを隠したがりますからね……」

なんだろう。含みのある物言いが引っかかる。聞いてみようと口を開きかけたところで、ドアに肘をついて前をぼんやり見つめていたシリウスが、囁くように言った。

「さっきから後をつけられているんですが、気づいてます？　あと、うちの護衛がいない」

うちのというのは、軍人の護衛のことだろう。行きに、距離を持って車で女学校までついてきていた。

「きょろきょろしないで。向こうに気づかれます」

辺りを見回しそうになり、制止される。

「なんなの？　この間の連中？」

歌劇場での相手なのか、邸への侵入者なのか。たぶん、両方だろう。

「そうでしょうね。彼らはあなたをさらいたいみたいですから」

「なんなのよ……私はなにも知らないのよ」

壁に書かれた文字を思いだし、コーネリアは気分が悪くなってきた。

荒野の一本道に、まともな街灯なんてない。たまに申し訳程度の明かりの弱い街灯が立っているが、ほとんどが壊れて点滅している。暗くなってから、この道を走る車があまりないから整備されていないのだろう。ヘッドライトの明かりに照らされる舗装の古くなったガタガタ道を走るのは、コーネリアの車だけ。

だが、耳を澄ますと、コーネリアの車が走る音に混じって別の車の音が聞こえる。

「明かりもつけずに走ってるのね」

「ええ、前と後ろにいますね。距離は……十メートルぐらいは離れているでしょうか。明るければ見えるんですが」

落ち着いて会話できているが、ハンドルを握る手はじっとりと汗をかき、心臓の鼓動は早くなり始めていた。

「ゴーグルの右のスイッチを押してみて」

唾を飲みこみ、震えそうになる声で言う。言われた通りにスイッチを押したシリウスが、小さく「わっ」と声を上げる。コーネリアも同じようにスイッチを押した。

「なんでこんな装備を……暗視スコープじゃないですか」

「暗い場所で作業することがあるのよ。ライトと使い分けてるの」

実際はそんなに作業で使うことはなく、ただの趣味で装備していただけ。だが、こういう夜道で使うのは便利かもしれない。ヘッドライトより道や周囲の障害物を認識しやすい。

そして、前方にテールランプをつけていない車が走っているのが見えた。バックミラーで確認すると、後ろにも車がいる。あれらの車に乗っている何者かも、暗視スコープを使っているのかもしれない。

「よく見えますね。軍にあるのより性能いいかも」

横の調節用の歯車を回して望遠にしたりと、ゴーグルをいじるシリウスが感心したように言う。趣味に走って作っているので、無駄に高性能なのだとは教えなかった。

「それで、どうするの？　逃げるの？」

「そうですね……たぶん、タイヤをパンクさせて足止めするつもりだと思うんですよ。なのでタイヤを撃たれないように、ジグザグに運転できます？　なるべく細かくハンドル切って」

「できるけど、弾をよけながらの運転なんてしたことないわよ。後ろからも狙われてるんでしょ？」

運転技術には自信があるが、銃撃に巻きこまれたことなんてない。歌劇場でのことを思いだし、体が緊張で固くなる。

「大丈夫ですよ。銃撃のほうは俺がなんとかしますんで、運転お願いします。まずは、前の車を爆破するんで、うまくよけてください。あと、このスパナください。あとで弁償します」

「いいけど、爆破って……なにするの？」

シリウスはコーネリアの太腿に巻いたツールケースにささったスパナを抜き、立ち上がったかと思うと投げた。スパナは暗闇の中を想像以上の速さで回転しながら飛んでいき、前の車の後部座席の窓ガラスを割る。慌てた様子で助手席の男が顔をだし、こちらにピストルを向ける。

だが、それより早くシリウスがなにかを投げつける。黒い楕円形の塊が、割れた窓ガラスの穴に吸いこまれるように入り、そして車が爆発した。

「え……なに……？」

道の真ん中で上がった火柱を呆然と見つめながら、ハンドルを切って速度を上げる。

「手榴弾です。一応、持ってきておいてよかった」

「……よく命中したわね」

呆れてそうもらすと、「前を真っ直ぐ走ってるだけのものに当てるのは簡単です」と返ってくる。

無人島で獲物をしとめていた時のようなことを言う。

「それより、ちゃんとよけてくださいね」

「え……きゃあああ！　ちょっと、なによ！」

シリウスがすっと体を屈めたとたん、彼の頭があった高さのフロントガラスに銃弾が撃ち込まれて割れた。衝撃と驚きでハンドルを切ってしまい、車が左右に激しく揺れる。危うく爆破された車の火柱に突っこみそうになったが、寸前でよけた。

「あなたは狙われないから、怖がらないで運転していてください。後ろもどうにか……したいですけど、車間つめてきましたね。これじゃ、手榴弾は無理だな」

シリウスがシートを倒して後ろに移動しながら、淡々と状況を口にする。近くで手榴弾を爆発させられたら、こちらも無事ではすまない。

ピストルを取りだしたシリウスが、後ろに応戦しながら聞いてくる。

「もっとスピードでないんですか？」

「でるけど……それよりいい方法があるわ」

ふっと思いついて、自然と口元が笑った。いつの間にか緊張が消えて、この状況に興奮していた。シリウスがいる安心感で、わくわくしているのかもしれない。

シリウスと銃撃戦を繰り広げる車がじゅうぶんに近づいてきたのを確認し、言った。

「暗視スコープ切って、目をつぶって！」

自分のゴーグルのスイッチも切ると、ハンドルの横に並んだ計器の数々の中から、バックライト

の光量調節ダイヤルを一番上まで上げスイッチボタンを押す。バッ、と閃光が走ったかのように背後が明るくなる。すぐにスイッチを切ったが、前を向いていたコーネリアでさえ目がチカチカするのだから、暗視スコープを使っていた彼らはたまったものではないだろう。

後ろで悲鳴とブレーキ音が響き、バックミラー越しに減速しスピンして止まる車が見えた。そこに、シリウスが何発が発砲すると、仕留められたのか静かになる。

「すごいですね……それ、なんのための装備なんですか？」

「趣味よ、ただの趣味！」

呆れたような彼の声に、頬が熱くなる。本当にただの趣味で、なにが目的というわけでもなく装備しただけだ。この車にはそんな仕掛けがいくつもある。

子供の頃に読んだ冒険譚の影響で、物語にでてくる秘密道具や変形する自動車などに憧れた。大人になり、自分で作れるようになると、改造に歯止めがきかなくなった。

そういう子供っぽい自分を知られるのがなんとなく恥ずかしくて、ぞんざいな返答しかできない。

「もしかして、マシンガンとかでてきません？」

「そんな装備ないわよ！　銃撃戦なんて想定してないから！」

とは言ったものの、まだ装備していないだけで、考えてなかったというと嘘になる。今夜のこともあり、装備したほうがいいのではないかとつい考えているうちに、首都の街の明かりがすぐ近くまで迫ってきていた。

「俺、助手席に座っててよかったなって、今日初めて思いました」

「なんなの嫌味？」

コーネリアに対して腰の低いシリウスだが、助手席で恥ずかしい思いをさせられ男のプライドが傷つき、秘かに腹を立てていたのかもしれない。だが、横目でにらみつけた彼は、満面の笑顔で言った。

「いいえ、コーネリアの運転なら安心してられるって意味です。初めてで、こんなにうまく連繋して戦えたの初めてですよ。俺たちって相性いいと思いません？　だからやっぱり結婚しましょうよ」

返事の代わりに、シリウスをふり落とす勢いで思いっきりハンドルを切って悲鳴を上げさせてやった。

第8章

「じゃあ、またね！　バイバイ！」

体が快復してから、悲しい事件なんてなかったかのように私は暮らしていた。

今では、すべて悪い夢だったのではないかと思う。

同い年で仲良しのお隣さんに手を振る。可愛いくて純真な彼女はまるで以前の私のようで、一緒にいると腹の底にどろりとした重くて暗い感情が渦をつくりながら溜まっていく。

今日なんて、将来はお嫁さんになって子供を三人育てたいという女の子っぽい夢を聞かされた。

家族を持つなんて考えられない私が、結婚はしないで仕事をすると言ったら驚いた顔をしていた。

無邪気なあの子の反応は、たまに私の胸をえぐる。

ああなりたかったという、妄想の中の私を見ているみたい……。

憧れと嫉妬。あきらめと執着。この感情は誰にも話すことができない。

「お嬢様、お風呂の用意ができております」

メイドの言葉に笑顔で「ありがとう」と返し、バスルームに向かう。庭を駆け回って遊んでいたせいで、ドレスは泥だらけで汗もかいた。お転婆なお隣さんに付き合うといつもこうで、メイドもそれはわかっている。

入浴を手伝うというメイドをバスルームから追いだし、自分で服を脱ぐ。着ていた服の生地が肌に合わなかったのだろうか、首元や袖のあたりがかゆい。少しだけ肌が赤くなっていた。

ふと、私は姿見を振り返り、瞠目した。お腹を、震える指でそっと撫でてつぶやく。

「エリ……エゼル……？」

＊＊＊

騙された……お見合いの時と同じだ。

コーネリアはお祝いの言葉をかけてくれる相手に笑顔で「ありがとうございます」と返しながら、内心、また騙してくれた叔父と間抜けな自分に腹を立てていた。

隣で同じように笑顔を振りまいているシリウスは、このことを知っていたのだろう。叔父がチャリティパーティの場を借りて二人の婚約発表をした時、涼しい顔をしていた。

こういうパーティに必ず顔をだすクレアは、ジャスミンの容体が悪いとかで欠席している。この場にいたら、大いにコーネリアを冷やかしたはずだ。

コーネリアが出席しているのは、獣医師である叔父の運営する動物愛護団体のチャリティパーティで、会場は叔父の邸にある大広間だ。穏やかな性格で人好きのする彼は社交界に顔が広い。コーネリアの父が戦時中に逃亡している間も首都に残り、ヴァイオレット伯爵家の面目をなんとか保つために奔走したりと、処世術にも長けている。

その叔父が毎年開催するチャリティパーティには、各界から多くの人々がつめかける。政治家から宗教関係者、文化人に芸能人など多種多様で、同じ動物愛護活動をする団体も招待され、チャリティで集まったお金は叔父が運営する団体以外にも寄付される。その中には、あのエレオス動物愛護団体の名もあった。叔父は彼らの過激な活動には否定的だが、動物実験反対には賛同していて、他の団体と同じように扱っていた。

ちょうど今、叔父はそのエレオス動物愛護団体の幹部らしき男性と握手を交わしている。祝辞の波が引き、やっと体の空いたコーネリアは叔父の背後にそっと忍び寄った。

「叔父様、ちょっと……どういうことなんですの？」

話が終わるのを待って、叔父の袖を引っぱり大広間の隅に連れていき詰問する。

「こら、コーネリア。シリウス君を置いてきたら駄目だろう」

「ちょっとぐらい大丈夫でしょう。それに、私は婚約発表だなんて聞いてないし、こんなの認めませんわ。騒ぎださないで大人しく話を合わせているんですから、なぜこんなことをしたのか教えてください」

叔父をきつくにらみつけると、渋い表情で視線をそらされる。

コーネリアは毎年このパーティには参加していて、寄付も続けている。両親が殺された事件の後、叔父にはいろいろと世話になっていて、自立できるようになるまで経済的援助もしてもらってきた。仕事が安定してから、そのお金を返そうとしても受け取ってもらえなかったので、寄付するようになったのだ。

そして今日、このチャリティパーティの前に仕事があったので、出先から会場に直行して着替えることになった。ドレスはいつもの黒系。それを執事とメイドに運んでもらい、着付けする予定だったが、会場で着せられたのは白い清楚なドレスで、アクセサリーも真珠をふんだんに使った可憐なデザインだった。

どういうことかと文句を言ったが、もうパーティは始まっていて時間がないと急かされ、渋々そのドレスを着て会場にいってみたら、燕尾服姿のシリウスが待っていた。

ここでかなり嫌な予感がしたのだが、人がたくさんいる会場、しかも叔父主催のパーティで騒ぐことはさすがにできず、仕方なくエスコートされていったらチャリティパーティの場を借りての婚約発表だったというのが、ついさっきの出来事だ。

「最近、邸で一緒に暮らしているそうじゃないか。執事から聞いている。いくら婚約者とはいえ、正式に発表もしていないのに同衾するなんて外聞が悪い。お前だって、一応未婚の女性なんだ」

「今時、結婚するまで純潔を守るだとか、婚前交渉はないだとか古いんじゃありません？　みんなやってることでしょう。そんな目くじらたてなくても……世間でどう思われようと、私は気にしません」

「お前が気にしなくても、シリウス君には不名誉だと考えないのか。まったく、情けない」

叔父が額を押さえて嘆息する。

「シリウスの不名誉ですか？」

「コーネリア、お前は賢い。だけどな、その年まで異性と付き合うことなくきてしまった。そのせいで、ちょっと男性の立場というものに気が回らなすぎるのだよ。こういうことを言うとお前は古いと反発するだろうが、言わせてもらう。男と女は違う生き物だ。性差を無視して、なにもかも平等にすることはできない」

大人しく「はぁ」と相槌を打って叔父の説教を聞く。本題に入るまで、叔父は前振りが長いのだ。

「男女は肉体的にも精神的にも差がある。男性が女性の体力に合わせて歩いたり、重い物を持ってやるように、女性だって精神的にもろいところのある男性に恥をかかせないようにする。そういう気遣いや思いやりは悪いことではないし、女性を軽んじたり気遣いを強要するものではない。ただし気遣いしてやるに値しない男性なら、無視しなさいと私は思う。あと面倒事になるから、そういう男性に恥だけはかかせてはいけない。逃げなさい」

さすがに反論したくなってきたが、最後まで聞いて言葉が引っこむ。叔父のこういう、ばっさり切って捨てるところは好きだ。

「シリウス君はお前が気遣うに値しない男性かい？」

「それは……」

コーネリアの目をのぞきこむように問う叔父に、言葉がつまる。ずるい聞き方だ。

シリウスは気遣いするに値する相手だ。お見合いの件や彼になんらかの裏があるとしても、信頼してよいと思える。

「彼はとても誠実で、お前の性格も苦にしない大らかさがある。この間、仕事で彼を助手席に乗せたそうだね。あの車なら仕方ないことだが、目立っていたようで、私のところまでわざわざ忠告しにくる人間がいた」

これが本題だったのか。忠告ではなく、嫌味な告げ口をした人間に腹が立った。どうでもいいような伝統や礼節、古い価値観を重んじるどこかの貴族の仕業だろう。

コーネリアが思わず顔をしかめると、「そういう顔をするんじゃない」と叔父に窘められた。

「幸い、シリウス君は気にしていない、楽しかったと言っている。嘘ではなく本心なのだろうね。彼はそういう性格だ。だが、世間は違う。正式に婚約発表もしていない上に、ずいぶんと尻に敷かれているようだ。それとも彼は愛人にされているのか……と言われたし、そういう噂まで流された」

本当に貴族の社交界というのは面倒で、失礼だ。さすがに愛人はない。うんざりして、コーネリアは嘆息する。

「だから婚約発表なんですか!?」

車の助手席に座らせただけで、こんな展開になるなんて理不尽ではないかと思ったが、いつも優しい叔父の厳しい視線に、今度はコーネリアが目をそらすことになった。

「スカイ提督もね、気にすることはないと笑ってくださった。今日の婚約発表も、お前に無理をさせなくていいとまでおっしゃってくれたのだぞ」

どうやら叔父は、姪の不始末でスカイ提督に頭を下げにいったようだ。ますます告げ口した人間が憎らしい。

「お前は、お互いに問題ないなら、片方が誰かに蔑まれてもいいと思うのか？」

とても耳が痛くて言い返せない。無言でいると、説教が続いた。

「たしかに、まだまだ女性には自由が少ない社会だ。どうでもいい世間体も残っている。けれど男性はそのぶん負担を背負うところもある。お前はその男性が負担する経済力や力仕事を難なくこなしてしまうから、考え方が男性よりで、世間を窮屈に感じるのもわかる。だが、誰かのためにたまには我慢するということを覚えてもよい年頃だろう」

叔父の言いたいことはよくわかる。だけどやっぱり結婚って面倒だな、したくないなと思った。自分には合わない。

シリウスとならしてもいいかも、なんてふと思うことは多々あった。年下なのにコーネリアの偏屈さに寛容で、男だからという価値観を持ちださない彼が好きだ。たぶん、愛しているのだろう。

コーネリアは肩越しにシリウスを振り返る。父親のスカイ提督と肩を並べ、お祝いの言葉を受けてお礼を返している。その堂々とした姿は年齢よりも落ち着いて見え、普段、コーネリアの前で見せる無邪気さはない。立派で、将来を嘱望される男性だ。

彼と結婚すれば将来は安泰だろう。それ故に、面倒なしがらみも多そうなところが悩ましい。そしてそれ以外にも、この結婚をコーネリアに躊躇(ちゅうちょ)させるものがある。

「叔父様……私の配慮のなさでご迷惑をおかけして申し訳ございませんでした。正式な婚約発表は当然のことです。ですが、私は最初からこのお見合いにずっと疑問がありました。私になにか隠し事がありますよね？」

じっと叔父を見据えると、かすかに口元のあたりが強張るのがわかった。

「エリエゼルとはなんですか？　叔父様は知っているのではありませんか？」

叔父はさっと表情を緊張させ、視線だけで辺りを見回した。やはり鎌をかけてみて正解だった。叔父はなにか知っている。

コーネリアもバカではない。ここ最近の襲撃についていろいろ考えていた。

まず、自分が狙われるのは両親が殺害された事件になんらかの関係があるからだろう。叔父は父が逃亡中によからぬ相手と付き合いがあったらしいと言っていた。その相手が両親を殺し、今はコーネリアを狙っているのではないかと当たりをつけた。

そして不釣り合いなお見合い相手のシリウス。彼が傍にいてくれたおかげで、コーネリアは何度も助けられている。これはけっして偶然ではない。

彼はお見合い相手ではなく、本当はコーネリアを守るために派遣されたのではないか。自然な形で傍に置くために、お見合い相手という演出になったのだろう。そう考えれば、あのお見合いも納得がいくし、好きだとか結婚しようとか言いながら、なかなか手をだしてこなかったシリウスの行動も理解できる。

まだ想像にすぎないが、これが真実でもコーネリアは騙されたと怒る気はなかった。シリウスとの行為は合意だったし、そういう関係を持ったことには満足している。始まりはどうであれ、彼が真剣にコーネリアを想い責任をとりたいと考えているのも肌で感じるので、裏切られたという気持ちはなかった。

彼のしたことを責める前に、仕事なら仕方ないと思ってしまったのだ。自分も仕事をしているので、したくないけれどしなくてはならない時の気持ちはわかる。軍人なら尚さら、上からの命令は絶対だ。

だからシリウスに、事件の真相は問わなかった。彼は嘘をつくのが下手だ。コーネリアに問いつめられて、さりげなく嘘をつけるタイプではない。困らせるだけだろう。

コーネリアといる時、シリウスは寛いでいるようでいて、いつも気を張っている。お酒も少量しか飲まない。疲れていても先に寝たりしない。食事だって、無人島で食べていた量の半分ぐらいしか口にしないのを知っている。いつでも体が動くように、眠くならないように備えているのは、任務中だからだ。

任務で彼に婚約をさせ、結婚まで進んでしまうことに疑問がある。若いシリウスの人生を、そんなふうに犠牲にさせていいのかと腹が立つのだ。だから面倒臭いというのもあるが、以前とは違う理由でコーネリアは結婚したくなかった。

「叔父様、私には知る権利があると思います」

「わかった。だが、ここでする話じゃない。後でだ……」

叔父が小声でそう告げると、背後で感じの悪い笑い声が上がった。振り返るとシリウスの前に、彼と同い年ぐらいの男性が立っている。傍にスカイ提督はいない。

「婚約おめでとう。いやぁ、先日、女性の助手席に君が乗っているのを見て心配したのだけど、いかがわしい関係でなくて安心したよ」

馴れ馴れしく肩を叩く男性に、シリウスは笑顔を崩さない。叔父が「ああいうことだよ」と咎めるように言う。

「まあ、スカイ家の跡取りである君が、女性と不適切な関係を築くはずがなかったね。だけど万が一ということもある。やはり出自が悪いと、どんなに育ちが良くても道を踏み外す確率は高くなるだろう。僕は君を心配して……」

心配と言いつつ失礼極まりない男性だ。前に無人島で「そういう話を振られるのは慣れています」と言っていたが、こういうことなのか。過去にも、こうやって彼の出自に因縁をつけたり嫌味を言ったりする人間がいたのだろう。しかも、コーネリアのせいでからまれているのかと思うと、もっと配慮すればよかったと後悔がこみあげてくる。

「無人島生活で幼少期を思いだしてしまったのかな？　楽しかったかい？　野蛮な生活……」

「肩になにかついてるよ」

さすがに言い返してやりたくなったコーネリアだったが、先にシリウスが動いた。ぺらぺらよくしゃべる男に相槌を打ちながら、ポケットに手を入れた後、なにもないように見えた男性の肩から、糸くずでも取るような動作をし手を開く。

「ほら、虫が載ってた」

「ひっ……」

大きな芋虫だった。どう考えても、シリウスが故意にポケットから取りだしたものだ。

「あげる」

表情を引きつらせた男性の顔面に、シリウスは笑顔でぽいっと芋虫を放った。

「ぎゃあああああ！　なっ、なにをするんだ！　うわあああぁッ……‼」

男性は絶叫して転び、周囲の注目を集めながら「覚えてろよっ！」と捨て台詞を吐いて逃げていった。シリウスはというと「またね」と呑気に手を振っている。

「なにしてるの……よく、芋虫なんて持ってたわね」

シリウスの隣に戻り、呆れて彼を見上げる。

「たぶん、あいつがくると思ってたんで、庭でとっておいたんです」

「知り合いなの？」

「ええ。初等科からの付き合いで、家も近いんで幼馴染みといえるのかも。同じグラロス高等学校を受験したんですけど、俺は受かってあいつが落ちてから因縁をつけてくるようになって」

「なにそれ。逆恨みじゃない」

「俺、スポーツ特待生だったんですよね。頭ならあいつのほうがデキがよかったからよけいに」

そういうことかと納得する。シリウスがスポーツ特待生というのもしっくりきた。

「でも、ごめんなさいね。あんな失礼なこと言われたのは私のせいだわ……」

「気にしないでください。いつものことで、俺のあら探しに必死なんです。助手席のことがなくても絡んでくるし、前に邸で馬の世話をしてる時にもやってきて絡むから、わざと転んだ振りして顔面に馬糞を投げつけたこともあるんですよ。それでもくるんだから、どうしようもない」

「やだっ、なんてことしてるの」

思わず、ぷっと吹きだして笑う。想像して、こみ上げてくる笑いに肩が震えた。

「仕方ないじゃないですか。面と向かって言い返したりすると面倒事になりそうだし、うっかり殴ったら怪我させちゃうでしょう。あいつ細いから。だから毎回、なんか放り投げて撃退してるんですよ。あいつだってわざとだってわかってるはずなのに、それでも絡んでくる」

困ったと言いつつ、シリウスの表情と態度にはまだまだ余裕があり、本気で迷惑がっている様子はない。しかも肩をすくめて、こう続けた。

「ここまでくるともう、俺、あいつに愛されてるんだなって思います」

こらえていた笑いを我慢できなくなり、コーネリアは声を上げた。口元を覆い、会場に背を向けて笑う。

あしらい方がうまいというか、相手の悪意をすっと包みこんでしまっている。こういう彼だから、好きだと思えた。周囲の思惑や、シリウスに押しつけられた役割に腹を立てていても、一緒にいたいと願ってしまう。

「そんなに笑うなんて珍しいですね」

驚いたように目を丸くするシリウスに、やっと笑いをおさめたコーネリアは言った。

「結婚してもいいわよ」

「え……？　え？　なんて？」

目をぱちくりさせるシリウスに、わかりやすく告白してやる。

「だから、あなたが軍の命令で私とお見合いして、傍で護衛してくれているのだとしても、私はあなたと結婚したいと思ったわ」

　まさか、隠していることを持ちだされると思っていなかったのだろう。不意打ちに、シリウスは口をぱくぱくさせてうろたえている。そんな彼の蝶（ちょう）ネクタイを摑んで顔を引き寄せると、唇を重ねてぱっと離れた。

「また後でね。お化粧直しにいってくるわ」

　いつもうるさく結婚を迫ってくるシリウスを出し抜いてやった。少し浮かれながら人の間を軽やかに歩いていくと、出入り口のところで叔父の使用人に声をかけられる。伝言だと渡されたカードには、叔父の字で「一人で書斎へくるように」と書かれていた。

　さっきの話の続きに違いない。コーネリアはすぐに書斎に向かった。パーティ会場の大広間から離れると人の気配は少なくなり、使用人もほとんどパーティの手伝いに駆りだされているのか、書斎の周辺は静寂に包まれていた。

　ドアをノックするが返事はない。そっとノブを回すと開いていたので、恐る恐る中に入る。

「失礼します……」

　部屋は薄暗く、机の近くの間接照明がついているだけだ。叔父の書斎は昔から整然と片付いていて、いつも本や書類、実験器具などであふれかえっていた亡き父の机の上とはまったく違う。本は天井まである書棚に著者順に並べられていて、それが乱れているのを見たことはない。

　書棚を見上げながら机に近づいていくと、白い紙片が落ちているのに気づく。よく見ると、書棚の下から用紙の角がでているようだった。

「こんなところに隙間があるの？」

造り付けの書棚は動かすことができない。下にものが挟まる余地なんてないと思っていた。コーネリアはしゃがんで、その用紙をすっと抜きとり顔をしかめた。

「なにこれ……」

用紙には、「エリエゼル薬について」という一文から始まり、エリエゼル薬が死者復活の薬ではないかということがタイプライターの文字でつづられていた。また、エリエゼルの名称は、絵本の内容からつけたのだろうと。そして戦時中に研究されていた薬だとの記載で途切れている。

コーネリアは用紙が挟まっていた書棚を見上げ、本や棚に指をゆっくりと這わせていく。どこかに微細なズレがあるはずだ。指先に神経を集中して探っていると、何段目かの棚が隣の棚よりわずかに高くなっているのがわかった。その棚を、上から押す。

ガッシャンッ、という重い音がして棚が下がり金庫が現れた。何度も訪れたことのある書斎に、こんな仕掛けがあったなんて知らなかった。

鍵は八桁のダイヤル式。いけないと思いつつ、エリエゼルについて知りたくて、ダイヤルを回す。適当に思いついた数字、叔父やその家族の誕生日を合わせてみるが開錠しなかった。

「もしかして……」

ふと、思いついた番号にダイヤルを合わせる。両親が殺された事件の日付だ。

カチンッ、と歯車が合わさる音が響き、動きだした。ゆっくりと金庫の扉が開く。コーネリアは固唾をのんでそれを見守り、開いた金庫の中身を確認しようとした。

けれどその前に、針が刺さったような激痛が首筋に走り視界が暗転した。

「なんだよ、クソッ！　大した情報はないな。アルノーの弟なら、もう少しなんかあると思ったのによ」

「す、すみませんっ」

男の怒鳴る声がぼんやりと聞こえ、書類が床に叩きつけられるような音がした。アルノーとは誰のことだろう。

ここは、どこかの倉庫のようだ。高い天井に、木箱が積まれているのがぼんやりと見える。背中がゴツゴツとしているので、コーネリアは木箱の上に寝かされているようだった。ゆっくりと視線をさ迷わせていると、ぼやけた視界の中に、怒鳴られて謝っていたとおぼしき男の姿が入ってきた。

「ああ、やっと目が覚めたか。だるいだろうが、しゃべれるだろ？」

「いたっ……！」

ぱんっ、と軽く頬をはたかれる。痛みに漏れた声は、かすれて弱々しいものだった。手足は重く、自力で持ち上げるのは難しそうだ。

叔父の書斎でなにか薬を打たれたのだろう。そのせいで頭がぼうっとして、思考にまとまりがない。だが、薬のおかげか恐怖心もあまりなかった。

「アンタに聞きたいことがある」

「私に、なにを？　あなたたちなの、歌劇場とかで襲ってきたのは？」

「そうだよ。どっちも失敗に終わったけどな。今夜はうまくいった。アンタの叔父さんの書斎を漁ってたら現れて、金庫まで開けてくれて助かったぜ」

男がいやらしく笑い、コーネリアの頬を撫でる。

「金庫のほうは不発だったがな」

怒鳴っていた男が吐き捨て、部下と思われる男が首をすくめた。

「それで正直に答えてほしいんだが、エリエゼルを大人しく渡してほしい」

「エリエゼルって……なんなの？　それにあなたたちは誰？　私は本当に、なにも知らないのよ。知っていたら渡すわ。面倒事なんて御免だもの」

そう正直に答えると、男たちが顔を見合わせる気配がした。小声で「薬がきいてるはずだから嘘じゃないだろ」と言っている。コーネリアは朦朧としながら天井を見つめ、とりとめもない言葉をつむいだ。

「わからないわ……なんなの。死者復活の薬って、絵空事じゃない。そんなのあるわけないわ。お父様が殺されたのとなにか関係があるの？　お父様を殺したのはあなたたち？」

「本当になにも知らないようだな……ケント・アルノーは知っているか？」

緩く首を振ると、嘆息が聞こえた。

「お前の父親の偽名だ。アルノー医師。奴はセラピア教団でエリエゼルの研究をしていたんだ」

部下のほうが淡々と語る内容に、コーネリアは緩く首を振った。

「どういうこと？　あなたたちはセラピアの人間なの？」

父が戦時中に関係のあったよからぬ輩というのは、セラピア教団なのか。信じたくなかったし、あの自由奔放な父が宗教に関わるようには、とうてい思えなかった。だが、好きなだけ研究費を使っていいと言われれば、あり得なくもない話だ。

本当なら、国が父の死を隠蔽したのも納得できる。国の中枢に関わる人間が、怪しい教団と繋がりがあり、その関係で暗殺されたなんて噂になったらひと騒動だ。当時、父の名でおこなわれていた戦後復興の研究や開発があったからだ。

「アルノー医師は教団の金を使ってエリエゼルの研究に没頭していた。だが、それが完成すると教団を裏切ってエリエゼルを持ち逃げしたんだ」

男たちは自身の正体は明かさずに話を続ける。

やはり父なのかもしれない。研究のためのお金の使いこみや持ち逃げなど、やりかねない。

「だが、アルノー医師が逃亡する前に殺した第一助手が、エリエゼルの作り方を秘かに書き残していた。教団はそれさえあれば裏切り者のアルノー医師はいらないってことで暗殺したんだ。国の機関に再就職なんてしやがったから、よけいな情報を漏らさないよう口封じだ」

それがあの事件の真相だったのか。父や教団に怒りや悲しみがわくかと思ったが、薬のせいか感情が鈍麻していてなにも感じなかった。

「けどな、その助手の記録ってのが不完全だったんだよ。何度やってもエリエゼルはできない。当のアルノー医師も殺しちまったしな……だからもう、エリエゼルについて教団はあきらめていた」

それならなぜ、今さらになってエリエゼルを探すのか。コーネリアを誘拐したってわかるはずもないのに。

「ところが状況が変わった。最近になって、アルノー医師の娘がエリエゼルの鍵を握っているってわかった。アルノー医師が逃亡した時、同時に失踪していた助手の一人が見つかって、命と引き換えに吐いたんだよ」

「しかもアンタを狙ってるのは俺たちだけじゃない。心当たりがあるだろ？」

怒鳴った男が含みを持った言い方をして、不敵に笑う。

「こころ……当たり……？」

「そうだよ。アンタと婚約して、体を好きなようにするなんていい考えだよな。それでもまだ鍵が見つかってないのは、普通に抱いたんじゃ駄目ってことだ」

「え……それって……」

薬で感情が鈍麻しているはずなのに、胸がざわついた。そんなはずはないと言い聞かすけれど、シリウスが軍の命令で動いているのは確かで、あの婚約に裏があるのも真実だ。

彼の無邪気な笑顔が脳裏をよぎる。信じたい。それなのに、お見合いの時から蓄積されてきた疑問が、男たちの言葉を肯定する。否定する材料を探したくても、思考が散り散りになって消えていく。

「アンタがなにも知らないってことは……やっぱり、その体になにかエリエゼルに繋がる鍵が記録されているってことさ。それにしても、アルノー医師の娘がこんなに美人で、俺らは役得だな」

男がドレスの前をナイフで切り裂き、刺し傷の残る腹を撫で上げる。その部下は、コーネリアの腕をとりなにかを注射する。

「さあ、始めようか……安心しな。アンタもたっぷり楽しませてやるよ」

いやらしい囁き声の後、コーネリアの意識は甘くかすんでいった。

第9章

「ごめんなさい……ごめんなさい……」

意識が少しはっきりしたのは、たぶん、助けだされた少し後。強く抱きしめてくるシリウスの腕と、耳元で謝る涙混じりの声だけ覚えている。

それから次に覚えているのは、白衣を着た医者らしき人物がなにか話しかけてくる映像だ。医者はコーネリアが投与された薬について説明し、症状を落ち着かせる薬を注射すると言う。体を支配する熱や快感の苦しさに、説明の半分も理解できなかったけれど、何度もうなずいた。シリウスがずっと傍にいて手を握ってくれていたので、不安はなかった。

その後、少し症状が落ち着いてから、医者に体を診察されたような気がする。このあたりから、意識が少しずつはっきりとしてきた。

医者はシリウスになにか伝えるとでていき、二人きりになった。寝かされているのが自室のベッドだとやっと気づいて安堵するのと同時に、鎮まってきたと思っていた熱に体がざわついた。

裸体に着せられているガウンの繊維が肌を刺激する。少しでも体を動かすと、衣擦れを愛撫のように感じて脚の間が濡れてきた。

「んっ……はぁ……シリウス、これって？」

悩ましさに眉根を寄せ、助けを求めるようにシリウスの手を握る。ぎゅっと強く握り返してくれた彼にほっとし、熱のこもった息を吐く。

医者が説明していたはずだが思いだせなかった。あの男たちに投与された薬のせいなのはたしかで、性的な刺激や快感が強くなるものに違いない。

「薬は副作用や依存性のあるものではありません。体から抜けてしまえば、問題ないものです」

聞きたいのはそういうことではなくて、ねだるようにシリウスの手を引っぱった。

「苦しい……どうにかして。お願い」

体の中心で暴れる熱をどうにかしたかった。息苦しさと快感の強さがつらくて、涙で目がうるむ。もう一度手を引っぱると、シリウスが覆いかぶさってきてコーネリアをかき抱いた。

それだけでも刺激が強くて、喘ぎ声がもれる。

「ひゃぁ……ンッ！　あぁッ……」

「す、すみません」

「……いや、やめないで」

離れそうになるシリウスの胸にすがると、唇が重なった。優しいのに貪るような口づけに翻弄され、体はすぐに上りつめた。

「ひっ、あぁ……んっ、やだぁ……ぁ」

びくっびくっと腰が何度も跳ねた。あふれた蜜がガウンを汚し、裾から入ってきて太腿を撫で上げるシリウスの手を濡らす。また脚の間が震えて、絶頂へと熱が集まってくる。達したばかりなのにと、半端に残った羞恥心のせいで逃げだしたかった。

「あぁぁっ、いやぁ……こんなの……あん……ッ！」

「コーネリア、たくさん達してください。そのほうが早く楽になれる」

シリウスの指が敏感な場所に触れる。肉芽を指先で軽くこね回されただけなのに、背筋が震えて頭が真っ白になる。

「やっ、ああっ――……ッ！」

あっという間に快感が弾け、全身に甘い痺れが散っていく。いつもなら、これで熱が少しは引くのに、なにも変わらない。すぐに下腹部がうずいて、蜜がどんどんしたたってくる。

「あはぁんっ、あぁ、いやぁ……だめぇ……また、くるっ……あぁッ」

「いっぱいだして。変じゃない、すごく可愛いです」

「んっ、はぁんっ……シリウス……だめ、あんまりかき回さないで、ひゃっあぁ！」

肉芽を弄っていた指が、蜜口に入ってきて回転する。激しく収縮する中をこすられる感覚に、眩暈がする。もう、達しているのかそうでないのかの区別もつかないほど感じていて、蜜口の痙攣が止まらない。

「ひっ、いやぁ……あぁ、あんっ……シリウス、もう、もうっだめ……ッ」

中の反応が激しすぎて、苦しい。気持ちよすぎてつらかった。

指は三本になり、中を広げるように動いて抽送される。それだけでは物足りなくてシリウスにすがると、指が一気に抜けていき、その刺激で激しく震える蜜口に硬い物が押し当てられた。

「あんっ……はやく……ああぁッ！」

待ちきれずにシリウスの腰に脚を絡みつかせる。同時に中を貫かれ、昂っていた熱が弾けた。けれどまた、快感が集まってくる。

「あっ、ああぁっンッ……ひゃぁ、ん、いやぁ……シリウス……ッ！」

もうなにを言っているのか、喘いでいるだけなのか、コーネリアにもわからなかった。シリウスが腰を動かすたびに、甘い声が上がってしまう。突かれると、頭の奥を揺さぶられるような快感が襲ってくる。何度達しても終わらない。繰り返される絶頂感に、繋がった場所が熱くとろけてくる。

「コーネリア、好きです。コーネリア……」

強く抱きしめられ、耳元で何度も囁かれる。それさえもコーネリアを愛撫する刺激になって、快感をうむ。

シリウスの腰の動きが速くなる。コーネリアの腰をつかみ、叩きつけるように最奥をえぐり、かき回す。感じる場所を荒々しく犯され、頭がおかしくなってしまいそうだった。

「あああ……ッ！　だめぇッ！　そんなに、つよくしないで……ッ！」

大きな快感の波が押し寄せてきて、コーネリアをのみこむ。シリウスの背中に爪を立てて達するのと同時に、中でシリウスの欲望が解放されるのも感じた。

「はっ……はぁ……あぁ、はぁ……やっ、また……ッ」

満たされたと思ったのに、乱れた息を整える暇もなく淫らな熱が下腹部にうまれる。薬のせいとはいえ、恥ずかしさに唇を噛んだら、シリウスに軽くキスをされた。

「大丈夫ですよ。俺はまだまだ付き合えますし。楽になるまでしましょう」

そう言うシリウスのモノは、すでに硬さを取り戻していた。そしてすぐに抜き差しを始め、コーネリアを一晩中喘がせたのだった。


「どういうことなのっ!!」

「すみません……」

「謝ればすむとでも？　コーネリアは私の大事な親友なのよっ……いいえ家族だわ！　肉親も同様なの！　出会ったばかりのあなたとは違うのよっ！」

「申し訳ございませんでした。本当に……今回は俺の不注意でして……」

「あなたに任せておけば大丈夫だって思ったのに！　だから婚約も結婚も応援していたのよっ!!ついうっかり目を離した隙にさらわれたですって！」

外の騒がしさで目が覚めたコーネリアは、だるくて筋肉痛のような痛みの残る体をベッドから起こした。クレアとシリウスの声は、寝室の隣にある居間からする。

「許さないっ！　コーネリアを傷つけたあなたを許さないわっ!!」

クレアのあんな取り乱した声を聞くのは初めてだ。夫が事故で亡くなった時にも聞いたことがない。いったいなにがあったのか。ヒステリックな声は精神が不安定になっているせいだろう。

「あなたならって……あなたなら、どうにかしてくれるって思ったのよ……私がバカだったわ」

わあっ、と泣きだす声まで聞こえてきて、コーネリアは慌ててベッドから降りた。これはただ事ではない。

だが、床についた足はふらふらしていて、ゆっくりとしか歩けない。途中、床に倒れていたシリウスの鞄（かばん）につまずいた。軍に出勤する時、いつも持っていっているものだ。黒い革の書類ケースで、デスクワークに必要なものが入っていると言っていた。

「ん……なにこれ？」

倒した鞄からカードがすべりだす。痛い腰をさすりながらしゃがみ、鞄から飛びでた書類を戻し、カードを拾う。女性の身分証だった。

「メアリ・サラザール……誰だっけ？」

この名前、どこかで見たことがある。写真のない身分証にも覚えがあるのだが、目が覚めたばかりで頭の回転が悪い。どれぐらい寝ていたのだろう。時計を見ると昼過ぎだが、何日かはわからない。

とりあえず、気になったのでメアリ・サラザールの身分証に書かれた住所を暗記して鞄にしまう。なぜか、シリウスにこのことを知られてはいけないような気がした。

「……二人とも、どうしたの？」

やっと居間にたどりついたコーネリアがドアを開くと、クレアがびくっと肩を震わせて顔を上げた。目が真っ赤だ。

「クレア、大丈夫？」

コーネリアが誘拐されたことに激昂していたのだろうが、それだけではない取り乱しようだ。

「なんでもないわ……ごめんなさい、騒がしくして。起こしてしまったわね」

「ううん、そんなことはいいの。よく寝たし。それより、どうしたの？　いつものあなたじゃないわ。私のこと以外になにかあったの？」

クレアは言いよどむように視線をさ迷わせ、くしゃりと顔を歪めて涙ぐんだ。

「ジャスミンが……昨夜、ジャスミンの容体が急に悪くなって、入院することになったの。もう、駄目かもしれない……あなたもさらわれたって聞いて、私、頭がおかしくなってしまいそうで」

胸を押さえて乱れた息を吐くクレアは、コーネリアなんかより具合が悪そうだ。彼女の震える背中をさすり、抱きしめて耳元で囁いた。

「そんな時に心配かけてしまって、ごめんなさい。私はもう大丈夫だから、落ち着いて」

「ああ……どうして、どうしてなのっ。私が遺伝性の疾患なんて持ってなければ、あの子はこんな苦しまないですんだのに……」

「クレア、あなたのせいじゃないわ。ジャスミンは強い子よ。だからあきらめないで。あなたが弱気になっていたら、ジャスミンが心配するわ」

すすり泣くクレアを励ますように、背中をぽんぽんと叩く。ようやく落ち着きを取り戻した彼女が、目尻を拭いながら顔を上げた。

「そうね。私がしっかりしないと……ありがとう、コーネリア。私、そろそろ病院に戻らないといけないわ」

そう言うと、彼女は涙をこらえるようにきゅっと唇を尖らせてから、部屋の隅で大人しくしていたシリウスに深々と頭を下げた。

「……ごめんなさい、シリウス。あなたに八つ当たりをしてしまったわ」

「いいえ、俺が悪いんで。気にしないでください」

「そんなことないわ。コーネリアを助けてくれて、ありがとう。じゃあね、二人とも」

そう言い残してクレアは帰っていった。

「それで、大丈夫なの？　シリウス？」

振り返って見上げたシリウスの顔は、苦しげだった。

「みんな、私より具合が悪そうね」

「あなたはタフですね」

「なにいってるの？　体力ならシリウスのほうが上でしょう」

軽口に、やっとシリウスが笑う。

「そうじゃなくて、精神的に強いってことです。あんなことがあったのに……」

「あんなことってなによ？　私、なんにも覚えてないのよ。あなたに抱かれたこと以外は」

「そうなんですか？」

シリウスが驚いたように目を丸くし、少し安堵したように息を吐く。

「あの男たちになにをされたか、薬のせいで記憶がないみたい。だから、私にとってはなにもなかったのと同じよ。なにかあったとして、あなたは私を嫌いになるの？」

一瞬、自信が揺らぎかけて、シリウスを見つめる視線をそらす。彼なら嫌いだと言ったりしないとわかっていても、怖い。

「嫌いになんてなりません！　好きです！」

すぐに駆け寄ってきたシリウスが、コーネリアを強く抱きしめる。ほっとして、体の力が抜けた。

自分で思う以上に緊張していた。

「なにもありませんでした。そりゃ……薬は投与されてたし、ちょっと脱がされたりはしてましたが。寸前でどうにか。もっと早く俺がいければよかったんですが……」

悔しそうなシリウスの言葉に、嘘はないのだろう。たとえ嘘だったとしても、コーネリアを気遣ってのことだ。責める気にはなれない。

「ありがとう。助けてくれて……好きよ」

あなたがいるおかげで、好きだと言ってくれるおかげで、揺らがないでいられる。そう続けようとして、意識が混濁する前に男たちが言っていたことを思いだし、コーネリアは言葉を飲みこんだ。

エリエゼルの鍵。それをシリウスは、コーネリアを抱いて見つけたのだろうか？

見られたのだろうか？

問い質してみたいのを我慢して、ゆっくりと重なってきた唇をコーネリアは受け入れた。

「寝ているって聞いたのに、仕事をしているのね」

お見舞いにやってきたクレアが、呆れたように笑う。この間に比べて落ち着いているみたいだったが、やっぱり表情に覇気がない。

コーネリアは床に広げていた機械類や工具の間から立ち上がり、寝室の一角にある二人掛けのソファに移動した。クレアも隣に腰かける。

「みんなして、邸どころか寝室からだしてくれないのよ。シリウスも、邸にいる間はずっと張りついてて、鬱陶しいったらないわ。でもおかげで、在宅でできる仕事はほとんど終わったかしら」

本当は研究室で作業をしたかったが、前に侵入されているので控えてくれと言われている。執事も心配そうにするので強行できず、仕方がないので必要なものを自室の寝室と居間に運んでもらい、できそうな注文から終わらせている。出来上がった品は、依頼主の邸まで執事やメイドに届けさせ、大型の機械の修理や製作は納期が遅れると連絡をした。

「その様子なら、体のほうは大丈夫なのね？」

「ええ、もうすっかり元通りよ。最初だけふらふらしていたけど、薬の副作用もなにもない。医者のカルテを見せてもらって、なにを投与されたかも確認したわ。医者の診断通りで間違いなかった」

「相変わらずね」

クレアは苦笑した後、少し言いにくそうに「それで……その、本当に大丈夫なのね？」と続ける。

恐らく、男たちとなにもなかったのかと心配しているのだろう。

「なんにもなかったらしいわ。私、記憶が飛んじゃってて、覚えていないの」

笑って返すと、クレアの眉間の皺が深くなる。

「覚えていないって……そんな……」

「深刻に考えないで。医者にも、なにもなかったって診断されているし、男たちは死んだらしいわ」

シリウスに抱かれる前に、医者が下半身の怪我や裂傷を調べた記録がカルテに残っていた。それによると強姦の痕跡はないとのことで、医者にも一応確認したら残留物もなかったと言われた。嘘かもしれないが、それを判断するのは難しい。

男たちに関しては、突入して拘束した後、自害したとシリウスから聞いた。軽薄そうに見えて、セラピア教団への忠誠心は高かったらしい。

「だから、あんまり心配しないで。それより、そっちも持ち直したんですってね。ジャスミンのこと、聞いたわ」

クレアはここ一週間ほどグレース邸に戻っていなかった。病院でずっとジャスミンに付き添っていたのだ。その間、兄のウィリアムはたまにヴァイオレット邸へやってきて、シリウスと遊んでいた。

「まだしばらくは入院生活だけど、もう安心できるぐらい元気になったわ。お医者様には、お母様のほうが休まれたほうがいいって言われて、追い返されてきたところなのよ」

「そうね、休んだほうがいいわ。隈(くま)ができてる」

「本当に？　嫌だわ」

恥ずかしそうに目元を押さえるクレアをうかがいながら、コーネリアは声をひそめて話を切りだした。

「ねえ、クレア……こんな時に悪いんだけど、ちょっとお願い事があるの」

「なあに？　いいわよ」

なにかを察して、クレアも声をひそめて顔を寄せてきた。

「調べてほしい人がいるの。シリウスやうちの執事には頼めないのだけれど……」

この邸にシリウスの密偵がいることを話し、メアリ・サラザールの名と住所の書かれたメモを渡す。

自室からほぼでられないおかげで、考える時間だけはたっぷりあった。メアリ・サラザールの名もすぐに思いだした。無人島で遭難した時、一緒に流れ着いたトランクに入っていた身分証に記されていた名前で、同じ船の乗客のものだろう。救助されてからは、彼女を捜して荷物を返すつもりだとシリウスは話していた。

船の乗客名簿は残っているので、彼女を捜しだすのは容易だったはずだ。そもそも住所がわかるのだから、そこにいけば彼女がいなかったとしてもなんらかの手立てはあっただろう。それなのに、身分証がまだシリウスの手元にあるのは不自然だ。

彼は、彼女についてなにか調べている。もしくは彼女となんらかの関係があって、返却する必要がないと考えている。

もしかしたら、コーネリアが狙われる理由と、なにかしら繋がりがあるのではないか。そうでなければ、この時期に襲撃や誘拐事件と無関係そうな彼女の身分証が、シリウスの鞄からでてくるのは不自然だ。そして彼女が関係あるなら、あの偶発的としか思えない無人島への遭難も、仕組まれたものではないか。そんな疑いがコーネリアの中で増していた。

「それから、前に話していたわよね。セラピア教団とエレオス動物愛護団体に繋がりがあるって。そのことなんだけど、もっと詳しく知りたいの。なんでもいいから、情報を集められないかしら？」

シリウスが前に、セラピア教団と繋がりのある富裕層がいると言っていた。貴族や金持ちの奥様方と交流の多いクレアなら、そういう相手と知り合いかもしれない。

「セラピアとエレオスを？　なぜ？」

「私を狙っている輩がその二つらしいの」

そう告白すると、クレアの表情が硬くなった。

「お願いできる？　無理にとは言わないし、危険なこともしなくていいから。セラピアやエレオスについては噂程度でいいの」

ジャスミンの看病がある彼女にこんなことを頼むのは気が引けたが、セラピア教団やエレオス動物愛護団体とまったく関係がなさそうで信用できる相手は、クレアぐらいしかいなかった。

無理かと思ったが、クレアはすぐにうなずいて快諾してくれた。

「ありがとう……簡単なことでいいから、この人の詳細が知りたいと思って。本当だったら、私がメアリ・サラザールの住所に訪ねていきたいんだけど、今の状態ではね……」

クレアはメモをじっと見つめ、なにか考えこむ様子で唇をツンとさせ小さくうなずいた。

「特定の人物の身元調査ならそんなに難しくないから。まずはうちの執事に内密に調べさせてみて、なにかあったらコネを使って探ってくるわ。こういうのは得意よ。セラピアとエレオスのことも、噂程度でいいならなんとかなるわ」

そう言ってにっこり微笑んだクレアが、メモを持っていって一週間後。コーネリアはグレース邸に足を運んだ。気分転換にお茶でもどうかと、クレアから招待を受けたからだ。

「コーネリア、わかったわ。例の件……」

お茶の用意だけさせ、居間からメイドを下がらせると、クレアは笑顔を引っこめて急に深刻な表情になった。言うのを戸惑っているのか、膝の上でぎゅっとスカートを握りしめ、唇をきゅっと尖らせるように引き結んでいる。コーネリアは、彼女がよく見せるその仕草に引っかかりを感じながら隣に腰かけた。

「まず、セラピアとエレオスの関係なんだけど……思った以上に両者とも危険な団体だったわ」

不安そうな彼女の手を握り先をうながす。

「セラピア関係の話を聞きだすのは簡単だったわ。繋がりがあるという奥様にちょっと聞きたいのだけれどって声をかけたら、あちらから話してくれたのよ……私がジャスミンの病気で悩んでいるのを知っていたから、その話だと勝手に思い違いしてくれたの。おかげで怪しまれたりしなかったけど」

「思い違い？　ジャスミンの病気と関係があるの？」

クレアは暗い表情でうなずいた。

「セラピア教団は、裏で違法な臓器売買をしていて、主な顧客が貴族などの富裕層なんですって」

「違法なって……どういうこと？」

おぞましいとでも言いたそうに、クレアが表情をゆがめる。

「貧困層の信者を洗脳して、臓器提供させているの。場合によっては殺してまで……」

コーネリアが息をのむと、クレアがぎゅっと手を強く握り返してきた。

「そんな臓器をジャスミンにもどうかって言われたわ。普通に臓器提供を待っていてもなかなかドナーなんて見つからないけど、セラピアの貧困層信者は多いから、そこから適合率の高い相手を探してくれるらしいの。それからセラピア信者にならなくても、お金さえ払って口外しなければ臓器提供されるって言っていたわ」

シリウスが前に、「富裕層はこの教団との繫がりを隠したがります」と言っていた。あれに違和感を持ったのは、コーネリアは富裕層も信者だと思いこんでいたからだ。彼は一度として富裕層に信者がいるとは言わなかったのに。こんな裏があるなら、自身や家族が臓器提供を受けた富裕層が、繫がりを隠したくなるのもわかる。

また、セラピア教団の資金源とコネの多さにも納得がいく。

「ひどいわ……。こんなことがまかり通っているなんて。それなのに私、一瞬、気持ちが揺らいでしまったの。提示された金額も払えなくない額だったから……」

顔を覆って嘆くクレアの肩に腕を回し、軽く抱きしめた。

「ごめんなさい。つらい思いをさせてしまったわね」

「いいえ、大丈夫よ。でもまさか、そんな教団だなんて知らなかった。それからエレオスなんだけど、こっちも話を振ったらその奥様が教えてくれたわ」

自分を落ち着かせるように、クレアは深呼吸をしてから話を続けた。

「エレオスはセラピアの手先で、セラピアにとって不利になる組織や企業を標的にしているそうよ」

クレアの話によると、エレオス動物愛護団体の動物実験反対は建前で、セラピア教団の資金源である臓器移植と密売のさまたげになる研究を潰しているのだそうだ。たとえば、事故や病気で損傷した臓器を自己回復させる薬、またはその細胞を使って臓器を作りだすクローン研究などだ。

最近ではロレンソ商会が、臓器の残った部分の治癒能力を高め、自然に再生する新薬というのを発表した。万能薬ではないが、臓器の損傷が軽ければ治る確率が非常に高いと聞いている。カナリ二号の爆破事件はこの新薬に対する脅しで、これ以上の研究をするなという警告らしい。クレアにセラピア教団の臓器移植を勧めた奥様の話である。

「それで、ここから先は噂話の域で、その奥様によると……最近、セラピアとエレオスの間で意見の相違が生じて、内部分裂気味だっていうの」

「なにが原因なの？」

「それはわからないのだけど、セラピアは政財界と、エレオスは軍部との繋がりが強い組織なんですって。両者でなにかを巡って喧嘩になっていて、不穏な動きがあるそうよ。体制が崩壊するかもしれないから、臓器移植をするなら早めに決断したほうがいいわってアドバイスされたの」

恐らく、その原因はエリエゼルだろう。なぜ内部分裂にまで発展しているのか、今のコーネリアにはわからないが、エリエゼル絡みであることなのは想像できた。

「そうそう、あとメアリ・サラザールのことだけど……彼女、存在しない人間だったわ」

クレアの声がさっきよりも暗く低くなった。顔を見ると真っ青で、セラピア教団の臓器密売の話よりも怖いのか、小刻みに震えている。

「ねえ……しかも、そのメアリ・サラザールってあなたにそっくりなのよ」

顔を上げたクレアが、幽霊でも見ているみたいにコーネリアを見つめる。

「そっくりって？　存在しないのでしょう？」

「そうよ、存在はしないわ。でも、近所の人たちの証言があるの。あなたによく似た黒髪で長身の女性が、たしかにその住所の場所で暮らしていたって。だけどカナリニ号の事故後、メアリの消息は不明で、乗客名簿に記録もない。密航者なのかもしれないけど……」

「戸籍は？　それは調べたの？」

「もちろんよ。戸籍もあったわ。でもね、調べてみたらその戸籍は闇ルートで売られていたもので、本当のメアリは別人だったわ。執事が貧民街で見つけてきたけれど、あなたとは似ても似つかない女性だったみたい。生活のために、戸籍を売ったと言っていたそうよ」

戸籍を売るというのは、貧民の間ではさほど珍しいことではなかった。そもそも出生届がだされておらず、戸籍のない者も多い。

「そう……だから存在しない人間なのね……」

「コーネリアとは関係ないことかもしれないわ。でも、あなたに似ているっていうのが妙に引っかかるの。しかも、その身分証が入ったトランクが一緒に無人島に流れ着いたんでしょう？」

偶然と言うには、よくできている。背筋がぞわっとした。自分の知らないところで、自分を中心になにかが動いている。

あの無人島での遭難まで仕組まれているようで、気持ちが悪い。

「あとね……私、見たの……あなたが船から落ちた後、シリウスが飛びこんだじゃない……」

言いよどむかのように、クレアは震える唇を尖らせ引き結んだ。さっきから無意識に彼女の口元を見つめていた。

「彼、トランクを持って飛びこんだのよ。一緒に流れ着いたんじゃなくて、故意に持っていったものなんじゃないかしら？」

また、きゅっと彼女の口元が結ばれる。コーネリアはその真実を、絶望とも諦念ともつかない気持ちで受け止め、重い溜息をついた。

第10章

「なにをしているんですか？」

ヴァイオレット邸を警護している部下からの連絡で、シリウスが慌てて駆けつけると、コーネリアはちょうど居間で工具箱に必要なものをつめているところだった。今朝まであった、仕事に使う中型の機械類や製作途中の依頼品は、部屋からなくなっていた。

「執事から聞かなかった？　しばらくクレアの邸で生活することにしたの」

荷物を隣家に移動させている最中の執事と、玄関ホールで鉢合わせした。彼は困惑顔で、コーネリアが突然グレース邸へ移ると言いだしたとシリウスに話してくれた。

「どうして？　困ります。警備も……」

「外の警備だけなら、隣なんだから移すのは簡単でしょう。あなたは連れていけないから、邸内での警備が困るだけじゃない」

「それが一番困ります。なにかあったら……」

「なにかあったらって言うけど、もうなにかあったでしょう。私、誘拐されたわ」

シリウスは言葉につまり、開きかけた口を閉じる。さっきから、こちらの言葉にかぶせるように言い返されているのにも、気圧される。今日のコーネリアは隙がない。目を合わせようともしてくれなくて、シリウスは緊張した。

「ずっとここにいても仕事に支障があるわ。いつまでこんな生活が続くのか、あなたはなにも教えてくれないじゃない。いい加減、うんざりなのよ」

「もう少し辛抱してくれませんか？　そろそろ決着がつきそうなんです」

「少しってどれぐらい？　決着って、なんの？　いいのよ、答えなくて。答えられないものね、あなたは軍人だから」

嫌味なのだろう。コーネリアの声がいつになく尖っている。

「叔父さんも、あなたも、みんな……嘘ばっかり。私が関わることなのに、なんにも教えてくれない。もうっ、我慢できないのよっ！」

「コーネリア……？」

ばんっ、と工具箱を叩くように閉じた彼女に、シリウスは瞠目した。海で遭難して取り乱しても、こんなふうに怒ったりしなかったのに、どうしたのだろう。

この間は、シリウスが軍の命令で話せないことがあるのを受け入れてくれていた。その上で結婚したいとまで言われ、舞い上がってしまったせいで、シリウスに隙ができコーネリアは誘拐された。

それで怒っているのだろうか。やっぱりなにも知らされないことを不満に感じたのか。

だが、誘拐されてからもう一週間以上たっている。なぜ今になってこんな言動をとるのか。コーネリアらしくなかった。

「嘘つきばっかりで、誰も信用できないわ！」

「コーネリア、俺は……っ！」

「さわらないで！」

肩を摑もうとした手を、強く振り払われにらみつけられる。こんな感情的に振る舞われたのは初めてで、シリウスはたじろいだ。

「仕事なら仕方がないって思っていたわ。納得もしてたのよ。でもね……エリエゼルの鍵、それが私の体にあるかもしれないって、教えてもらえなかったのはショックだった」

胃の底が冷えるような感覚がした。それは後ろめたく思いながら、ずっと黙っていたことだった。

「どこで、それを？」

「話してなかったけど、誘拐された時に男たちから聞いたの。助けられた後、どうして私があんな薬を投与されたか、あなたが話してくれるかと思ったけど、結局、なんにも教えてくれなかったわね」

にらみつけるコーネリアの目に涙が盛り上がり、悲しそうに揺れる。

「私の体に、エリエゼルの鍵が現れるかどうか、それを見つけるようにも命令されていたんじゃない？」

「ご、ごめんなさい。でも、俺は……」

コーネリアに、愛する女性に一番知られたくない事実だった。

そういう命令はたしかにあった。あったが、彼女の合意がなければ体を繫ぐ気はなかったし、その際には鍵のことを説明して同意を得て、見せてもらおうと思っていた。命令に背くことになろうとも、女性を騙して抱くのは嫌だった。甘いのかもしれないが、任務で体を調べるために愛を囁くのだってしたくない。ましてや、コーネリアを好きだと自覚してからは、よけいにそういう行為は裏切りのような気がしてできなかった。

けれど、無人島で彼女に誘惑され、雰囲気に流されて自制がきかなくなった。きちんと説明もせずに抱き続け、なにも聞いてこないコーネリアに甘えていた。そんな自分が、今さら「違う。そういうつもりではなかった」と言って、どんな説得力があるのだろう。

なにも言えなくなって口を閉じたシリウスを、コーネリアが冷めた目で見上げてきた。

「それで、鍵は見つかった？　私の体を散々好きにして、見つけられたの？」

なにもなかった。男たちに薬を投与されても、コーネリアの体にエリエゼルの鍵になるようなものは浮かんでこなかった。

彼女を抱きながら、鍵を見つけろという命令がずっと頭の片隅にあった。体の隅々まで愛撫しつつ、いつも彼女の体を調べていたのも事実だ。愛していると言いながら、ずっと彼女を裏切ってきたも同然だった。

「だんまりなのね。で、報告したの？　鍵があったかなかったか、あなたの上司？　それともあなたのお父様に、私の体のことをしゃべったわけ？」

具体的な行為は言わないが、報告はしていた。誘拐の後のことも、すべて話している。

シリウスはもう任務として割り切っているが、コーネリアにそれは通用しない。自分を愛して、体を開いてくれた彼女にとてもひどいことをしている自覚はあった。けれどこれは仕事だからと、そんなひどい言い訳もできなくて、シリウスは視線を落として唇を噛んだ。

「最低ね……本当に好きだったのに。あなたのこと……必要とされてるって思えて、嬉しかった。でも、もう無理ね」

涙混じりの彼女の声が胸に突き刺さる。なにを言えばいいか、どうやって引き留めればいいのかわからない。こういう時、気の利いた言葉の一つも言えない自分が悔しかった。

「だから、任務とか鍵じゃなくて……今、本当に私を必要としてくれるクレアのところにいくわ」

「駄目です。それは待ってください！」

踵を返しかけたコーネリアの腕を慌てて掴む。

彼女は——クレアはまずい。まだ確証はないが、本能的に警戒していた。そう、初めてクレアに会った時から、シリウスは違和感を持っていたのだ。

彼女が自分に向けてくる視線に、本当の好意がないこと。品定めするように見てくるのはいいとして、時折混じる微量の敵意。それがこの間は爆発し、牙を剥いてきた。親友のコーネリアが、シリウスの不手際で誘拐され危険な目にあったせいで激怒したというのはあるが、それだけではない怒りようだった。別れ際の謝罪も本気ではない。

だが、彼女の身辺を洗っても、怪しい事実はなにも浮かび上がってこなかった。コーネリアの周辺の人間関係はくまなく調査しているが、クレアほど潔白な人間もいない。父のスカイ提督からも、彼女は無関係だろうと言われたが、シリウスの直感はそうは告げていなかった。

「クレアは……」

自分を嫌うのはいい。それだけのことをしていたし、隠していた。だが、コーネリアを危険にさらすようなことだけはしたくない。だから任務に背くとしても、話してしまおうと決意して言いかけたのだが、ぱあんっ、と乾いた音がして頬に衝撃が走った。

「もう、なにも言わないで！　聞きたくないわっ！」

女性にしては強い力だった。平手打ちされた頬を押さえ、シリウスは呆然(ぼうぜん)とする。コーネリアは気は強いが、軽々しく暴力を振るう女性ではなかった。腹に据えかねたのかもしれないが、それにしても今のはなにか違う。

論理的に考えるより、勘や本能で動くシリウスは微妙な違和感に首を傾げる。まるで、言葉をさえぎられたような……。

その時、ドアの向こうに気配がした。今まで誰かいるなんて感じもしなかったのにと、体に緊張が走る。

「コーネリア、準備はできたかしら？」

朗らかな声とともにノックがして、ドアが開いた。現れたクレアに、シリウスの背筋が凍った。

「あら、ごめんなさい。お取込み中だったかしら？」

「いいの。もう、いくわ。荷造りの手伝い、ありがとう」

「どういたしまして。荷物はメイドに預けて、うちに運んでもらうように言いつけたわ」

コーネリアは摑まれたままだった腕を力いっぱい振りほどくと、シリウスを見上げて言った。

「私のことは心配しないで。一人でも大丈夫よ。今まで、素敵な思い出をありがとう……私も同じ思いよ。でも、さようなら」

最後の言葉の意味がよくわからなくて、眉根を寄せる。同じ思いなのに、どうしてさよならしなくてはならないのか。そもそも、同じ思いとはどういうことなのか、それを彼女に聞き返す前に、コーネリアは走るように部屋をでて、クレアと去っていった。

残されたシリウスは、しばらく居間から動けなかった。本当はすぐにでも追いかけていって、クレアから引き離したい。できればずっと、自分が傍にいたかった。

だが、コーネリアに「待て」と無言の圧力をかけられたような気がする。一歩も動けずにいる自分は、まるで犬みたいだと考えていると、開いたままのドアからするりと誰かが入ってきた。

「テオ……久しぶりだね」

スカイ家のお仕着せに身を包んだ執事は、ドアを閉め、足音もなくこちらへ忍び寄ってきた。

「こんなところまで、どうしたんだい？　急ぎなのか？」

彼と彼の部下には、メアリ・サラザールとクレアの過去をずっと洗ってもらっていた。そのため、ここしばらく姿を見ていなかった。それが、ヴァイオレット邸で顔を合わせることになり、少し驚いた。よほど緊急のことなのだろうと、シリウスは表情を引き締める。

「ええ、まずはメアリ・サラザールについてご報告させてください」

「彼女は貧民街出身で戸籍を売ったんだったよね。他になにかわかったのかい？」

「はい。その本当のメアリではなく、身分証の住所で生活していたコーネリア様によく似た女性についてです」

テオによると、その女性は住み込みのメイドとして、あの住所の主に雇われたそうだ。主から、仕事で長期間留守にするので、その間の管理をしてほしい。指定のメイド服を着て、メアリ・サラザールと名のり、近所の者とは極力関わらないよう生活してくれれば報酬ははずむという依頼内容だった。

「その依頼人というのは？」

テオは残念そうに首を振った。

「それが……彼女は盲目でして、依頼も指示もすべて点字でのやり取りで、相手の声も性別もわからないと言っておりました」

盲目の女性は、目が見えないとは思えないほどしっかりとしていて、一人で生活できる人物だという。また、長身で長い黒髪の持ち主でもあった。

ただ、盲目なせいでなかなかよい仕事が見つからずお金に困っていて、怪しいと思ったが提示された前金の多さに負けて、仕事を引き受けたそうだ。その後、依頼の期限がくると残りのお金と手紙が郵送されてきて、その手紙の指示通りに部屋を片付けて退去したという。

「依頼人とは職安所の近くで、肩を杖（つえ）かなにかで叩（たた）かれて出会い、点字を打ちこまれた紙を渡されたそうです」

「点字ね……」

シリウスが顔をしかめると、テオがうなずいた。

「ええ、クレア様は点字のボランティアで盲目の方々と交流がございます。相手を選ぶ機会は事欠かなかったでしょう」

「まだ断定はできないけれど、かなり怪しいね」

するとテオが首を振った。

「いいえ。やはり、坊ちゃんの勘は間違っておられませんでしたよ」

誇らしげな表情のテオに、シリウスは頬をぽりぽりとかく。スカイ邸に引き取られてからずっとシリウスの世話をしてきた彼は、自分のことをかなり買いかぶっていて、気恥ずかしくなる。坊ちゃんと呼ぶのも、もうやめてもらいたい。

「わかりましたよ。クレア様の過去が……」

そう言ってテオは、クレア・グレースの名が書かれたぼろぼろの死亡診断書を懐からとりだした。


コーネリアは仕事の手を止め、顔を上げた。仕事用にと用意された部屋の窓から見える空は真っ暗で、向かいのヴァイオレット邸の窓のいくつかに明かりがともっている。あそこにシリウスはまだいるのだろうか。

執事には、彼がこの邸に留まりたいなら好きにさせていいと伝えてある。

「そろそろクレアが帰ってくる頃ね」

まだ入院中のジャスミンのために、クレアは昼間はずっと病院につめている。午後、ウィリアムが学校から帰宅する時間に合わせて一度帰ってくるが、夕食をとるとまた病院に戻る。

さっきまでコーネリアが機械を組み立てていく様子を見ていたウィリアムは、メイドに連れられ自室に戻って就寝した。きっと寝る前にクレアに会いたかったのだろうが、眠気には勝てなかったようだ。

　仕事の切りもよかったので、コーネリアはさっと片付けて手を洗い、鞄（かばん）からワインとチョコレートの箱をとりだす。クレアのいない昼間に、買ってきたものだ。それと真鍮製の筆箱ぐらいの大きさのケースをポケットに忍ばせ、居間へ移った。

　ワイングラスを持ってこさせたメイドを下がらせ、ストーブをつけ厚いカーテンをぴっちりとしめる。まだ初秋で、それほど寒くはない。だが、夜になると少し冷えるので、ストーブがついていてもおかしくはなかった。

　作業着の上着を脱いでベアトップになり、ソファに腰かける。チョコレートの箱を開くと、真鍮製のケースをとりだした。中には注射器と薬瓶が入っている。薬瓶のアルミ蓋に注射針を突き刺し、中の溶液を吸い上げてから、ボンボンショコラを一粒ずつ手に取って針を刺していく。そのうちの何個かは、薬を注入せずにコーネリアが食べ、ワインを飲んだ。

　すべてのチョコレートに薬の注入が終わった頃、階下でクレアが帰宅した音が聞こえた。注射器をしまい、ワインを継ぎ足したグラスを揺らしながら、彼女がやってくるのを待った。

　なるべく自然に、いつものように。そう何度も頭の中で繰り返しているうちに、少し疲れた感じの、かかとを引きずるような足音が近づいてきた。

「ただいま。まだ起きていたのね、コーネリア……」

「お帰りなさい。私は夜型だから、まだ寝ないわよ。今は休憩で、また仕事に戻るから」

「もう、ちゃんと寝なさいよ。生活が不規則でよくないわ」

まるで子供を諭すように言いながら、コーネリアの向かいのソファに腰かけて視線をストーブにやる。

「この部屋、暖かいと思ったらストーブなんてつけているのね」

「ちょっと寒くなったから」

「そんな薄着をしているからじゃない。まあ、夜になると冷えるけど、ちゃんと体を温めなきゃ駄目でしょう。あなたは昔から冷え性なのに、どうしてそうすぐ薄着をするの」

「だって、あまり着こまないほうが動きやすいのよ」

ちょっと怒りながら差しだされた膝掛けを受けとり、渋々といった表情を作って肩にかけた。今のところ、クレアに不自然だとは思われてはいないようだったが、これから自分がすることを考えて良心が痛んだ。

「私はともかく、大丈夫？　ずいぶん疲れているみたいだけど、ジャスミンの容体はよくないの？」

「……まだ退院はできないみたい。体力が戻らないのよ」

溜め息をつく彼女に、チョコレートの箱を差しだす。

「食べる？　あと、久しぶりにワインでも飲まない？」

クレアはアルコール類をめったにとらない。体温が上がると、蕁麻疹がでやすくなるからだ。だが、アルコール自体が蕁麻疹の原因ではないので、飲んでも問題はない。それに、クレアはもとも

とお酒が好きだった。

「そうね……どうしようかしら？」

「たまにはいいんじゃない？　少し飲んだほうが、気持ちも楽になるわ。あなた最近、張りつめているもの」

もう一つのワイングラスにワインを注いで、クレアに手渡す。迷いながらも受けとった彼女は、ほんの少しだけ頬を緩めた。

「ええ、じゃあちょっとだけね」

そう言って一口飲むと、クレアは「いいワインね」と言って目を輝かせた。それからチョコレートもつまみ、ぐいぐいとワインを飲んでいった。コーネリアは間で「大丈夫？」と、わざと心配そうに聞きながら飲むのを止めたりもした。

けれど、ストレスと疲れが溜まっていたらしいクレアは、久々のアルコールに歯止めがきかなくなったのだろう。平気だと言ってワインをあおり、暑いといって赤くなった頬を手で扇ぐ。ストーブで室内も暖まっているせいで、額にうっすらと汗までかいていた。

「いけない。久しぶりだから美味しくて、つい飲みすぎちゃったみたい」

しばらくして、クレアは頬を赤らめてソファの背に深くもたれかかった。覚束ない手元から、コーネリアは慌てて中身の残ったワイングラスをとり上げる。

「寝る？　寝るなら寝室まで連れていくわ」

「そうね……そうしようかしら……誰か呼んで……」

「もう遅いから、私が運ぶわよ。ほら、肩を貸してあげるから」

クレアの腕をとり、肩に回してコーネリアは立ち上がった。自分より小柄で華奢（きゃしゃ）な彼女は軽い。あとは腰を摑んで立たせると、引きずるようにして寝室まで運んでベッドに寝かせた。

「大丈夫？　とりあえずドレスだけ脱がせるわよ。あとコルセットも外すわね」

すでに意識が危ういのか、クレアは言葉にならない声を返してくる。それに適当に相槌（あいづち）を打ちながら、ドレスを脱がしていった。

「クレア、寝た？　クレア？」

コルセットを外し終えた頃、彼女はぴくりとも動かなくなっていた。何度か名前を呼び、頰を軽く叩いてみるが無反応だ。薬がしっかりときいているようだった。

チョコレートに仕込んだのは、睡眠薬と、彼女の蕁麻疹の反応が顕著になる薬だ。普段はアレルギーの反応検査などに使うもので、実験用の薬品が売っている店で比較的簡単に手に入る。

これは賭けだった。外れてほしい、そうであってほしくない、自分の推理を否定したいがための賭けだ。

「ごめんね、クレア……」

顔だけでなく、全身を赤く火照らせている彼女の頰を撫で下ろす。襟ぐりの開いた下着からのぞく胸元に、ぽつぽつと蕁麻疹が浮きでているのが見えた。

彼女を騙したこと、これから秘密を暴くことを悪いと思いながら、下着のボタンをすべて外して合わせを左右に大きく開く。体温が上がって真っ赤になった肌に、さらに赤い点々が散っている。

場所によっては、点ではなく大陸地図のように赤く膨らんでいる箇所もあった。

そっと反転して背中を見ても同じで、なにか鍵になるようなものが浮かび上がってはいない。

「なにも……ない？」

ほっとしたような、がっかりしたような気持にコーネリアは息を吐く。胸の中で罪悪感が大きくなってきた。親友を騙して、なんてことをしてしまったのだろうと。

だが、もう一度彼女の裸体を見下ろして、違和感に眉をひそめた。

乳房から下。下腹部にかけて浮かぶ蕁麻疹の中に、赤くなっていない発疹があった。白い点々のそれを目で追っていくうちに、文章になっていることに気づいて、心臓がどくんっと嫌な音をたてた。

「これ……点字……」

コーネリアは震える指で、その白い発疹の一行目をなぞる。

エリエゼル……たしかにそう書かれた点字が浮かび上がっていた。

第11章

「お父様、お母様、どうなさったの？」

居間に呼びだされたのは、就寝の準備を整えた後だった。メイドが開いてくれたドアから入ると、ソファには見知らぬ男性が腰かけている。

部屋にただよう緊張感に、私は足を止めて両親を見つめた。

「大丈夫だよ、クレア。こっちへおいで」

異様な雰囲気をかもしだす男性を警戒しながら父に駆け寄ると、安心させるように大きな手で頭を撫でられる。

「この方がね、お前に少し聞きたいことがあるらしい」

こんな大人が私になんの用があるというのだろう。ソファに座った父のズボンを握り、男性を横目でじっと見つめる。私を見る男性は口元に笑みをたたえ穏やかだ。けれど、細い切れ長の目は鋭く、視線は冷ややかだった。

普通の人ではない。たぶん……軍服は着ていないけど、軍の関係者。もしくは、なにか危険な仕事をしている人だ。

本当のお父様と暮らしている間、そういう人間を私は何人も見てきた。そもそもお父様もそういう人たちの仲間で、私が五歳の頃に先天的な腎疾患で亡くなった本当のお母様は、組織のために爆弾を作るテロリストだった。家に遊びにやってくる友人たちは組織の人間ばかり。そして私は、お母様から点字と爆弾の作り方を習い、組織の人間から嘘のつき方や身の守り方を教えてもらった。

だから、こういう雰囲気を持った大人に出会うのは初めてではなかった。幼い頃から、当たり前のように触れてきた空気だ。

だが、この家に——グレース家にもらわれてからは遠ざかったはずの世界だった。

「初めまして、クレア嬢」

男性はそう言ってから名乗ると、ソファから腰を上げこちらにやってきた。怖がらせないようになのか、床に膝をついて私に目線を合わせ手を差しだす。

「少しだけ君の時間をいただけないかな」

礼儀として、握手を返そうと男性に近寄ると、ふわりと懐かしい香りが鼻をかすめた。ほんの一瞬かすかに感じただけだったが、間違えようがない。子供の頃、常にかいできたお香の匂いだ。

顔が恐怖でこわばり、手が震えた。

「この方は、えらい軍人さんなんだ。だから少し怖そうだけれど、悪い人ではないんだよ」

私が怖がっているのに気づいた父が、なだめるように言う。

「そうなの……いい人なの？」

とっさに嘘をついていた。この男性が善人ではないとわかっていながら父を振り返り、子供が怖がっている演技をする。

「ああ、そうだよ。大事なお仕事で、お前にお話があるんだ。協力してやりなさい」

「クレア、嫌ならいいのよ」

ずっと黙って座っていた母が、私を心配そうに見つめる。それに首を振り、大丈夫と返してから男性と握手した。

守らなきゃ……今の父と母を。私に平穏をくれた二人を。

男性から香ったのは、あの教団でよく焚かれている特殊なお香。信者を洗脳するために使うものだ。軍人ではあるのかもしれないが、この男性は教団と関わりがある人間に違いない。

私を追ってきたのだろうか?

それとも教団を裏切ったお父様を?

目的はわからないけれど、なにか嗅ぎつけたのはたしかだ。

うまく立ち回らなければ……。お父様をおびきだす人質として、私には価値があるから殺されないだろう。でも、両親は違う。あの教団の実態がどんなものか私は知っているから、断言できる。

背筋が震えて、じわりと嫌な汗がにじんできた。

私がこの家の本当の娘でないことは、戸籍からはわからない。弁護士である父が、その事実を握りつぶしたからだ。それはバレていないはず。

お父様と別れ、病院に運びこまれた時、私の隣のベッドには今の父と母の本当の娘――クレアが寝かされていた。重い病だったらしく、母の必死の看病の甲斐もなく亡くなってしまった。

私の目が覚めたのは、そのクレアが息を引き取った次の日。看護婦が世話をするためにカーテンを開いた時に、母は亡くなった娘によく似た、同じ年の私を見つけた。クレアの死を受け入れられなかった彼女は、少しおかしくなっていた。私を亡くなった娘だと思いこんで看病を始めたのだ。

父はそれを見て悲しみ、そして受け入れた。私が事故にあい両親を失い、親族が一人もいないと医者から聞いたからだ。申し訳ないと謝りながら、父はクレアになってくれないかと涙ながらに私に頼んできた。それに私はうなずくしかなかった。

たぶんこれは、お父様が仕組んだこと。だから受け入れるしかない。

私の髪は、以前は黒髪だった。それが病院で目覚めた時にはクレアと同じ淡い金髪になっていた。意識を失っている間に、お父様が私の体になにかしたのだろう。私の両親として事故死したのだって赤の他人だ。そして運びこまれた病院のベッドの隣には、私によく似た病気の少女。

なにもかもできすぎだ。お父様が、あらかじめ用意していたとしか思えない。もしかしたら、本物のクレアが死んだのも……。

「聞きたいのはね。隣の家――ヴァイオレット家についてなんだ。君は、お隣のお嬢様と仲がよいのだろう」

頭から冷水を浴びせられたような気がした。男性が怪しんでいるのは私ではない。コーネリアとその父親だ。

今の父は実の娘の死亡届をださず、私をクレアとして病院から退院させ、知り合いが誰もいないここに移り住んだ。そこに意図なんてなかったはずだった。

けれど、お隣には以前の私によく似た黒髪の同い年の女の子が引っ越してきた。彼女の父親は科学者で、私のお父様と経歴が似ていなくもない。

最初から、なんとなく引っかかっていた。でも、ただの偶然だと思っていたのに……。これもお父様の筋書きのうちなのだろうか？

本当の両親は、私を教団や組織と関係のない普通の子供として育てたがっていた。お母様は親が教団と組織の関係者で、生まれた時から運命が決まっていて逃げられなかった。

だからお母様は、爆弾の技術を磨いて組織で上りつめた。そうしなければ、貧困層出身で盲目の彼女は、いつか臓器をとられる側の信者になってしまうからだ。

そんな両親は、患者と医者として出会い恋に落ちた。お父様はお母様を組織から抜けさせたかったが、それはとても難しかった。それならばと、彼女の傍にいるために、お父様はあっさりと教団に入信した。私が生まれたのはそのすぐ後だった。

逃げることをあきらめていたはずのお母様は、娘をこんな世界で育てたくないと言ったそうだ。自分のように育ててしまうことだってできたはずなのに、同じようにはしたくないと思ってくれた。

そしてお父様は、危険だとわかっていながら私を逃がす計画を立てた。

その計画の間に、臓器移植をしたくなかったお母様は、病気のことをお父様にも隠したまま死んだ。医者としてたくさんの患者を救ってきたお父様は、怪しまれないように教団が秘密裏におこなう臓器移植にも協力した。

結婚する以前を語ることはなかったけれど、お父様は優秀なお医者様だったとお母様が話してくれたことがある。ただ家が貧しくて、上の学校に通うことができず医者の助手として働いていたのだと。だから教団に入信し、自由に研究できるようになったのは喜んでいたらしい。

お父様は、才能にあふれた人だったのだ。生まれさえ悪くなければ成功し、世間に認められていたはずだった。あの子の父親みたいに。

ずるい……。生まれが違うだけで、こんなにも人生が違ってしまうなんて、腹立たしい。

それが間違った思いだとわかっていても、私はあの子とその家族が妬ましくてたまらなかった。

お父様は私を助けるためにすべてを犠牲にした。もう光の当たる場所には絶対にでてこられない。どこにいるかもわからない。きっと息をひそめるように生きて、最期は一人で寂しく死んでしまうはずだ。私に、居場所も教えずに。

お父様が臓器移植のために殺した信者。教団から逃亡する時に殺した助手。それから私の両親として事故死させられた顔も知らない夫婦。本物のクレア。私を実の娘と思いこむ今の母に、罪悪感を抱き続ける今の父。

私の命を繋ぎ、幸せをつむぐために重ねられた罪は重い。重すぎて、私はこの筋書きを壊すことなんてできなかった。

ましてや、まだ友達として日の浅いあの子。

無意識に、無邪気に私を傷つけるあの子を、自分の身を犠牲にしてまで助けたいなんて思えなかった。

「よく邸に遊びにいくそうだね。彼女の父親の研究室にも入ったことがあるかい？　あの邸の離れのことだ」

「はい……あります」

私は慎重にうなずいた。どこまで嘘に真実を混ぜて話せば怪しまれないか。あの子を私だと勘違いしてもらえるかを考えながら。

「では、彼女の父親にも会ったことがあるね？」

「はい。見たことはあります」

嘘をついてないか確かめるように、こちらをじっと見据える男性の目を、少し怯(おび)えた振りをして見返す。普通の子供らしく自然に振る舞えているだろうか。

「見たこと？　会話はしていないということかな？」

「そうです。なにか実験をしているみたいだったから。挨拶はしましたが、返事はなくて。お友達は、いつものことだから気にしないでって。それで、私たち二人で彼女のお父様の実験を見ていました」

「そうなのか。楽しかったのかい？」

私はこくりとうなずいた。本当のことだった。

「そのお友達は、父親についてなにか言っていなかったかい？　そうだね、たとえば……すごいものを作っているとか」

「すごいもの……？　彼女のお父様は、いろいろ作っています。どれもすごいと思いますわ」

男性の目的はこの辺りにあるのだろう。私は知らない振りで、子供っぽく首を傾げて的外れな返答をした。

ふっ、と男性が小さく笑う。

「そうだね。どれもすごいだろう。では……質問を変えよう。彼女が父親の仕事について話すことはあったかい？」

「あります……科学者だって。今は国の仕事を手伝っているって言っていました」

「他には？　どんな仕事をしているとか話さなかったかい？」

私は少し考えてから、慎重に言葉を選んで答えた。

「お医者様をしていたことがあるって……えっと、ここに引っ越してくる前にそういうこともしてたって聞きました。すごいんだって、お父様はなんでもできるんだって彼女は言っていました」

嘘はついていない。けれどこの内容が、男性にどういう誤解を与えるのか、わからないわけではなかった。

あの子は父親が大好きで、自慢するつもりもなく話してくれた。彼女の父親が兵役逃れをしていたのは、今の父から聞いて知っていた。医者の真似事をしていたのは、たぶんその間だ。お父様——ケント・アルノーが医者の助手から教団に入信した頃と重なる。

話を聞いた男性は、一瞬鋭く目を細め口角を吊り上げた。

「ありがとう。とても参考になったよ」

男性は、最後にもう一つ質問があると言った。

「隣の邸で聞きなれない言葉や、不思議だなって思うような話を聞いたことはないかな？」

なにが目的の質問かわからなかった。あの子の父親が教団関係者だと、確信を得るような情報がほしいのかもしれない。

男性の誤解を後押しする返答をしたかった。だが、へたな答えを返して、私が疑われるようなことだけは避けたい。

どうしようか……。私は唇をぐっと突きだすように引き結んで考え、賭けにでた。

「あの、そういえば……彼女が父親を、アルノー先生って冗談っぽく呼んでいるのを聞いたことがあります。どうしてって聞いたら、本当の名前なのって」

私の言葉に、男性の目の奥が冷たく光った。

この賭けは当たりか外れか。私は緊張して答えがでるのを待った。

もしこれがやりすぎで、男性の疑いの目が私に向かえば、今すぐにでも両親は殺されるかもしれない。けれど男性は静かに立ち上がり、夜分の訪問をわびて帰っていった。

それから数日。我が家に不幸が訪れることはなかった。代わりに、あの事件が起きた。

平和な休日の昼下がりだった。ヴァイオレット伯爵夫妻が惨殺され、あの子が重傷を負った知らせが舞いこんだのは。

世間には事故死と発表されたが、あの軍人だという男性が訪問した我が家には真実が伝えられ、軍上層部からあの軍人の訪問についても口止めされた。母は、「あの軍人さんは、お隣の家族を守るために動いていたそうよ。それが間に合わなかっただけ、あなたのせいじゃないわ」と私を慰めてくれた。

そう、私のせいじゃない。私は悪くない。

仕方ないじゃない。だって、同じ幸せはもう二度と回ってこないんだもの。私は、私の前にやって回ってきた幸せと、運命から逃げるチャンスを摑んだだけ。

あなたは運が悪かったのよ――コーネリア。

＊＊＊

「やっぱり……これってただの傷薬よね？」

クレアの体に浮きでた点字を写した紙を、何度も見返す。

実験机の上には、ビーカーやフラスコ、オイルランプなどが並べられ、試験管にはさっきできたばかりの傷薬の液体がたっぷりと入っている。

あの後、寝室の隣の居間から点字用タイプライターを持ってきて、意識のない彼女の隣でタイピングしたのだ。そしてクレアにはアレルギー反応を鎮静する薬を打って、道具の揃っているヴァイオレット邸の離れである研究室にやってきた。

タイプライターで書き写している時から、ここに記されたエリエゼルのレシピはどう考えても傷薬だろうと思っていた。知っている作り方とは配合や順番が違うのが少し気になったが、できるものは同じだ。

だが、コーネリアはあまり医学には精通していないので、自分の勘違いかもしれないと思い、レシピ通りに作ってみた。やはり勘違いではなく、ただの傷薬しかできなかったのだが。

試しに腕を軽く傷つけて、そこに傷薬を塗ってみたがなんの変化もなかった。染みただけだ。皮膚細胞を採取して傷薬をかけてもみたが、顕微鏡で見る限りなにも起きていない。これで人が生き返るとは思えなかった。

「うーん……考えられるのは、これがダミーで、暗号が仕掛けられてるとか……」

紙を上下逆さまにしてみたり、点字なので裏から見たりもしたのだが、どちらも無意味な文字列にしかならなかった。

「なんなのよ？　暗号も医学も専門外なんだけど」

エリエゼルのレシピを机に放りだし、ソファに深く腰かけて目を閉じ考える。

そもそも、コーネリアもコーネリアの父も、機械工学が専門で、科学の中でも医学や生物学などは得意ではない。一般人よりは詳しいし、簡単な治療や手術ぐらいならできてしまうが、専門家にはまったく敵わないレベルだった。

父は戦時中、軍から逃げ回っている間に医者の真似事をしていたが、それは生活費を稼ぐためだった。エリエゼルなんていう、死者が復活するだとかいう薬を作れるような才能はない。むしろ精巧な機械人形（オートマタ）を作れと言われたほうが得意だっただろう。

だからこそ、誘拐された時の男たちの話に違和感があった。それは父っぽいけれど、よく似た別人ではないかと。

だいたい、父は終戦後の焼け野原を見て、これで好き放題に大型施設を建てられると喜んだ不謹慎な人間だ。死人を生き返らせるなんて、夢見がちというかセンチメンタルな研究をするとはやっぱり思えない。

人が誰かを生き返らせたいと願うのは、愛している人が亡くなった時ではないだろうか。それか死にそうな愛する者を前にしてこそ、そんな薬を欲するのではないか。

父の人生において、そういう機会はなかったはずだ。機会が訪れる前に死んでしまったわけだし。

コーネリアは腕を組んで唸った。

父がアルノー医師でないなら、二十年前の事件は人違いから起きたことになる。コーネリアが狙われるのも人違いだ。では、その人違いはなぜ起きたのか。なにか確証になるものがなければ誰も動かないはずである。

セラピア教団だけでなく、軍もだ。二十年前、軍というか国までも父をアルノー医師ではないかと疑った。父も買いかぶられたものである。

その疑われる原因となったのが、兵役逃れで逃亡していた期間によからぬ輩と仲良くなったからという話。そのこと自体は真実かもしれない。そしてその相手はセラピア教団関係者と仮定しよう。

ずばりアルノー医師だったのではないか。

エリエゼルなんてものを作ろうとするぐらいだ。頭の出来は父と同等なはずである。もちろん馬が合い、仲良くなったと想像できる。

父は研究馬鹿で対人関係は杜撰（ずさん）だった。たぶん、意図を持って近づき、騙（だま）そうとしても気づかなかっただろう。

対してアルノー医師は、セラピア教団から逃げたいと思っていた。実際に逃亡したのでこれは仮定ではない。事実だ。そしてあの異常なセラピア教団から逃げようと目論（もくろ）んだとして、どうするか。

自分の身代わりを探したのではないか。娘がいたそうだから、娘の身代わりも探していたはずだ。

そこにおあつらえ向きな、うちの父がいた。しかも娘もいて、自分の子供と同い年だった。ちょうどよいと思い、父が首都に戻ってもなにかしらの方法で連絡をとっていたのではないか。

ここまで、ほとんど推測でしかない。

だが父と私は、アルノー医師とその娘によく似ていたということは事実だろう。まったく似ても似つかない相手を、追いかけるはずがない。時間の無駄だ。

では、どうしてうまいこと父と私が本物のアルノー医師と娘として目をつけられたか。それはアルノー医師が裏から密告かなにかしたのだろうと推測する。

さて、ここで死んだ父とアルノー医師は置いておいて、私とアルノー医師の娘について考えたい。

クレアがその娘だと、すぐに確信したわけではない。自分と同い年で容姿がよく似た女性なんてたくさんいるし、そもそもクレアは金髪だ。子供の頃、黒髪だったということもない。だから、彼女の体にエリエゼルの点字が浮き上がるなんて思ってもいなかった。

あの日までは……。

コーネリアは凝ってしまった眉間を指で揉みながら、溜め息をついて目を開いた。

「どうしてなの、クレア……」

彼女がなにを考えて嘘をついたのか。今までどんな気持ちで、コーネリアの傍で暮らしてきたのか。これからどうしたいのか、ぜんぜんわからなかった。

コーネリアはソファから立ち、もう一度エリエゼルのレシピを手に取る。ただの傷薬しかできないレシピを、悲痛な気持ちで見つめた。

クレアはアルノー医師から、エリエゼルについて聞いていたはずだ。人を生き返らせる薬と教えられていたかもしれない。そして、彼女の夫が事故死した時、このレシピを見てエリエゼルを作ろうとしたのではないだろうか。

愛している夫を生き返らせたいという気持ちだけでなく、娘のジャスミンを救うためにもエリエゼルは必要だ。けれど出来上がったのは傷薬で、どれほど落胆し絶望したことだろう。

すべてコーネリアの想像だが、あながち間違っていないような気がする。

「だいたいなんでエリエゼルなんて面倒なものを作ったの？　これさえなければ、変に追い回されることも、今さら私が誘拐されることだってなかったはずよ。それも娘の体に残すって、なに考えて……」

ぶつぶつと文句を並べ立てている途中で、コーネリアはハッとして傷薬が入った試験管を凝視した。

「そうよ……おかしいじゃない。エリエゼルを作ろうなんて考える人間が、危険を冒してまで娘を逃がしておきながら、体に残すなんて矛盾しているわ」

エリエゼルが本当に死人を生き返らせる薬なら、アルノー医師は愛する人間を亡くしていないとおかしい。妻の存在がでてこないので、亡くなっているのだろう。その妻を生き返らせるためにエリエゼルを作ったとしても、クレアの体に記録して逃がすというのはおかしい。アルノー医師だけがエリエゼルの製法を知っていればいいことで、危険を少なくするためにはそんな記録は抹消してしまうに限る。

そうとわかっていて娘の体に残したのは、そうする必要があったからだ。クレアに、エリエゼルの製法を伝えなくてはならなかったからにほかならない。

では、その理由はなにか。

「ああ……そうか。そういうことなのね」

すべてのピースがはまったように、頭の中にぱっと答えが思い浮かぶ。

エリエゼルはやっぱりセンチメンタルな薬だ。

コーネリアは部屋の隅に置いてあるケージに駆け寄り、中から少し痩せたラットを一匹とりだす。クレアに打った薬を試すために手に入れた。そのラットに睡眠薬を打ち大人しくさせてから、注射針で胃のあたりを刺して細胞を採取する。細胞をシャーレに置き、傷薬をかけて顕微鏡でのぞいた。

シャーレ上で起きている現象に、コーネリアは目を見開く。

「ああ……これが、エリエゼルなのね……」

こんな簡単で、しかもこんな近くにずっとあったなんて。きっとセラピア教団に残されていた助手の記録というのも同じレシピに違いない。アルノー医師は、見破られたらそれでいいぐらいの気持ちでいたのかもしれないが、結局、誰も見破れずに振り回された。

胸をかきむしられるような苦しさに息を吐くと同時に脱力し、コーネリアはソファにどさりと腰かけた。その時。

「おい、大人しくしろ」

いつの間に研究室に侵入していたのか、男がこちらに銃を向けて窓際に立っていた。しかも軍服を着ている。

こういう状況にも慣れてきていたコーネリアは、手を上げつつも冷静に男に質問していた。

「あなた……警備兵じゃなかったのね」

セラピア教団の者か、それともエレオス動物愛護団体の者なのか。コーネリアには見分けがつかなかったし、相手も答える気はないだろう。

男は馬鹿にするように鼻先で笑った。

「それがエリエゼルなんだな。完成するのを待っていた」

潜んで待っていたわりに、それまでのコーネリアの独り言を聞いていなかったのだろうか。聞いていても理解できなかったのか。

「そうね。エリエゼルかもしれないけど、ただの傷薬よ」

そう、条件が揃わなければ、これはただの傷薬でもあった。男が訝しげな表情になり、なにか言おうと口を開きかけた瞬間、その頭が血を噴いた。

「えっ、ちょ……ッ！」

男は頭の横から血を流しながら倒れた。コーネリアは口元を両手で覆い、ソファの上で身を固くする。足元から震えが這い上がってきて、止まらない。血の臭いが、嫌な記憶を思いださせる。

なにが起きたのか、理解できなかった。誰かが男を撃ったのはたしかだけれど、誰が？

シリウスが、証人になる犯人を簡単に殺すはずはない。コーネリアが人質になっていたわけでもないし、銃撃戦になってもいなかった。

倒れた男から視線を動かせずにいると、ドアのほうからカッカッとパンプスの足音が響いた。真夜中だというのに、きちんとドレスを着こみ髪を整えた彼女が目の前を横切る。

「クレア……」

彼女は、まだぴくぴくと痙攣する男の前に立つと、消音器のついた銃をかまえて発砲した。男の動きが完全に止まるまで銃弾を撃ちこむと、踵を返してこちらへゆっくりと歩いてきた。

そして、コーネリアの前で立ち止まり、銃をかまえていつものように優しく微笑んで言った。

「コーネリア……まさかあなたに裏切られるなんて思ってもいなかったわ」

第12章

たぶん、あの子は私のことが嫌いだ。ううん、嫌いは言いすぎかも。

あんまり好かれてないなっていうのは、なんとなくわかる。

でも、私はあの子のことが好きっていうか……興味があるな。

「明日、お父様の研究所にいくの。見学しにきていいんですって。クレアも一緒にどう？」

いつものようにうちの庭で遊んで、別れ際にそう声をかけた。ここ数日、なんとなく落ちこんでいる様子のクレアを元気づけようと思って誘ったのだが、彼女は少し考えるように唇を尖らせた後、断ってきた。

「ごめんなさい。明日は学校から帰ってきたら、外国語のレッスンがあるの」

あ、嘘だなってすぐにわかったけれど、私は「それは残念ね」と返し、隣の邸に帰っていく彼女を笑顔で見送った。

クレアは大人しくて、女の子らしくて可愛い。生意気な私と違って控え目だから、初等学校の男子に秘かに人気がある。私相手だと乱暴な男子が、彼女の前だと紳士的になるなんてことはよくあった。

大切にしなきゃいけない。そんな空気がクレアにはある。

いや、そういう空気を作るのがうまいっていうのかな？

乱暴者な男子も我が儘な女子も、彼女と話しているうちに自分の意見を引っこめる。まるで猛獣が手懐けられていくのを見るようで、いつも感心してしまう。

周囲は彼女のことを従順な性格だって思っているみたい。でも、本当はとても賢くてしっかりした性格と私は思っている。

一緒に遊んだり勉強をしている時、彼女はふとした拍子に年齢にそぐわない知識をぽろりとこぼしたりする。私は父の影響で難しい本を読んでいたり会話をして知っていたりするけれど、八歳の子供が口にするには不自然な知識だ。クレアの父親は弁護士なので、その影響かもしれないが。

この間、私は庭で遊んでいて知らない間に虫に刺された。蚊にしては腫れ方が尋常ではなくて、手当にやってきたメイドが慌て、執事が医者をと電話に走った。そんな中、クレアは冷静に刺した虫を特定し、こう治療すれば大丈夫だとメイドに伝えた。そしてその通りに処置したら、医者が邸にやってくる頃には症状が治まってしまったのだ。

たまたま知っていただけだと彼女は言ったが、本当だろうか？

やっぱりクレアは頭がいい。その上、他の子供たちとはなんとなく違う雰囲気がある。たとえば、その賢さや知識をひけらかさないところとか。相手が誰だろうと、論理的に言い負かそうとする私とは真逆だ。

学年でトップの成績の私に対し、クレアは上位十人にどうにか入るぐらい。飛びぬけて成績がいいというほどではないけれど、処世術や人付き合いを見ていると、私なんかよりよっぽど頭がよくて大人だなって思う。

そういう彼女だから、父の研究所には興味があると思ったのに。断るなんて意外だった。

前に、邸の離れにある研究室に連れていったら、遠慮しながらも興味津々なのが見てとれた。普段は女の子らしく、可愛いものが好きで刺繍が趣味だってみんなの前で言っているけど、本当はこういうのが好きなんじゃないかな。

なかなか本音を見せないクレアの興味を持った様子が、私はなんだか嬉しかった。わくわくを押し隠したようなあの顔を、また見てみたい。

けれど、私が次に見たのはクレアの青ざめ、狼狽した表情だった。


「可哀想に……女の子なのに……」

「命が助かっただけでも奇跡なんだ。そう言うな」

すすり泣く叔母の声と、それを慰める沈痛な叔父の声が聞こえて目が覚めた。真っ白なカーテンに囲まれたベッドの上に私は寝かされていて、体中が痛くて重くて、頭はぼうっとしていた。

ここはどこなんだろう？

カーテンの向こうで動く影を目で追っているうちに、意識は途切れた。それから私は、何度か切れ切れに意識を取り戻しては眠ることを繰り返した。その間に、なんとなく自分の置かれた状況や、なにが起きたのかわかってきた。

研究所で父と母が殺され、私は大怪我を負った。腹を刺され、殴られたり突き飛ばされたりしたせいで、あちこち骨折もしているらしい。一命を取りとめたのは運がよかったのだと、医者が言っていた。

意識がはっきりとしてくるにつれ、両親が殺された時のことを断片的に思いだした。研究所に母と遊びにいき、父の部屋に入ったところで、何者かに殺され床に倒れている父を見つけた。母が悲鳴を上げると、どこからか男が現れてナイフを振りかざした。そこからの記憶は曖昧で、まるで映画のワンシーンを切り取って繋げたような、途切れ途切れの映像になる。

私をかばって刺された母。噴きだした血。目の前が赤く染まり、男がこちらを向く。逃げようとして殴られ、吹き飛ばされた。痛みで床に倒れた私に跨る男。鋭利に光るナイフの先。その後に襲ってきた痛みと、誰かの叫び声。非常ベルの音。たくさんの足音。

これが覚えているすべてだった。まるで遠い世界の出来事のように、実感のない記憶。

ただ、私の中に鮮明な恐怖だけは残っていた。

夜、何度もうなされた。夢の内容は覚えていないのに、あの時感じた恐怖だけが薄っすらと背筋に残る寝覚め。私の叫び声で飛んできた看護婦が、眠るまで手を握っていてくれたこともある。

叔父や叔母は、毎日のようにお見舞いと看病にきてくれた。その合間に軍や警察の人間がやってきて、事件の状況や犯人の人相を知りたがった。けれどショックで記憶が断片的になっている私は、質問の半分もまともに答えられず、たまに恐怖で震えが止まらなくなった。叔父は私をかばい、「姪をこれ以上苦しめないでほしい」と言って彼らを追い返してくれた。

そんな叔父から、両親が亡くなったこと、私の体がどうなったかについて聞かされた。その傍で叔母は泣いていた。心の優しい人で、私の痛みを自分の痛みのように受け止め、姪っ子の将来を憂いていた。

正直、子供が産めない体になったと言われても、子供の私にはぴんとこなかった。無邪気に、将来は結婚して子供も三人ぐらいほしいなんて言っていたけれど、本気でそれを望んでいたわけではない。ただ、兄弟のいない私は子供がたくさんいたら楽しいだろうなと思ったし、仲のよい両親を見て育ったので、単純に結婚っていいなって思っていたから、そう言っていただけ。

だけど、周囲はそうは思わなかったみたいで、とりわけ叔父夫婦は私の無邪気な将来の夢が潰れてしまったことをひどく悲しみ、犯人に対して怒っていた。

そんなに悲しまないで、私はなんともないわ……って何度か二人には言った。そのたびに二人は悲しそうに微笑んで、「コーネリアは強いね」って頭を撫でてくれた。あとで私が寝ていると思って「まだ子供だからわかっていないのね」って話してもいた。

大人になったら、私はこの怪我をつらいって思う時がくるのだろうか?

何度も考えてみたけど、よくわからなかった。わからないのは、両親が死んだのに悲しいって思えないことも同じだった。

本当に、父と母は殺されたのだろうか?

この目で見たのはたしかなのに、あまりに衝撃的すぎたせいで現実感がない。あれは夢だったのではないか、そう思ってしまうことさえあった。それか、怪我がまだ治らなくて、たくさん薬を投与されているから、頭がぼうっとして実感がわかないだけなのかもしれない。

怪我が治ったら、私は苦しむんだろうか？

そんなことを毎日考えているうちに、だいぶ怪我もよくなり、親族以外との面会が許されるようになった。最初にやってきた見舞客は、お隣のグレース夫妻とクレアだった。

彼女のことだから、沈痛な面持ちで「早くよくなってね」なんて言うんだろうと想像していた。

もちろん社交辞令で。本気で私の心配なんてしていないはずだ。

なのに、両親の後ろに無言でたたずむ彼女は今にも倒れそうで、包帯だらけの私よりも具合が悪そうに見えた。

「クレア、大丈夫？」

思わずそう聞いていた。傷だらけなのは私なのに。

大人たちがクレアを振り返る。過保護な彼女の母親が、心配そうな顔でしゃがみこんで娘の顔色をうかがう。

もともと色白のクレアは紙のように真っ白になっていて、全身を小刻みに震えさせている。

「……なの」

クレアの唇が小さく動いた。そして顔を上げ、さっきまで光のなかった目に、苛立ちと涙をためて声を張り上げた。

「バカなの？　私の心配なんてしてっ！」

一瞬、部屋が静まり返り、すぐにクレアの両親が慌てだした。

「クレア、なんてことを言うのっ！　駄目でしょう。謝りなさい。今日はお見舞いにきたのよ」

「申し訳ございません。娘も今回のことで動揺しているようで……すまなかったね、コーネリア」

それからグレース夫妻は何度も謝り、クレアを引きずるようにして連れて帰っていった。

なにが起きたのかわからなかった。ぽかんとしていると、グレース家にやってきた軍人のことを叔父が話してくれた。私の父になにか疑いがかかっていて、軍人は国からの依頼でそれを調べていたそうだ。そして、父を事情聴取目的で保護しようとしていた矢先に事件が起きた。

クレアはその軍人に、うちのことをいろいろ聞かれたらしい。私と友達で、何度もうちに遊びにきていて、離れの研究室にも入ったことがあったからだ。

「それで彼女は、自分が話したせいで事件が起きて、コーネリアが傷ついたのではと気に病んでいるらしい。事件が起きてから、自室にこもることが多くなり、ふさぎこんでいるとグレース夫人が言っていた」

それであの反応に繋がったらしい。罪悪感と自分は悪くないという気持ちの板挟みになって苦しんでいるのだろう、だから許してやってほしいと叔父は言う。

もちろん、私はクレアを責める気なんてなかった。それよりも、ちょっと興奮していた。

だって、あれは嘘じゃない。クレアの本音だ。

あんな感情的な彼女、初めて見た。上辺ではない、人間臭い反応だった。

なぜこんなに興味をそそられるのか。よくわからなかったけれど、彼女とやっと向き合えたような気がしたのだ。

それからしばらく、クレアは毎日のようにお見舞いにきていたらしい。最初は母親が付き添っていたが、そのうちメイドに伴われて一人でやってくるようになったと、叔父が教えてくれた。たいてい私が寝ている間で、声をかけて起こすわけでもなく、傍の椅子に座ってずっと寝顔を見ているのだ。そして、庭で摘んできた花を置いて帰っていく。

私は、目覚めてから枕元に置かれた花を見て、彼女と話せなくて残念だと毎度嘆いた。以前のクレア相手だったら、こんなふうに思わなかっただろう。

他の子と一緒にいるより、賢い彼女と話したり遊んだりするのは楽しかった。でもそれだけで、気持ちはいつも離れているなって感じていた。

なぜなら、あの子は嘘つきだから。

きっと気づいているのは私ぐらいだろう。クレアの両親も、娘が嘘をつく時の癖を知らない。ほんの些細(ささい)な仕草で、よく見ていないとわからない。でも、あの子は嘘をつく前にかならずするのだ。

その癖に気づいたのはいつだったか?

もう覚えてはいないけれど、わりと早くにわかっていた。昔から父に、「対象をよく観察しろ。些細な矛盾を見つけ、その中から事実を暴き積み上げていくのだ」と言われていたから、クレアに違和感を持った。彼女の言動の矛盾。そして嘘をつく前の癖に、私はたどりついた。

クレアはけっこう裏表のある性格をしているみたいだ。でも、私はそれを悪いとは思わない。世の中には、裏表のない正直な人は善い人だみたいな価値観がある。あれは、本当に裏表のない人間に、迷惑をかけられたことがないから言えるのだろう。

私の父は、その裏表のない人間と言っていい。平気で女性に「太ったね。先週より三センチ横幅が増えている」などと言う。自分より明らかに地位が上の相手に対してだって、「あんたの権力は魅力的だけど、人間性は好きじゃない。特にその顔、気持ち悪い」みたいな暴言を吐いて怒らせるのはしょっちゅうだった。

しかも本人に悪気はなく、そのたびに周囲は巻きこまれ振り回される。父にはその暴言を上回る才能があったから、許されていたようなものだ。

一番被害にあっていたのは叔父だろう。叔父はたまに父に激怒することがあったが、なにを言っても無駄で、絶対に改めないというのも知っていた。いつも溜め息をついて、最後はあきらめる。尻拭いにもよく奔走していた。

だから、人間なんて裏表があったほうがいいって私は思う。人間関係を円滑にするのに、多少の嘘は必要だ。

きっと裏表のある人は、表でいろいろ我慢を強いられているのだろう。父みたいに我慢しなければ裏もなにもないのだから。裏がある人のほうが、善人なのではないだろうかって、父とクレアを見ていて思うようになった。

ただ、裏表のある人はなかなか心のうちを見せてくれない。クレアもそうで、私はそれがずっと寂しかった。

でも、「バカなの?」と言ったクレアは嘘をついていなかった。初めて本音でぶつかってきた。彼女の罪悪感は本物で、深く自分を責めている。そんな姿を見せられたら、手を差し伸べないではいられない。

寝たふりを続けていた私は、ゆっくりと瞼を開いて言った。

「ねえ、いつまでそうしているの？」

私が寝ていると思っていたクレアは、椅子の上でびくっと跳ねて顔をこわばらせた。

「なんでなにも言わないで帰っちゃうの？　私が寝てるの狙ってきてるでしょ？」

ちょっと責めるように言うと、クレアが泣きそうに顔をゆがめる。前だったら、苦笑して「そんなことないわ。考えすぎよ」って煙にまいただろうに。本当に、調子が狂う。

「言いたいことがあるなら、はっきり言いなさいよ。あなたって、いつもなにか我慢しているでしょ？　そういうの疲れないの？」

思っていたことを、この際だから聞いてみる。たぶん聞かなくてもいいことなんだろうけど、気になったから。私も、よけいなことを言う父の子なんだなって思った。

「……めんなさい……ごめんなさい」

「なんで？　どうして謝るの？」

クレアは怯えたような目をした後、私から目をそらしてうつむく。けれどベッドに横になっている私から、彼女の表情はよく見えた。

「なんか悪いことをしたの？」

ひっく、としゃくり上げる声が聞こえ、クレアの乾いた頬に涙の筋ができる。少し痩せたみたいで、ふっくらしていた頬がこけていた。

「許して……」

絞りだすような、弱々しい声だった。

「ごめんなさい。ごめんなさい……私、なんにもわかってなかった……ごめんなさい。私のせいなの。私が……っ」

大きく肩を震わせたかと思ったら、声を上げてクレアが泣きだした。嘘や演技でできる泣き方じゃなかった。見上げた彼女の顔に、あの癖もでていない。

私はただじっと、彼女が泣き止むのを待った。体が痛くてまだ起き上がれないのが、もどかしい。抱きしめてあげたいって思うような、そんな今にも壊れてしまいそうな泣き方だった。

「よくわからないけど、クレアは悪くないと思う」

小さくしゃくり上げるだけになった彼女にそう言うと、くしゃりと顔をゆがめて苦笑された。

「なんにも知らないから、そんなこと言えるのよ……」

賢い彼女がそう言うのだから、勘違いや思いこみでもないのだろう。彼女なりに、今回の事件の原因になったと思える根拠があるのだ。

でも、それがどうしたというのだろう。そんなことより、クレアが嘘をつかずに真剣に思い悩んで謝ってくれたことが、私にとっては重要だった。

「知ったとしても、クレアを恨まないわ。あなたも私も子供じゃない。子供にどれだけのことができると思ってるの？　責任なんててないわよ」

「でも……それは知らないから」

「じゃあ、教えてくれるの？　あなたが悪いってたしかな証拠」

つめよると、クレアは押し黙った。教えてもらえるなら知りたかった。

「……ごめんなさい」

「だから謝らなくていいのに」

「でも……私……」

うじうじするクレアも珍しい。大人しい性格をしているが、けっして依存的なタイプではない。優しそうに見えて、実は割り切った考え方なのも薄々気づいていた。

「じゃあ、次になにかあったら私のことを助けて。それで終わりにしましょう」

湿っぽいのは嫌いだ。それもクレアみたいな子が、自分を責めているのなんて見ていたくない。

私の言葉になにか決意したのか、クレアは涙を手の甲でぐっと拭うと、顔を上げて言った。

「わかった……絶対に。絶対にあなたを救うわ」

嘘はついていなかった。私を見つめる目は、今まで見たことのない真摯さにあふれていた。ふっと笑い、私はわざわざ聞かなくてもいいことを、また聞いていた。

「私、前のあなたより、今のあなたのほうが好きよ。だって、私のこと好きじゃなくて、いつも嘘ついていたでしょ。本当はすごく嫌いだった？　今も私のこと嫌い？」

クレアが目を丸くし、赤くなって口をぱくぱくさせる。気づかれていないと思っていたらしい。

その動揺した顔が面白くて、私は声を上げて笑った。

「クレアって性格悪いわよね。でも、そういうの嫌いじゃない」

それは素直な気持ちだった。裏表のない父も、裏表のあるクレアも、どっちも私は好きで面白いなって思う。

「……あなたには、敵わないわ」

クレアがまた顔をくしゃくしゃにして、涙目になる。私は手を伸ばし、膝の上でぎゅっと握りしめられた彼女の手をつかんで言った。

「これからも、よろしくね」

そして、泣きだしたクレアの涙を手の甲に感じながら、私はまた眠りに落ちていった。

＊＊＊

むっとする血の臭い。目の前には銃口。

こんなことになるなら、研究室にいく前にシリウスに連絡をとっておくんだった。

口元を押さえて目を閉じてしまいたいのをこらえ、コーネリアは視線を上げた。クレアを、彼女の言動をなに一つ、もらさず見ていなくてはならないからだ。

「気分が悪いんじゃない？　血の臭い、苦手だったものね」

心配そうにクレアが言う。いつもの彼女らしい慈愛に満ちた表情だというのに、それを打ち消すように銃口の先はコーネリアの額にしっかりと照準を定めていた。

「あなたがこうなってしまったのは、私のせいだものね……ごめんなさいね、コーネリア」

「だったら、なんで……」

しゃべると、血の臭いが口と鼻に充満し、思わず口を押さえてうぅっとえづいた。

「大丈夫？　可哀そうに……でも、私だってこんなことはしたくなかったの。もっと穏便にすべてを進めようって考えていたのよ。それなのに、勝手に私の裸を見るなんてひどいじゃない。ワイン、それともチョコ？　それになにを混ぜたの？」

さっき人を殺したばかりだというのに、淡々といつものようにしゃべるクレアは異様だった。笑っていても目は虚ろで、いつ不安定になって銃を撃ってくるかわからない。そんな危うさがただよっている。

「見たんでしょ？　アレを」

急にクレアの声が低くなる。見上げた顔に怒りが浮かび、唇がぶるぶると震えていた。

「どうしてわかったの？　ねえ、なんで？　いつから私を疑っていたの？」

クレアの声がヒステリックに高くなり、まるで追いつめられた者のように目が怯えていた。銃を向けられているのはコーネリアのほうなのに、彼女のほうが命乞いでもしているようだった。

「答えてっ！」

叫び声は悲鳴のようだった。コーネリアは口元を手で覆ったまま、あまり息を吸わないようにして話しだした。

「……お見合い……あの船に乗ってから。あなたが、また私に嘘をつくようになった。だから気にはなっていたの。でも信じていた。信じたかった」

コーネリアに対して、あの癖を見せなくなったクレアが、再び嘘をつき始めた。見間違いかと思ったが、その後も何度も彼女の癖を見ることになり、違和感を持った。なにを隠そうとしているのか。なにを知っているのか。聞きたいけれど、聞けなかった。

両親が殺された事件に、積極的にかかわりたくないという気持ちがあったせいだ。記憶は曖昧になっていても、あの時感じた恐怖はまだ鮮明だったから。

「そんなに早くから……」

ショックだったのか、クレアは愕然とした表情で青ざめた。

「ええ、でも確信したのはついこの間。あなたにセラピアやエレオスを調べてもらってから……その報告を聞いている間。トランクの話で確信したわ」

あの時、明らかに嘘をついた仕草をした。だが、たとえセラピア教団やエレオス動物愛護団体について知りすぎていても、調べたと言われれば納得するしかない。

だが、あのトランクに関しては違う。知っている人間は限られていて、クレアにメアリ・サラザールの調査は依頼したが、トランクの話はしなかった。

だから違和感があった。そこで嘘をついた時の仕草をするなんて、あまりに意外でショックだった。

「シリウスがトランクを持って飛びこんだというのは、絶対に嘘だとわかった。だったら、なにが本当なのか……トランクはあなたのもので、海にトランクを投げこんだのもあなただって思った」

あのトランクには、フックとワイヤーがついている。海の中でも持ち主にトランクが戻ってくるからなくさない、というのがコンセプトの商品だ。

シリウスの隙をついて軍服のどこかにフックを引っかける。トランクは手摺りにでも掛けて押さえておけば、飛びこむシリウスの重さでワイヤーは伸びていっただろう。それからシリウスが海に沈んだのを確かめて、トランクを海に投げ入れればいい。

ただ、なぜそうまでしてトランクをシリウスに持たせたかったのかは謎だ。

「なんで？　なぜそんなことをしたの？　海に私を突き落としたのもあなたなんでしょう、クレア？」

そうとしか考えられなかった。にらむように彼女を見返すと、目をそらされる。それが答えなのだろう。

「あなたは、私を殺したかったの？」

二十年前、コーネリアも殺されていれば今回の事件はなにも起きなかった。セラピア教団やエレオス動物愛護団体と、完全に切れた生活をクレアは送れていただろう。

だが、コーネリアが狙われたことによって、今まで幸せだったクレアの生活が脅かされた。いつ、自分に疑いの目が向くかわからない中、子供たちもいて気が気ではなかっただろう。特に、体の弱いジャスミンを連れて逃げるなんてできない。

それならいっそ、コーネリアを殺してしまえば……客船の事故で死んだということになれば、彼らもあきらめる。そう考えても不思議ではなかった。

「クレア、教えて……」

知りたかった。彼女がなにを考えているのか、どうしたいのか。もし、死んでほしいと言うなら、死ぬのはできないけれど、二人で助かる方法を考えたい。クレアと、彼女の子供たちをコーネリアだって守りたいと思っているのだ。

クレアは悲しそうに微笑み、銃を強く握り直した。

「そう……あなたは、そう思ったのね」

涙で声を震わせながら、クレアが銃の撃鉄を起こす。

もしかしたら、このまま殺されるのかもしれない。クレアにとって子供たちは宝だ。なんとしても守りたいだろう。

最後まで目をそらさずに彼女を見ていようと思っていた。けれど、もう無理だった。祈るように目を閉じる。

「コーネリア……お願い、私と……」

悲痛な声が聞こえたすぐ後、銃声が轟(とどろ)いた。

驚いて目を見開く。手を押さえて座りこんだクレアの視線の先をたどると、ドアの前に銃をかまえたシリウスが殺気をみなぎらせて立っていた。

すべては一瞬の出来事で、ああ助かったんだと思った瞬間。第二の銃声がして、座っていたクレアが吹き飛ばされた。飛び散る血に、コーネリアの目の前が真っ赤に染まる。

「あっ……ひぃっ……ッ！」

鮮明によみがえる記憶に、吐き気がした。世界がぐにゃりとゆがみ、コーネリアはソファのひじ掛けにしがみつくようにして顔を伏せる。体が恐怖で震え、ここがどこなのかわからなくなった。両親が殺された過去に突き落とされたみたいだ。

「コーネリア！　無事ですか！」

一番頼りになる人の声だった。そう思っていた。なのに、肩にシリウスの手がふれたとたん、思いっきり振り払ってしまった。こみ上げてきた恐怖に、叫んでいた。

「いやぁっ！　さわらないでっ！」

あの時、母を刺した犯人とシリウスが重なる。違うとわかっていても、頭が混乱して、気持ちが追いつかなかった。コーネリアを殺そうとしていたのはクレアだというのに、シリウスが殺人犯になってしまったような錯覚に小さく悲鳴を上げる。

それでも、何度も違うと自分に言い聞かせ、息を整える。浅くしか呼吸できなかったけれど、なんとか落ち着いてきた。

その時、男の呻（うめ）き声が聞こえた。

恐る恐る顔を上げる。クレアの死体が転がっているのではないかと、体が震えた。

だが、蒼白（そうはく）な顔で立ち尽くすシリウスの足元には、見知らぬ浮浪者の老人が血を流して倒れていた。その横に、クレアが呆然とした表情で座りこんでいる。

「それは……誰……？」

そうつぶやいた後で、老人が誰か気づいた。彼は、この辺をうろついてゴミ拾いをしている浮浪者だ。よくクレアが施しをしていて、そのお礼に新聞紙に包んだ花を届けてくれる彼だった。

「ぐっ……はぁ……ッエ……ぜ……ルぅ」

なぜ彼がここに……呆然としていたコーネリアだったが、彼の呻き声にハッとしてソファから飛び降り駆け寄った。

「エゼ……る……っ」

呻き声が「エゼル」と言っているように聞こえた。まさか「エリエゼル」のことだろうか。彼がなぜその単語を知っているのか不思議だったが、聞き間違いかもしれない。それより今は、傷の手当だ。

血がでているのは腹と腕。クレアをかばって腹に弾が当たり、倒れかけたところで腕を撃ち抜かれたのだろう。

「す……すみません。あなたが撃たれると思って……とっさに」

「わかってる……」

仕方のないことだった。クレアの銃口はコーネリアに向いていて、その銃を弾き飛ばしたといっても、また拾って撃つかもしれない。そうならないよう、シリウスはとっさにクレアを撃った。そこにまさか彼が割りこんでくるなんて、誰にも予想できない。シリウスが気に病むことではない。

コーネリアは倒れたままの彼の脈を取る。腕の傷はともかく、腹の銃創は致命傷になる。重要な内臓が傷つけられていたら、もう助からない。数分で死ぬだろう。だが、彼はしっかりと息をしていた。脈も弱くない。

「まだ助かるわ！」

汚らしい衣服に身を包んだ彼の体を、顔をしかめながら見分し、他に傷がないか確認する。血の臭いだけでも気分が悪いのに、そこに浮浪者独特の臭いが混じって吐きそうだった。

「弾は……どっちも貫通してる。シリウス、なにぼさっとしてるの！　止血して！」

「え、あ……は、はいっ！」

それまで突っ立っていたシリウスが、コーネリアの叱責に慌ててしゃがみこんで止血を始めた。軍で応急処置を学ぶので、その手つきに迷いはなかった。戦場経験もあるシリウスは、銃創の処置も手際がいい。

すぐに行動できなかったのは、部外者を撃ってしまったせいだろう。てきぱきと処置しているが、まだ表情に動揺が残っていた。

シリウスにその場を任せると、コーネリアはクレアを振り返った。

「怪我はない？　撃たれたみたいだけど」

撃たれたと思っていた手から出血はない。代わりに、床に転がった拳銃に弾痕があった。シリウスは、クレアの手ではなく拳銃を狙って撃ち落としたらしい。正確な射撃だ。

「私は大丈夫……」

弱々しく首を振ったクレアは、さっきから倒れた浮浪者を凝視している。彼女もまた、意外な人物の乱入にうろたえているようだったが、それだけではないような張りつめた雰囲気だった。

「クレア、どうかしたの？」

「ううん……そんな、でも……まさか……」

「なにか知っているの？」

その時、浮浪者が呻いた。コーネリアは慌てて立ち上がり、机に向かう。医療関係の道具が入った引き出しを漁って消毒液と注射器を取りだし、あの傷薬——エリエゼルの入った試験管を手に取る。

ちょうど執事が騒ぎを聞きつけてやってきたので、すぐこれる医者を呼ぶようにいいつける。それからシリウスが軍病院にも連絡してくれと言う。医者がきて応急処置ができたら、設備の整った軍病院に運びこむことになった。

コーネリアは浮浪者のもとに戻ると、試験管から注射器でエリエゼルを吸い上げた。

「それはなんですか？」

傷口を押さえながら、シリウスが怪訝(けげん)な顔をする。

「エリエゼルよ。さっき作ったの」

「え……わかったんですか作り方？　どこに記録が？」

「細かいことは後よ。今はこの人を救わないと」

血の臭いが怖いだとか、昔の記憶がよみがえるだとか、緊急事態の前ではすべてが吹き飛んでいた。とにかく救わなくては、シリウスを人殺しにできないという思いだった。

「それを注射するんですか？」

「そうよ。まだ大した実験もしてないから、これで助かるかどうかわからないけど、やってみるしかないでしょ。内臓が傷ついている可能性は高いし……このまま放っておけば、病院までもっても死んでしまうわ」

「そうですね……」

神妙な顔で、シリウスがうなずく。

「……待って、それはただの傷薬よ」

コーネリアが針を打つ場所の見当をつけている時だった。それまで黙りこんでいたクレアが、おもむろに口を開いた。浮浪者から視線はそらさないまま。

「知ってるわ。やっぱり、クレアも作っていたのね」

「そうよ作ったわ……けど、無意味だった。なんでこんなもの……こんな迷惑なもの、私の体に刻んだのよっ」

「クレア？」

視線はしっかりと浮浪者の彼に据えたまま。まるで、彼に向かって言っているようだった。

「わかってるなら、なんで使うの？　それは……エリエゼルは、死人がよみがえる薬じゃないのでしょう？」

「そうよ。生き返らない。だから、この人が死ぬ前に使わないと意味がないの」

「え……だって、ただの傷薬……」

「違うわ。ただの傷薬じゃないのよ」

のんびり話している暇はなかったので、一旦、クレアから視線を外す。シリウスが止血する手をよけ、銃弾が通ったであろうあたりに向かって注射針を刺した。

「恐らくだけど——エリエゼルは内臓の細胞限定で傷や病気を治す傷薬よ」

クレアが息をのむ気配がした。

注射器の中身をすべて注入し終えると、コーネリアはふたたび試験管からエリエゼルを吸い上げ、別の角度からも注射する。どれだけエリエゼルを注入すれば助かるかわからないが、今はこれに賭けるしかない。内臓の細胞が修復されるなら、彼の助かる確率はぐんと上がるだろう。

「内臓の細胞にしか反応しないの。だから、そのままじゃただの傷薬。傷口を消毒するぐらいしかできないわ。でも、さっき胃に先天的な病気を持つマウスの細胞で実験したら、見事に修復していくのを見ることができた。それも驚異的な速さで……これは病気だけど、怪我にもたぶん有効なんじゃないかしら。傷がついた細胞にも反応していたから」

注射を繰り返しながら、専門用語ははぶいて淡々と説明していく。ざっくりとした内容なので、正確ではないけれど間違ってもいない。それに、もっと実験をしてみないとわからないことが多かった。できればコーネリアではなく、もっと医学に造詣の深い専門家に実験してもらったほうがいいだろう。

「嘘でしょ……そんな、じゃあ……もしかして、ジャスミンは……」

「助かる可能性があるわ。そもそも、このエリエゼルはあなたのために作られた。あなたと、あなたが将来持つであろう子供のために」

ちらりと視線を上げると、クレアは瞠目し、信じられないというように首をゆっくりと振った。

「私のため……将来？　なにそれ、どういうこと……？」

「ねえ、あなたのお母様――本当の母親はあなたと同じ遺伝性の先天性腎疾患で亡くなったんじゃない？」

呻くような、震えた吐息が聞こえた。彼女もどういうことかわかったのだろう。

「あなたの父、アルノー医師は繋ぎたかったのよ。命を。あなただけでなく、あなたが産むであろう子供も、そしてその先の未来まで娘の幸せを繋いでいきたかったんじゃないかしら？」

治療の手は止めずに、さっき一人で推理し思いついたことを淡々と話していく。

「だから、危険を冒してでも娘の体にエリエゼルの製法を残さなくてはならなかった。けっしてあなたを苦しめたかったわけじゃないのよ」

「そんなっ……それじゃあ、私は……ずっと……」

クレアの喉が悲し気に鳴り、空気が震えた。見なくても泣いているのがわかった。

アルノー医師は、娘を隠すのにヴァイオレット家を利用した。しかも本物のアルノー医師が死んだと偽装するために、密告して父を陥れた。娘のコーネリアも死んでいれば完璧だっただろう。

偽物の傍に本物を隠す。エリエゼルの製法と同じ。なんて大胆で、狡猾な人間だろう。

自分たち家族を踏み台にしたアルノー医師は許せない。けれど、彼の娘を思う気持ちと執念はわからなくもなかった。同じ立場で、自分にそれを成し遂げる力と才能があるなら、コーネリアとて同じことをしたかもしれないダンッ、と床を叩く音がした。注射を打つ手を止めて顔を上げると、クレアが全身を震わせ唇をかみ、涙をぼろぼろとこぼしている。怒りや悲しみをこらえているような、なんとも言えない表情で浮浪者をにらんでいた。もう一度、クレアが床を拳でドンッと叩いた。

「クレア……？　ねえ、もしかしてって思ったけど、彼は…………」

一つだけ思い当たる可能性に、コーネリアは声を低くした。その時、意識を失っていると思っていた彼が、うめくように言葉を発し瞼をゆっくりと開いて視線をさ迷わせた。少しだけ首を動かし、視界にクレアをとらえると目を細める。

まるで、愛してるとでも言うように。

「え……ぜる……」

エリエゼルと言おうとしているのだろうか？

やっぱり、彼は知っているのだ。彼は――ケント・アルノー医師だ。

「なんなのよ、今さらっ!!」

険しい表情で怒気に震えながら、クレアは彼の襟首をつかんで叫んだ。

「なんで、どうして？　今頃になって……私が必要な時に、正体を明かしてくれなかったのに！もっと早くに、あの時……夫が亡くなった時に、どうしてエリエゼルの秘密を教えてくれなかったの!?　ねえ、なんで？」

「クレア！　落ち着いて、相手は怪我人よ！」

激昂してアルノー医師を揺さぶるクレアの手を押さえて引きはがす。それでも彼女は、怒鳴ることを止めなかった。

「私がどんなに苦しんでいたか知っていたでしょう！　何度も連絡を取り次いでくれないかって頼んだじゃない！　なのに連絡がないから、私は死んだって……」

推測するに、アルノー医師がなりきっていた浮浪者は、連絡係だったのだろう。彼は娘にも正体を明かさず、連絡係として接触していた。

恐らく、今回の一連の出来事が起きる前に、セラピア教団やエレオス動物愛護団体の怪しい動向をクレアに伝えたはずだ。その情報があったからこそ、彼女は先回りしていろいろ動けた。そう考えれば辻褄が合う。

ヒステリックだったクレアの声が大きく震えた。

「お父様はもう死んでしまったんだって……そう思って、あきらめて……ッ」

クレアの目から、涙があふれるようにこぼれ落ちた。

「どうして生きてるのよ……なんで、なんでそんな姿に……別人じゃないっ」

嗚咽を漏らすクレアに、アルノー医師が手を伸ばし、震える唇を動かす。

「すま……な…………っ、すまな、い」

「今さら謝っても遅いわっ……エリエゼルのこと、わかっていたらこんなことには……」

アルノー医師の手は娘には届かず、空をかいてぱたりと床に落ちる。それでも彼は娘に触れたいのか、床の上で手を動かし続けた。

「最低よっ……、私がどんな思いでずっと……。どんなに恨んだか、わからないでしょうね。役にも立たないエリエゼルの作り方を刻まれたせいで、びくびくしながら生きてきたわ。いつかばれるんじゃないかって、いつかあいつらに狙われるんじゃないかって……お隣が間違ってあいつらに襲撃されても、安心なんてできなかった……ずっと怖かった。誰にも相談もできなくて……」

それだけではないはずだ。コーネリアに対して罪悪感を抱えてもいたのだろう。傍にいたのに、それにずっと気づいてあげられなかったのが悔しい。クレアは嘘つきだけど、幸せな女の子なんだと思っていた。

「私はあなたを許せない……恨んでる。あなたのせいでどれだけの人が死んだか……私はそれをずっと背負ってきた。こんな思いをさせたあなたたなんて嫌いよっ！　でも……今の私には子供がいるわ。だから……」

クレアが奥歯を噛みしめるように唇を結び、大きく肩を震わせる。

アルノー医師のしたことを人として許せないが、親になったクレアは、父親のかつての気持ちがわかってしまったのだろう。子供を守りたいという想いを。だから彼を憎みきれない。

「許さないから……私の恨み言をぜんぶ聞くまでは、死なないで。お願いだから……」

床に落ちていた父の手を、クレアがつかんだ。胸に抱くようにぎゅっと握りしめ、涙をぽろぽろとこぼす。

アルノー医師は目をしょぼしょぼさせながら、それを愛しそうに見上げた。

「……ありがとう、お父様」

その言葉を聞いて、アルノー医師は安心したように目を閉じ意識を失った。クレアはすすり泣きながら懐かしそうな目をして、ぽつりとつぶやいた。

「母の名前はエリっていうのよ……それから、私の本当の名前はエゼルなの」

第13章

埠頭のベンチに腰掛けたコーネリアの目の前には、海軍の船が停泊している。これから航海にでる軍人たちが、家族や恋人との別れを惜しんでいる姿があちこちで見られた。

隣にはシリウスが腰かけている。彼に会うのは、クレアが逮捕されて以来だ。あれからコーネリアは警察の事情聴取や仕事やらで忙しく、シリウスは軍にずっと詰めていたので、会ってゆっくり話す暇もなかった。

強い海風が、一瞬、コーネリアの長い髪をかき混ぜるように駆け抜け、誰かが落とした新聞の切れ端が飛んできて足元にからまる。

誌面には『セラピア教団の闇！　信者を洗脳して殺害！　臓器密売の真実!!』という刺激的な見出しがあった。あれから、セラピア教団の幹部たちが逮捕され、教団は解体。エレオス動物愛護団体も芋づる式に逮捕者をだし、崩壊していった。

「船に爆弾を仕掛けたのは、クレアだったそうです。作り方は子供の頃、亡くなった母親に教わったと彼女が自ら話しました」

「そうなの……」

シリウスには視線をやらずに返事をする。

コーネリアはいつもの黒いドレスではなく、同じ黒でも喪服を着ていた。シリウスも軍服の腕に喪章をつけている。二人はアルノー医師の葬儀に参列してからここにきた。彼の葬儀には、コーネリアとシリウス、それから数名の軍関係者、それとなぜかロレンソ商会の若社長が参列した。刑務所にいるクレアはこられなかった。

アルノー医師は、どうにか一命をとりとめ軍病院で保護されていた。エリエゼルのおかげで内臓の損傷がほとんど修復されたおかげだったが、その後、体力がもたずに亡くなった。寿命だった。

今までの無理な生活がたたったのと、身分を隠すためだろう、彼は体のあらゆる部分を整形していた。顔はもちろんのこと、髪色や目の色、体型までも。そのせいで寿命を縮めてしまったらしいが、じゅうぶんに生きたとも言える。

「クレア——本名、エゼル・アルノーはエレオス動物愛護団体の仕業に見せかけ船を爆破し、その混乱に乗じてあなたを海に突き落として殺す計画を立てていたと自供しました。明確な殺意があったのだと……コーネリアさえ死ねば、セラピアやエレオスから狙われなくなると考えたそうです」

セラピア教団とエレオス動物愛護団体が、アルノー医師の娘と勘違いしているコーネリアに接触しようとしていたのは、やはり浮浪者に扮したアルノー医師からの情報で知ったらしい。連絡方法は、クレアが施しをしたお返しに彼が持ってくる花束。その花を包んでいた新聞紙に穴が空いていて、点字になっていたそうだ。

「本当に……クレアは私を殺そうとしていたの？」

クレアに銃を向けられた時は、そう思っていた。まだ自分の中で考えがまとまってなかったせいもある。だが、後から冷静になって疑問がいくつかでてきた。それについてクレアに聞きたかったが、警察に拘束され刑務所に入れられた彼女に会うことはまだできていない。事情聴取がすべて終わっていないので、当分面会は無理だろう。

そして、コーネリアのその問いにシリウスは答えなかった。

「俺が海に飛びこんであなたを助けたことにより、事故にみせかけた殺害計画が失敗。彼女は一旦、状況を見守ることにしたそうです。下手に手出しするより、軍の人間がでてきているなら、任せておけば状況が好転するのではないか。軍と国がセラピアとエレオスをどうにかしてくれるのではと期待していたと言っていました」

そうなれば、クレアはもう正体を暴かれ命を狙われるかもしれないという心配をしないですむ。コーネリアのことも殺さないでいられると考えたそうだ、とシリウスは続けた。

「けれどその期待は外れ、あなたが誘拐された。このままでは、コーネリアがアルノー医師の娘でないことが近いうちに暴かれるのではないか。そう思い、取り乱しあせった結果、もう一度あなたを殺すことを決意したそうです」

「それで、私をあなたから引き離そうと嘘をついたわけね」

シリウスが隣でうなずいた気配がした。

「彼女の思惑通り、あなたは俺と仲違いしてグレース邸へと移った。これで殺すチャンスが増えたと思っていたところに、あなたの裏切りがあった。正体がバレてしまったのなら、もうあなたを生かしてはおけないと、あの行動にでたと取り調べをした警察官に供述しています」

関係者であるシリウスは、クレアの事情聴取には立ち会えない規則になっているらしい。なので、クレアの供述は警察からの報告と供述書から知ったことだ。

「アルノー医師は、認知症だったそうです。もう、エリエゼルについて覚えていなかったらしく、自分が医師で科学者だった記憶もないと担当の医師が言っていました。覚えているのは娘と、娘を守らなくてはならないという使命だけだったそうです」

だから、クレアの夫が亡くなった時に、エリエゼルの本当の使い方を娘に伝えられなかったのだ。

その後、父親は死んでしまったと思いこんだクレアは、浮浪者の彼から持ち込まれる情報は施しがほしいがための作り話か噂程度にしか思っていなかった。だが、再びコーネリアが教団に狙われているという情報は信じた。彼女なりに裏もとって、事実だとわかったからだ。

「彼は、娘を守りたいという使命感だけで、記憶はないのにセラピアやエレオスの情報収集を常におこたらなかったようです。彼が根城にしていた廃屋には、たくさんの資料が残されていました。彼は浮浪者であることを最大限に利用して、あらゆる場所に出入りしていたようです」

彼の持ち物の中から、たくさんの偽造された鍵が見つかったそうだ。その中に、ヴァイオレット邸の研究室の鍵もあった。シリウスの銃弾からクレアを守った時、彼はその鍵をつかって研究室に侵入したのだろう。

「それから、あなたの家族……ヴァイオレット伯爵がアルノー医師ではないかという噂を流し、密告をしたのは彼だそうです。昔の軍の記録がでてきて、彼とよく似た浮浪者からの情報提供だったと残されていました」

「そう……やっぱり、父を身代わりにして死なせる計画だったのね」

だいたいコーネリアの推理通りだったらしい。ただ、もうアルノー医師に対して怒りや恨みはなかった。許すことはできないが、彼の痛いほどの想いもわかってしまったから。

それよりも、コーネリアは聞いておきたいことがあった。

「ねえ、事件のことはだいたいわかったわ。今度はあなたのことを、きちんと教えて。なんとなく察しがついているって前も言ったけれど、ちゃんと説明してもらいたいの」

ずっと地面に落としていた視線を上げ、シリウスを見上げる。彼は厳しい表情で、膝の上で握りしめた自身の手をにらみつけていた。

「まず、知っておいてほしいのは……軍や政財界の中枢は、セラピア教団側の人間とそれに対抗する二つの勢力に以前から分かれてたということです。教団は、戦時中に軍や国の中枢に入りこみ根を張りました。特に家族や本人が臓器提供を受けた人物は、彼らの活動を認められなくても、弱みを握られた状態で言うことを聞くしかなかった。中には教団に洗脳されてしまった幹部もいます」

対抗勢力側は、ずっと闇の臓器売買をやめさせたかった。だが、教団側の幹部たちの邪魔に常にあってきた。どうにかしてセラピア教団を解体し、臓器売買で殺される貧しい人々を救えないかと動いていたそうだ。

そして今回の事件でいろいろと証拠が揃い、セラピア教団を追いつめることに成功した。特に、クレアの証言とエリエゼルが役に立った。

「俺は……対抗する側の勢力です。父もです。今回の任務は父を通して、対抗勢力側の有力者から依頼がありました。彼らは事前にセラピアとエレオスの動きを察知し、あなたの動向に注目していたんです」

対抗勢力のトップは、スカイ提督ではないらしい。今回、シリウスを動かしていたのは政財界の誰かなのだろう。

「あなたとお見合いしたのは、自然と傍にいるための計画の一つです。傍であなたを監視し、セラピアとエレオスから守るように言われていました。それから……エリエゼルの秘密について探り、それが本当に存在するならこちら側に引き入れろと……そのためなら、なんでもしろと命令されました」

シリウスの表情が険しくなった。彼としては意にそわない命令だったのだろう。

「ただ、これだけは言わせてください」

シリウスがこちらを向いた。真剣な目で、コーネリアを見据える。

「言い訳にしか聞こえないと思いますが、父は嫌なら命令に背いていいと言ってくれました。女性の気持ちを利用して騙（だま）すのはよくないと。俺もそのつもりでした。でも、船であなたに出会って、好きだって感じたのは本当です。あの時もその後も、本気でプロポーズしていました。中途半端な気持ちではありません」

シリウスがこちらに身を乗りだしてくる。

「今でもその気持ちに変わりはありません。好きで……」

「待って。言わないで」

迫ってきた彼の言葉をさえぎり、その口を手でふさいだ。

そうして言葉を封じないと、これからすることの決意が揺らいでしまいそうだった。

「ごめんなさい。今はもう、そういう気持ちになれないの」

本心ではなかった。できることなら、シリウスとずっと一緒にいたい。

「いろんなことがあったでしょう。まだショックで、気持ちの整理ができていないのよ……」

耐えられなくて、シリウスから視線をそらしてうつむくと、口をふさいだ手をそっとつかまれた。

「じゃあ、整理ができたら？」

「いつになるかわからないから。あなたは、あなたの人生を歩んで。これから素敵な出会いがあるわ」

「そんな出会い、もうありません」

シリウスがぐっと強く手を握りしめる。引き下がる気なんてなさそうで、その執着が嬉しかった。

このまま落ちてしまいたくなるのを我慢して、コーネリアは息を吐いた。

「お願い……あきらめて。いろんなことを背負いこんだ女は重たいわよ。もっと身軽で偏屈じゃない女性とのほうが、幸せになれることぐらいわかるでしょう？」

「俺は腕力や体力には自信があります。コーネリアはぜんぜん重くないです」

「そういう意味じゃないわ……」

コーネリアの言葉を消し去るように、船の汽笛が鳴った。そろそろ出港の時間だ。乗船するように案内する声が聞こえてきた。

時間切れに、シリウスは大きく溜め息をついてベンチから立った。

「わかりました。じゃあ俺、待ってますから」

「だから、そういうの……」

「困るなら、勝手に困ってください。俺には関係ないので。とにかく、他の女性には目もくれず、あなたをずっと待ち続けます。迎えにきてくれなかったら年老いてしまいます。そうなったら、ぜんぶあなたのせいですからね」

コーネリアは呆然として、シリウスの拗ねたような表情を見上げた。そういう「迎えにきて」とか「待ってる」とか、女性が言うものではないだろうか。いや、男性が言ってもかまわないのだけれど、そういう拗ね方をされるとは思ってもいなくて、返す言葉が見つからない。ここにクレアがいたら「彼、あなたの扱い方、ずいぶんうまくなったみたいね」と笑いそうだった。

うっかりクレアとの日々を思いだし、切なくなる。もう、ああいう会話を彼女と楽しむ日はこないのだろうか。

もう一度、汽笛が鳴る。あと十分ほどで出港すると船員が声を張り上げるのを、シリウスが肩越しに振り返る。

「ほら、もういきなさいよ。乗り遅れるわよ」

シリウスときちんと別れるつもりだったのに、なぜだかぐだぐだになってしまった。無愛想にせかすと、シリウスがこちらに向き直った。

「あの最後に……」

「なによ？」

まだなにかあるのかと、にらみつける。

「フェアじゃないから、あなたに一つだけついた最低な嘘……白状していきます」

苦笑していたシリウスの表情が、急に真剣なものになる。

「あの時、クレアに殺意はありませんでした。俺はそれを知っていて撃ちました。彼女を、殺そうとしたんです」

そう言ったシリウスの目はどこか暗くて、コーネリアの背筋が凍った。どういう意味なのだろうか。

あの時というのは、クレアがコーネリアに銃口を向けていた時のことか。

「メアリ・サラザールを覚えていますか？　あの身分証の女性。あなたはクレアから、彼女があなたによく似た女性だと聞いていましたね」

「ええ……警察でもそう供述したし、その身分証が貧民街で売られていたものだっていうのも聞いたわ。あと、私とよく似た女性は、本当のメアリではなく、クレアに雇われた盲目の女性だということも警察に教えてもらったわ」

クレアにメアリのことを調べてもらい、その後に受けた報告に、ほぼ偽りはなかったのだ。彼女が雇ったということは隠されていたが。

それを知り、コーネリアは自分の推理を改めた。あの時クレアは、自分を殺そうとはしていなかったのではないか。海に突き落とした時も――と。

「俺はその情報を事前に知っていました。クレアが女性を雇ったという確たる証拠は揃っていませんでしたが、本物のメアリと盲目の女性の身元は把握していて、二人からいろいろと聞いた後でした。だからクレアが、あなたを殺すはずはないと確信していたと言ってもいい」

「……クレアは私をメアリにするつもりだったのでしょう？」

コーネリアなりに推理していた。もしかしたらクレアは、海に突き落としたコーネリアを追いかけて、自分も飛びこむつもりだったのではないだろうかと。

海に転落していく中、クレアの叫び声と飛びこもうとする彼女を制止するシリウスの声が聞こえた。

あの状況でクレアがトランクを持って飛びこむのは難しい。飛びこんだとしても、追いかけてきたシリウスも一緒に遭難することになり、彼女の計画が崩れてしまうかもしれない。

そこでクレアは、シリウスに賭けることにしたのだ。彼にコーネリアを任せ、セラピア教団やエレオス動物愛護団体から救ってほしいと思ったのではないか。軍がからんでいるならと、彼に希望を託したのではないかと。

あのトランクはクレアからのはなむけだったのだ。トランクがあったおかげで、コーネリアは着替えと靴には困らなかった。

もし、クレアが一緒に遭難したならば、彼女は今までのことをすべて告白してくれたのではないだろうか。

教団や組織のこと、アルノー医師や自分の正体など、なにもかも話した上で、コーネリアは死んだことにして、メアリ・サラザールになってほしいと頼んできたのかもしれない。

ただの都合のよい妄想でしかないが、真実はそうなのではないかとコーネリアは考えていた。でなければ、盲目の女性が演じた偽メアリの存在を説明できない。

季節は温暖で、あの海域は島も多くて、漂流されてもすぐにどこかに流れ着くというのも織りこみ済みだろう。もしかしたら失敗して死ぬかもしれない危険はあったが、クレアは賭けたのだ。自分の命までも危険にさらす覚悟で。

その推理を話すと、シリウスがうなずいた。

「ええ……彼女の資産を調べたら、あの船に乗る数日前に整理されていました。邸で働いている使用人への最後の給金や、子供たちに残す遺産を管理する後見人の選定、遺言状の作成などが済んでいたんです。クレアはあなたと死ぬ覚悟で、海に飛びこんであなたを救おうとしていたんだと思います」

本人は一貫して、コーネリアを殺そうとしたと供述しているらしいが、残された事実はそれを示していないとシリウスは言った。

「そして銃口を向けた時も、彼女に殺意がないことは遠くからでも俺はわかっていました。見れば、その人間に殺意があるかどうかなんて、戦場を何度か経験していればわかるようになります。後で確認もしましたが、あの銃にはもう弾は残っていなかった」

それがなによりの証拠だとシリウスは言った。

「クレアは、あなたと逃げる気だったのではないでしょうか？」

あの時、クレアはなにか言いかけていた。

『お願い、私と……』

勝手に頭の中で、クレアの声が再生される。あの後に続くのは『逃げて』だったのかもしれない。コーネリアに銃を向けていた軍人を殺したのも、逃げる算段をしていたからかもしれない。クレアがさらったとバレないための口封じだ。彼女が怪しまれなければ、クレアとコーネリアのふたりが誘拐されたと周囲は思うかもしれない。逃亡時間が稼げる。

船の爆破もそうだ……。

クレアが罪に手を染めたのは、すべてコーネリアのためだったのだ。

涙が急にあふれ、その後から胸が痛く苦しくなった。

彼女のことを信じないで、殺されると思ってしまった。どうして信じてあげられなかったのだろう。約束は覚えていた。幼い頃、病室で『絶対に救う』と言った彼女の決意と覚悟を、最後にコーネリアが踏みにじってしまった。

「俺は、彼女にあなたをとられると思いました。彼女相手では、自分に勝ち目がないってわかっていたから……真実を知ったら、あなたは絶対に彼女を選ぶだろうと思ったら、怖かった」

シリウスが苦し気に顔をゆがめた。正直に話す彼を、責める気などコーネリアにはなかった。自分もまたクレアを裏切っていたのだ。

「あなたをとられたくない一心で、俺は彼女を殺そうとした……そんな最低な男です。あなたが撃たれると思ったから撃ったと言ったのは、とっさにでた保身の言い訳です」

そうだとしても、シリウスの行動は軍人として間違っていなかった。あの時点で、銃に弾が入っていなかったなんて彼にはわからなかっただろうし、コーネリアの安全を第一に考えたら正当な行為だと認められる。事実、アルノー医師を撃ってしまったシリウスはお咎(とが)めを受けていない。

「ごめんなさい。本当にごめんなさい。これであなたに幻滅され、嫌われても仕方ないと思っています。だから俺からあなたにプロポーズする権利なんて、もうないんです。それでも好きです」

シリウスが深々と頭を下げた。

バカだな、と思った。謝ることなんて、なにもない。黙っていれば、誰もその嘘には気づかなかった。普段の彼の正直さを知る人間なら、シリウスがそんな嘘をつくなんて思いもしないだろう。

それにコーネリアはあの時、シリウスを選んでいた。銃口を向けられる中、頭の中を占めるのはシリウスのことだけだった。彼との楽しかった日々を思いだし、もっと一緒にいたかったと願った。シリウスに助けてほしいと、心の中で叫んでもいたのだ。

クレアの気持ちなんて微塵(みじん)も考えていなかった。

「では、いってきます……」

そう言って寂しく笑い、去っていくシリウスの背中を、コーネリアは引き留めることができなかった。「本当はあなたを選んでいた」と言いたくなる口を、必死でふさいで涙を飲みこんだ。

第14章

クレアとの面会許可がとれたという知らせが邸に届いたのは、コーネリアが児童福祉士の女性を電話で詰問している時――事件から約三ヵ月以上がたったある日のことだった。

「どうしてですか？　条件は満たしているはずです。収入も資産も申し分ないと、役所では言われました。必要書類も揃え、間違いがないか弁護士にも確認してもらい、子供たちの後見人とも面会して許可を得ています」

昼に届いた手紙を持って執事が居間に入ってきたのを、コーネリアは手で制して通話を続ける。

母の逮捕で保護者不在となったウィリアムとジャスミンは、犯罪者の子供という立場から国に保護されている。世間ではセラピア教団の悪事が衝撃的なのと、報道規制が敷かれているため、クレアのことは明らかにされていない。

けれど、どこから情報がもれるかわからないので、その時に子供たちを迅速に守れるよう、専任の福祉士がついて対応している。

現在、ウィリアムは孤児院へ、体の弱いジャスミンは病院へ預けられている。グレース邸の使用人は全員暇をだされ、邸は子供二人の後見人が管理していくことになっているらしい。

福祉士はそんな二人がこれから幸せに暮らしていけるように相談に乗ったり、養父母や里親を探し、選定する担当者だ。事件が起こる前にクレアが選定した後見人は、昔馴染みの弁護士で、財産管理が主な役目である。亡くなったグレース夫妻の知己でもあり、人物も弁護士事務所も信用できるのは、コーネリアも知っていた。

残る問題は彼らを引き取り育てられる大人なのだが、グレース家の親類縁者は戦争でほとんど戦死してしまっている。探せば遠縁の人物がいるかもしれないが、今のところそういう人間が見つかったという話は聞いていない。

そこでコーネリアが里親に立候補した。自分なら二人のことをよくわかっているし、これまでとなんら変わりない生活環境を与えられる。今までのように、子供たちがグレース邸で生活することだって、後見人の許可を得られれば可能だろう。グレース家の財産がなくても、コーネリアの経済力だけでじゅうぶん二人を養えるし、潤沢な教育費もすでに用意できている。

そういった内容を書類にまとめ提出したのは、事件後に子供たちが福祉士に保護されてからすぐ。だいたい二ヵ月前のことだ。それだけ時間がかかったのに、電話一本で審査に落ちましたと言われ、はいそうですかと引き下がれるわけがない。

「え？　独身だから？　それは問題ないはずです。里親として子供たちを引き取るのに、既婚という条件はありませんよ。ちゃんと申請書の説明は隅々まで読んで記憶しています。だから、そんな理由で落ちたなんて納得できません」

電話に向かって、つい声を荒らげそうになるのを抑える。感情的な人間だと思われたら心証が悪くなり、審査を翻すことができなくなるかもしれない。コーネリアは深呼吸して、独身の女性でまだ若いからという理由で審査を落とそうとしている福祉士に、努めて冷静に返した。

「私はあの二人の母親の親友です。いろいろありましたが、恨んでもいません。それに彼女の子供たち、ウィリアムとジャスミンは私にとってもかけがえのない存在です……彼女の夫が亡くなってからは、一緒に面倒を見て成長を見守ってきました。今さら、赤の他人だから別れるなんてできません」

当たり前だが、福祉士は今回の事件も把握している。

「やはり、私が独身女性というより……今回の事件が審査に影響を与えているのでしょうか？」

コーネリアが実はクレアを恨んでいて、彼女の子供で復讐するために引き取ろうとしていると思われているのだろうか。その可能性はある。だが、福祉士の女性は違うと言う。事件についてはこちらでもよく検討し、コーネリアが変な考えを起こさない人物であることも把握していると返してきた。

「では、なにが駄目なんですか？　私は将来、子供を持つ可能性もありません。結婚も……しません」

すると福祉士は、それが今回マイナス評価になったのだと言う。できれば子供たちには両親が揃った環境の養父母か里親を用意してあげたい。さらに言えば、クレアの――犯罪者の子供だという経歴が隠せるような養父母が望ましいと考えていると。

「それは要するに、私以外に、そういう養父母か里親になってくれる人物が現れたということですか？」

福祉士が一瞬黙りこみ「そうです」と返してきた。

クレアの生い立ちは特殊だ。その子供である二人は普通に育ったが、そんな母親に育てられていたと知れば、なかなか養父母や里親のなり手は決まらない。そう思っていたが、違ったらしい。

「誰ですか、それは？　守秘義務があるのは知っていますが、教えてください。その人物は、二人を任せるに足る人物なのですか？　あの二人の将来を心配する立場として、とても気になります。教えてください」

福祉士にそれはできないと言われたが、教えてくれなければ安心できない、言わないというなら自分で調べると食い下がると、渋々教えてくれた。

「オースティン・ロレンソですって……ロレンソ商会の？」

呆然とつぶやくコーネリアに、福祉士はそれ以上の情報はお答えできかねますと言ってから電話を切った。


面会室は予想に反して明るく清潔な場所だった。クリーム色の壁紙に臙脂色の革張りの丸椅子があるだけの殺風景な部屋ではあるが、訪問者と受刑者を隔てる透明のガラスがなければ病院の待合室といった感じである。

そしてガラスの真ん中には、真鍮製の円形のプレートがはまっている。プレートには穴が空いていて、ここで受刑者と会話をするのだろう。

しばらく待たされてから、白いワンピースのような囚人服を着たクレアが入ってきた。無表情で、コーネリアと目を合わせようとしなかったが、顔色は悪くなく髪も綺麗(きれい)に整えられている。ひどい扱いを受けている様子がなくて胸を撫で下ろした。

拘束はされていないようで、警備の女性刑務官が一人ついてきているだけだった。クレアがガラスの前に座ると、刑務官は部屋の隅にある簡素な丸椅子に座った。

「久しぶりね。クレア……なにか困っていることはない？」

事前に刑務所で聞いたところによると、こちらからの差し入れは自由にできるそうだ。検閲が入るので、なんでも差し入れられるわけではないが、受刑者からの希望の品を聞いて持ってきてもいいと言われている。

「なにかほしいものがあれば、なんでも言って。いつでも持ってくるから。そうだ。手紙で知らせてくれてもいいから」

クレアからの返事はない。視線を斜め下に向け、まるでコーネリアがいないとでもいうような態度だ。

腹立たしさと悲しさに、なぜかコーネリアは泣きたくなった。もう以前のように気安い関係にはなれないと覚悟はしていたが、やっぱりつらい。

クレアと過ごしてきた時間は長く、共有してきたたくさんの思い出がある。今までだって喧嘩(けんか)は何度もした。もう絶対に口なんてきかないと思ったことだってある。でも最後は、仲直りしてきた。

彼女を好きだったからだ。腹立たしさ以上に、関係を終わらせたくないという想いのほうが強かった。

クレアとは今までと同じように一緒に年をとっていって、ずっと親友のままでいられるのだろうと思っていた。

「……ねえ、ウィリアムとジャスミンのこと聞いてる？　ロレンソ商会の若社長が二人を養子にしたいって言っているの」

子供の話ならと思ったが、クレアの反応はなかった。声なんて聞こえていないようで、気持ちが折れそうになったが話を続けた。

「二人を引き取ろうと思って、里親を希望したの。でも審査に落ちてしまって、福祉士を問いつめたら教えてくれたわ。それで私、ロレンソ氏に会いにいったの」

ロレンソは経済的にも社会的にもコーネリアより恵まれている。ただ、彼も同じ独身だ。クレアとも赤の他人で、豪華客船カナリ二号のパーティで食事をしただけの仲でしかない。条件でいえば、彼に負けているのは資産や社会的な地位ぐらいだ。

しかも彼は独身主義で、結婚する気はなく、数々の女性と浮き名を流している。ゴシップ誌の常連だった。そんな彼がコーネリアを差し置いて里親になるなんてどういうことなのか、裏で取引でもあったのではないかと疑った。

「独身者は里親にしかなれないのだけど、もし、両親揃っていて養父母という形式がいいなら、二人を彼の両親の養子にしてもいいと言っていたわ。彼と義理の兄弟になるということね。もちろん遺産の相続権も、二人に発生する形になるそうよ。彼の両親も了承していて、福祉士はそこまでしてもらえるならと、彼に二人を託そうと考えているみたい。あとは子供たちの気持ちを聞いて、話を進めていく段階なんですって」

コーネリアが負けたのはこのせいだった。

「ウィリアムとジャスミンにも会って聞いてきたのだけど、ジャスミンは私と暮らしたいって言っているわ。自分の家に早く帰りたいって」

まだ幼いジャスミンは、母が逮捕されたことは理解していたが、事件の全容はほとんどわかっていなかった。ただ、病院に一人でいるのが寂しくて心細くて、コーネリアと離れたくないと泣いていた。

どこか大人びたところのあるウィリアムは逆に、笑いながら「ロレンソさんについていこうと思う」と言った。そのほうが将来の選択肢が広がりそうだし、母の子供だったという過去を隠して生きていける可能性が高い。妹のことは説得するから、コーネリアは気に病まなくていいと、見え透いた強がりをみせた。

「肝心のロレンソ氏なんだけど、彼は悪人ではなかったわ。でも、善人ってわけでもなかった……なんていうか、合理的で計算高い。それでいて、義理堅い性格をしていたわ」

ある意味、合理的だからこそ義理は律儀に返したいという性格なのかもしれない。

「あの傷薬――エリエゼルの研究をすることになったのは、ロレンソ商会なんですって。警察か軍に教えてもらったかしら？　あそこの製薬部門が研究し、商品化していくことになったそうよ」

ロレンソはなにも言わなかったが、恐らく彼がセラピア教団を潰した勢力のトップか、それに近い人物なのだろう。

「彼は、あなたを高く評価していたわ。今まで、エリエゼルを教団に渡さずよく守り続けてくれたって。あなたのお父様のことも絶賛していた。素晴らしい薬だって。これをロレンソ商会で今後製作し販売していけるのは多大な利益だと……だから、その恩返しはきちんとしたい。二人を引き取って、責任持って育てる義理が自分にはあるんだって言っていたわ」

独身主義で女性には無責任な政財界の色男が、恩返しだの義理だのと言う姿は少し面白かった。

「もちろん、エリエゼルの臨床実験が終わり安全が確認できたら、最優先でジャスミンの治療に使うそうよ。それまで病院でもジャスミンの看護を徹底するって約束してくれたわ」

今、ジャスミンの身の回りの世話をしているのは、ロレンソに雇われた看護婦とメイドで、以前クレアが雇っていた使用人だ。それと専門の医師が別に、ロレンソ商会から派遣されていた。

「この上ない条件で引き取ってくれるみたいで、信用はできると思うわ。でも……私は二人を引き取りたいし、ロレンソ氏には任せられないと思うの」

ウィリアムもジャスミンもまだ幼くて、母と別れてショックを受けている。ジャスミンは素直に泣いて我が儘を言えるが、虚勢を張ってしまうウィリアムは心配だ。今だって環境の変化についていくのに大変なのに、これ以上の無理はさせたくない。

ロレンソは、そういう子供心のフォローができる人物とはとても思えなかった。忙しい人なので、恐らく世話は使用人任せになるだろう。まだ我が儘を言いたい盛りの子供たちでも、そういう環境では遠慮する。ロレンソの女性問題も気になる。

里親の権利を譲ってほしいと頼むコーネリアの面会申し込みを、ロレンソは快く受け入れてくれた。だが、こともあろうに「私と結婚しないか？」と言ってきたのだ。結婚すれば里親ではなく、養父母として二人を引き取って育てることもできる。ついでに自分の義理も果たせると彼は言った。合理的な考え方だ。シリウスの存在がなければ、コーネリアもOKしたかもしれない。

けれど、次に続いた言葉が悪かった。「私は本当は子供が嫌いなんだ。自分の子供なんてほしくない。だが、君はもともとは私と同じ独身主義で、子供が産めないのだろう。最適な相手じゃないか」と。これからウィリアムとジャスミンを引き取ろうとしておいて、あまりに軽率な物言いだ。

こんな人間に二人を任せられない。無闇に傷つける言葉を子供たちにも言うだろう。

さらには「君みたいな男に依存しない女性とは付き合ったことがない。ベッドの上でどう変わるのか見てみたい」などと言いだしところで、コーネリアは我慢の限界を迎えた。馴れ馴れしくソファの隣に腰かけてきたロレンソの顔面に紅茶をあびせかけ、思わず拳で殴って彼の邸をでてきてしまった。

里親の権利を譲ってもらうのは無理だろう。彼と結婚するのも絶対に嫌だ。

それでもコーネリアは里親になるのをまだあきらめていない。

「どんなに条件のよい里親や養父母であっても、最後は子供たちの気持ちが優先されるわ。だから私、ウィリアムを説得するつもり。ロレンソのもとにいくと言ったのは、彼の本心ではないと思うから」

ここまで話したところで、「面会時間終了まであと五分です」と女性刑務官の声がした。コーネリアは溜め息をついて席を立った。

伝えたいことは言えたし、クレアは絶対になにも話してくれなさそうなので、今日のところはあきらめよう。

「じゃあ、元気でね。またくるわ」

「……待って」

ぼそりと、消え入りそうな声がして、コーネリアは踵を返しかけていた足を止めた。

「ウィリアムとジャスミンのことだけど、シリウスは納得しているの？」

やっとこちらを向いたクレアのにらみつけるような視線に、首を振って苦笑を返す。

「シリウスとは別れたわ。だから彼は関係ないの」

軍人である彼と結婚するなら、福祉士がコーネリアを里親もしくは養父母として選ぶ可能性は高くなる。職業は安定しているし、シリウスの実家の権力や財産はロレンソに引けを取らない。

きっとシリウスも、ウィリアムとジャスミンを引き取ることに賛成してくれる。そういう男だ。

だが、軍人である彼に、犯罪者の子供を引き取らせるわけにはいかない。子供たちに落ち度はなにもないが、それについてとやかく言う人間は必ず現れる。一般人なら子供たちの素性について知る機会はめったにないだろうが、軍関係者なら調べればわかってしまう。悪意を持った誰かが、シリウスの弱味として目をつけるかもしれない。そうなったら、お互いに悲しい思いをする。

スカイ家にも迷惑がかかるかもしれない。そんなリスクをシリウスに背負わせたくなかった。

幸い、コーネリアは独りでもやっていける経済力を持っている。

　コーネリアだって子供の頃は、結婚に憧れていた。子供も持ちたいと夢見ていた。そのどちらも叶わなかったけれど、自分には自由がある。男性に頼らないでいられるだけの力は持てた。それはとても幸せなことだ。

　女性刑務官が、もうすぐ時間だと告げた。

「それじゃ……」

　今度こそ立ち去ろうとした時、クレアが椅子から立ち上がった。

「言ったわよね、私。何度も……この、バカッ！」

　唐突に怒鳴られ目を丸くすると、クレアはガラスにばんっと手をついた。

「勝手なことをしないで！　あの子たちは二人とも私の子供よ！　誰にもあげないわ！　あなたにだって絶対に渡さないっ！」

　そう叫んで、またガラスを叩く。女性刑務官が慌ててやってきて、「大人しくしなさい」と後ろからクレアを羽交い絞めにする。もう一人、外にいたらしい刑務官が加わって、クレアをガラスから引きはがした。

　それでもクレアは、コーネリアに向かって叫んだ。

「いい加減にして……自分の幸せを考えて！　私はあなたを殺そうとしたの！　そんな女の子供を助けたりしてなくていいの。私のことなんて踏み台にして、幸せをつかみなさいよ！　私はずっとそうしてきたわ……あなたの不幸のおかげで、私はずっと幸せだったのよ！」

　最後の言葉を言う寸前、クレアの唇が微かにツンと尖った。彼女の癖だ。

嘘をつく時の癖。

「もう二度と顔を見せないで！　同情なんてされたくないわ！」

また嘘をついて、クレアは女性刑務官たちに引きずられるようにして面会室からでていった。残されたコーネリアは、小さくしゃくり上げて目元を拭う。結んだ唇が震え、我慢していないと大声で泣きだしてしまいそうだった。

クレアに、シリウスを選べと背中を押された気がした。


軍艦ではなく列車から飛び降りたシリウスは、慌てていた。

駅構内にある公衆電話で、ヴァイオレット邸への番号をダイヤルする。電話にでたのは執事で、コーネリアの所在を聞くと嬉しそうに「仕事帰りに、役所に婚姻届をとりにいくとおっしゃっていました」と言う。

血の気が引いた。受話器越しに執事がまだなにか言っていたが、シリウスの耳には入ってこなかった。無言で電話を切り、グラロスの駅舎を飛びだした。

「間に合わなかったか……いや、まだ間に合うか」

近くを通りかかったタクシーを止め、役所へ急ぐよう告げる。鬼気迫る顔で運転手を急かしながら、生きた心地がしなかった。

海上を航行する軍艦の外部との連絡の取り方は無線電信機かモールス通信だが、月に一回は連絡船や飛行機で、物資や手紙が運ばれてくる。寄港する港でそれらを受け取ることもあった。

シリウスがロレンソからの手紙を寄港先で受け取ったのは、航海にでて三ヵ月が過ぎた頃。任務が終わり、これから帰路につくという時だった。

ロレンソはグラロス高等学校の卒業生だ。シリウスとは七歳離れているので在学中に交流はなかったが、卒業生が集まるパーティで彼を知人から紹介された。女性に対して軽薄だが、仕事に関しては誠実で頭の切れる男というのが第一印象で、後にセラピア教団と敵対する勢力の、トップに近しい場所にいる人物と知った。

彼とはそのパーティ以来、プライベートでも付き合いがある。女性に対する価値観があまりに違いすぎるので、シリウスは彼のことが好きではないのだが、なぜか一方的に気に入られているという関係だ。

ロレンソに言わせると、「お前は素直でわかりやすいし、嘘をつかない。それでいて処世術もそれなりに身につけている珍しいタイプだ。しかも好きでもない私相手でも、不用意に裏切ろうとはしない」。だから好きだし、傍に置いておきたいということらしい。

彼の周囲の環境を考えると、そういうものなのかなとシリウスはぼんやりと思う。ロレンソ商会は、内部での権力争いが激しく、過去に親類同士で骨肉の争いがあり、親であっても信用できないと聞く。けっこう殺伐とした中で育った人物らしい。

それならせめて、信用できる伴侶を得たらいいのではないかと思うのだが、彼に言わせると「女性ほど信用できない生き物はない。だが、体は好きだ。実にいい」ということだった。

そういう考えだから、まともな女性が寄ってこなくて信用できないと思いこんでいるだけではないか。信用できる相手もいるはずだと言ってみたが、「そんな運命みたいな相手、捜しだす手間と時間がもったいない」と切って捨てられた。

その彼からわざわざ送られてきた手紙を見て、嫌な予感しかしなかった。手紙なんて時間のかかる連絡手段は好まない男だ。迅速にことを運ぶのを好むロレンソは、電話か直接会いにいく。

そして、予感は的中した。手紙には、コーネリアが面会にやってきて、ウィリアムとジャスミンの里親の権利を譲ってほしいと言ってきた経緯がつづられていた。

コーネリアが、あの二人の里親に名乗りを上げるのは薄々予想はできていた。それを理由に自分は振られたのだろうなというのも気づいていたが、別れを告げられた時は引き下がることにした。本当はあのまま押し切ってしまえば、落とせたかもしれない。ウィリアムとジャスミンを引き取っても大丈夫。子供たちの素性が、自分の弱味になることもないと時間をかけて説得すれば、別れないですんだかもしれなかった。

けれど、嫉妬からクレアを殺そうとした事実を黙って、すべてを押し切る気持ちにはなれなかった。

今でも、あの時の自分の気持ちはよくわからない。はっきりとした殺意があったといえばあるし、ただコーネリアを守りたかっただけのような気もする。クレアに殺意がないのは遠目からでもわかっていたが、銃口がコーネリアに向いていることに恐怖を感じた。もし、なにかをきっかけにクレアの気持ちが変わったら、コーネリアが殺されるかもしれない。それだけは絶対に嫌だと思った瞬間、引き金をひいていた。

本当に殺意があったなら、銃ではなく最初に頭を撃ち抜いていただろう。それを躊躇したのは、コーネリアに親友のむごい死体を見せたくなかったからかもしれない。

言い訳はいくらでもできる。だが、ごくわずかでも殺意はとても強烈な感情だ。その殺意をなかったことにして、彼女との関係を押し切れなかった。これ以上、コーネリアに嘘を重ねたくないという思いからだ。

出会いからして彼女を騙してきた。それを薄々気づいていながらシリウスを受け入れてくれたコーネリアを、もう裏切りたくなかった。それで彼女に愛想をつかされても、後々ばれるよりはいいと思ったはずだった。

ロレンソが変な手紙をよこしてくるまでは……。

タクシーの後部座席で、何度も読み返してぼろぼろになった手紙を胸ポケットから取りだしにらみつける。内容を思いだし、額に青筋を立ててぐしゃりと握りつぶすと、車の速度がさらに上がったような気がした。

手紙には、コーネリアに結婚を申し込んで断られたとも書いてあった。ロレンソと彼女が結婚して、クレアの子供を引き取れば合理的だのなんだのとつづられているのを読んで、シリウスは目を見開いて石像のように固まった。

それはほとんど脅しではないかと思ったが、コーネリア相手には有効な一手とも言えた。感情を先走らせることのない彼女は、それが最善だと思うなら自身の心を殺してしまえるところがある。

合理的な取引も嫌いではないタイプだ。

ただし手紙の続きには、コーネリアに即断られ、紅茶をかけられ殴られたとも書いてあり安堵した。その後は、ロレンソの「なんて女だ」という愚痴から、「女に殴られたのは初めてではないが、拳で殴ってきたのは彼女が初めてだ。目の周りに間抜けな痣ができた。女なのに力強くて逞しいのも悪くない」という誉め言葉に変わった。

そして、「ああいう女性なら伴侶にしてもいいかもしれない。強そうだし。もしかしたら運命じゃないか？　お前は振られたんだろう？　なら、私が口説いてもいいよな？」と続いていて、シリウスは再び石像のようになった。

こっぴどく振られたといっても、ロレンソは色事にかけて負けなしの男だ。あれだけ醜聞が出回っているのに、次々と女性が落とされていく。中には真面目な人妻もいた。女性に対する軽薄さを隠しもしないのに、なぜか女性の扱いがうまくて、彼を嫌っていた相手さえも恋に溺れさせてしまうのだ。

そんな男に結婚を考えさせてしまった。

コーネリアなんてひとたまりもないかもしれない。それに、しつこく取引の条件として結婚を迫られたら、頑なな彼女も承諾してしまうのではないか。そう考えたら、じっとしていられなくなり、帰路につく軍艦に戻らず列車に飛び乗っていた。

軍艦は巡回しながら、ゆっくりとしたペースでやってきた航路を戻っていく予定だ。陸路で帰ったほうがはるかに速い。部下に、緊急の用事が発生したと言い残し一人で帰ってきたので、後で軍艦の総指揮官である父から大目玉を食らうだろう。

やっと、役所の建物が見えてきた。その時、こちらに向かって歩いてくる、白いドレスを着た美しい女性が目に飛びこんできた。

コーネリアだ……。

呆然として彼女を見送りそうになり、シリウスは運転手にお札を放って、慌ててタクシーから降りた。コーネリアはこちらに気づいた様子もなく、すたすたと大通りを歩いていく。

まさか彼女が白いドレスを着るなんて……これはますます、手遅れになってしまったのかもしれない。白いドレスは別に特別なものではない。彼女が着ているのは、普段着でも通用するデザインだ。ただ、コーネリアがそれを着ると意味合いが違ってくる。

まさか、役所で簡易形式の結婚をしてきてしまったのではないか。

夫と一緒に婚姻届を提出する時に、女性はよく白いドレスを着用する。

コーネリアの隣にロレンソの姿がないのが気になったが、あの男のことだから彼女を置いて帰ったのかもしれない。ともかく、コーネリアと二人きりで話したい。どうすればいいだろう。

ふと、視線を上げると、スカイ家と懇意にしているホテルがあった。シリウスは気配を消してコーネリアの背後に忍び寄り、彼女の首筋を両手で押さえた。首を絞めたわけではない。後ろから、血管を指で圧迫しただけだ。相手を傷つけずに拉致する時に使う手段だった。

声もなく、コーネリアの体から力が抜ける。なにをされたのかわからず失神したのだろう。倒れてくる体を抱き上げ、ホテルに連れこんだ。スカイの名をだすと、怪しまれることなく部屋に案内される。眺めのいい広い部屋だった。

意識のないコーネリアをベッドに寝かせると、少しだけ冷静になってきた。

「うっかり拉致してしまった……なにしてるんだ俺は」

軍人が理由もなく一般人にこんなことをしたら大問題だ。どうしたものかと右往左往していると、テーブルに放置した書類封筒が目に入った。コーネリアが胸に抱いていたもので、失神した時に落ちたのを拾って持ってきたのだ。

「……婚姻届じゃないか」

中をだして青ざめた。やっぱりロレンソと結婚するつもりだ。まだなにも書かれていなかったが、お互いに少し距離を置いてみようなんて考えたことを後悔した。嘘をついたまま、結婚を押し切ってしまえばよかった。

コーネリアのことだから、そう簡単に次の男が現れることはないと思っていた。魅力的ではあるが、女性に従順さを求める男性に彼女は人気がない。経済力もあるので、普通の男性ではプライドが傷ついて結婚に至ることもないだろう、と高をくくっていた自分はバカだ。

そういうプライドとは無縁な男性や、コーネリアみたいなタイプを屈服させたい趣味の男性。またはロレンソみたいな、普通の女性にはもう飽きてしまった男性からしたら、コーネリアは手に入れたいと思わせる魅力がある。

小さく唸(うな)る声が聞こえて振り返ると、コーネリアが寝返りを打って眉根を寄せている。そろそろ意識が戻るのかもしれない。

ドレスの裾が乱れ、ストッキングとガーターベルトがのぞく。久しぶりに見る彼女の白い太腿に、情欲が背筋を駆け上った。

あの白いドレスを早く脱がせたい。ロレンソのために買ったのだろうドレスなんて、着せていたくない。

再び冷静さを失ったシリウスはベッドに乗り上げ、ドレスの胸元に手をかけて引き裂いたのだった。


布が悲鳴を上げる音で目を覚ますと、シリウスにのしかかられていた。

いったいなにが起きているのか。コーネリアは呆然と裸の彼を見上げた。その間にもドレスは引き裂かれ、シュミーズ姿にされる。

「え……シリウス？　やっ、待って……」

反射的に彼の腕を押しのけようとして、爪で引っかいていた。

「抵抗しないでください」

「違う、そんなつもりは……やっ、やだっ。なにするのっ！」

両手首をつかまれたかと思うと、頭上でひとくくりにされ、片手だけで押さえこまれる。驚いてもがくが、シリウスの拘束はびくともしない。圧倒的な力の差に怯んで声もだせずにいるうちに、シュミーズをたくし上げられ、脱がされる。

視界が暗くなり、頭から脱げたシュミーズが腕にからみつく。シリウスの拘束が一瞬なくなるが、逃げる前に再び腕を押さえつけられた。

「いやっ、放して！　どうして、こんな……っ」

脚をばたつかせるが、腰のあたりに跨ったシリウスが少し後ろに重心をずらしただけで動けなくなる。さすがプロだなとあせりながらも感心してしまっていると、腕にからまったシュミーズで手首をぐるぐると結ばれていた。

「嘘でしょ……」

呆然として頭上を見る。ベッドの柵に、シュミーズの端が結ばれ固定されていた。どういう結び方をしたのか、きつく縛られた感覚はないのにまったく動かせない。優しく布にくるまれているような感じだ。

狐にでもつままれたような気分で呆然としていると、ブラジャーを外され、露わになった乳房を揉みしだかれる。

「ひゃぁ……あぁンッ！　な、なんで……っ」

小ぶりな胸の脂肪に、シリウスの指が食いこむ。くすぐったい淫らな痺れに身がすくみ、そのまま快楽に流されそうになる。

そもそも、どうして彼がここにいるのだろう。ここもどこなのか。ベッドの上に寝かされているのだけはわかったが、なぜこういう状況になっているのかさっぱりわからなかった。

役所で婚姻届をもらい、大通りを歩いていたところまでの記憶はある。それから急に視界が暗転したのだ。あれはシリウスの仕業だったのか……。

乾燥してざらついた指の腹が、乳首の輪郭をなぞる。電流のような快感が肌の上を走り、思考が途切れた。

「やぁっ、やめ……ひっ、あぁぁ……んっ！」

いやらしい愛撫から逃げるように体をひねると、追いかけてきた指先が乳首をぎゅっとつまむ。痛いのに、その後に湧いてくる快感に息が乱れた。

「シリウス……やめてっ。はぁ、あぁ……どうしてなの？」

喘ぎながらそう問うと、シリウスの目が冷たく細められた。

「あの男と結婚はさせません」

暗い地の底から響いてくるような声に驚いた。シリウスから、負の感情でどろどろに汚れたような声を聞かされるとは思ってもいなかった。表情もなにか思いつめているようだ。

「ロレンソは碌（ろく）な男じゃありません。なにを言われたか知りませんが、里親の権利ほしさに結婚なんて許しませんから」

「ちょ、ちょっと待って。私はそ……ンンッ！」

あんな男と結婚なんてあり得ない。なにを勘違いしているのかと、そう言いたかったが、強引な口づけで言葉を封じられる。

舌が唇を割って入ってくる。蹂躙（じゅうりん）するように口腔（こうこう）を嬲（なぶ）り、コーネリアの舌をからめとる。数ヵ月ぶりのキスとシリウスの熱を感じて、体の奥がぞくりとうずいた。抵抗するより、もっとその快感を味わいたくて体から力が抜けてしまう。

「んっ、ふぁ……ん、んんン……」

喉の奥が震え、媚びるように鳴る。合わさった唇の端からもれる吐息が熱く乱れて、頭がぼうっとしてきた。

乳房を愛撫する手が荒々しくなっていき、中心で固くなった乳首を強く押しつぶして転がす。甘い痺れに肌が粟立ち、脚の間が湿り気を帯びてくる。そこに手が強引に割りこんできて、濡れたショーツの上から秘所を荒々しく愛撫した。

「んっ……ン、はぁ……いやぁ……ッ」

肩がびくんと跳ね、背が弓なりに反る。唇が外れたのに、甘い声しかだせない。ロレンソのことを否定しないと、と思うのに、頭の中かがシリウスに与えられる快楽でいっぱいになる。濡れた襞を薄い布越しにかき乱されると、もうそれしか考えられなくなった。

愛液で張りつく布が邪魔だ。直接、指で触れられたくて、もどかしさに腰をよじる。

「あんっ、シリウス……っ」

鼻にかかった声で名前を呼び、誘うように脚を開いていた。腕を縛られ、わけもわからず嬲られているというのに、こみ上げてくる悦楽に逆らえない。もっと強い刺激がほしくて、自ら彼の指に秘所を押しつけると、ショーツの横から太い指が入ってきた。

「あぁンッ……あぁ、だめぇ……っ！　あぁッ」

蜜液でぬめる指が肉芽を押しつぶす。くちゅりと濡れた音がして、コーネリアの頭の奥を痺れさせる。快感に腰がくねるように揺れ、奥から蜜があふれた。指はその蜜を塗りこむように襞をなぞり、弄ぶかのように開いては、その狭間で行ったり来たりしてコーネリアを喘がせた。

横に押しのけられたショーツは秘所に食いこみ、シリウスの指の動きに合わせて敏感な場所をこする。その刺激にも蜜はあふれ、くちゅくちゅと濡れた音が大きくなる。

そして、痙攣する蜜口にシリウスの指が到達した。爪の先でなぞるように入り口を撫で、きゅっと締まろうとするそこに指先を含ませる。それだけで、コーネリアの背筋はびくんっと跳ねた。

「ひっ、あぁ……ん、やぁまって、シリウス……ひッ！」

指が一気に奥まで入ってきた。いつもより早い展開に体が緊張するが、きつく収縮する中をぐりと撫でられると、快感で脚の力が抜ける。そのまま激しく抜き差しされ、甘い痺れが背筋を駆け抜け頭がくらくらした。

指の動きに合わせて自然と腰が揺れ、もっと奥へとほしがって蜜口がびくんびくんと脈打つ。興奮に昂ったそこは、熱っぽく腫れて快感だけをうむ。もう嬌声しか上げられなくなっていた。

「はぁんっ……！　あぁあっ、いやぁンッ……い、いい……ひぁンッ！」

何度目かの抽送で熱が弾ける。腰が激しく痙攣して跳ねた後、蜜口がきつく指を締め上げてから弛緩した。腹の奥がじんじんと脈打っている。

久しぶりに感じる達した感覚に、眩暈がする。ぼうっとしている間に指が抜けていき、硬い切っ先が蜜口を押し開くようにあてられた。

「あっ、ま……って……」

止める間もなく、ショーツの横からシリウスのものが入ってきた。達して緩んでいたそこは、抵抗もできずに熱塊を飲みこまされる。

「いやぁッ、あぁぁ！　ひゃぁ、ンッ……！」

中が一気に満たされ、内壁が激しく痙攣する。硬い熱にからみつき、最奥へと誘いこむような動きをしているのを感じる。シリウスのそれの形がわかってしまうのではないかと思うぐらい、中がきつくからみついた。

「あっ、あんっ……やぁん、あぁぁ……ぁッ！　シリウス……ッ」

シリウスは邪魔なショーツを力任せに引き裂き、快感にくねる腰を押さえつけて上から叩きつけるように激しく抽送を始めた。最奥をえぐり、かき回しながら何度も犯してくる。

「渡しません……誰にも。あなたは俺のものです」

降ってきた苦し気な声に、シリウスを見上げる。その表情は険しくて、まるで飢えた獣のようだった。貪りつくされる感覚がして、なぜか体が興奮して熱くなる。こんなふうに荒々しく求められたのが初めてだからかもしれない。

優しいシリウスは、激しく求めてきてもコーネリアの意志を無視することはなかった。こちらの体力や状態を冷静に見て、強引に体を繫いできたりはしない。そういう紳士的なところは好きだったけれど、少し物足りなくも思っていた。

なぜロレンソがでてきたのかわからないが、嫉妬に駆られてコーネリアを求めてくる彼が愛しかった。

「はぁ、はんっ……シリウス……」

腕を伸ばして、彼に抱きつけないのがもどかしい。欲に濡れた目で見上げ、唇を舐める。

シリウスの表情が野性的な艶を帯びる。乱暴に唇が重なり、舌がからまった。強く唇を吸われ、胸の奥がきゅっと締め付けられるような快感が体中に散っていく。絶頂がまた近くまでやってきていた。それに呼応して、シリウスの腰の動きが激しくなった。

「ひっ、あぁぁいっ……！　いやぁ、ンッ……」

視界ががくがくと揺れ、つま先がぴんっと伸びる。腰をつかまれ、熱塊をねじこまれて中をかき回され強く突かれる。頭が真っ白になるような快楽の波に飲みこまれて達した。それと同時に、中を蹂躙していたシリウスの熱が最奥に注ぎこまれる。昇りつめ弛緩した中を、その熱で満たされていく感覚にコーネリアは甘くとろけた溜め息をついた。

けれど、その余韻に浸っている間もなく、シリウスが再び動きだす。彼のものは、もう硬さを取り戻していた。

「やぁ……まって、ひ……ッ、あぁ……ンッ！」

浅く繋がったまま体を反転させられ、後ろから突かれた。ぐっ、と奥まで熱が入ってきてえぐる。

「あぁぁ、いやぁ……！　そんな、奥まで……ひっぁ、あぁ！」

逃げそうになる腰を乱暴に引き寄せられ、最奥まで満たしたまま中で円を描くように突き動かされる。あっという間に絶頂へ押し上げられていた。背中がびくんっと跳ね、蜜口がはしたなく収縮を繰り返して硬い欲望を締め付ける。

「あぁああ、あぁん……あぁ、も、だめぇ……」

達したことで散った熱がまたすぐに集まってきて、眩暈がするような快感が腹の底で渦を巻く。そこをえぐるように突き上げられ、熱が弾ける。苦しいほどに甘い絶頂感が、何度も押し寄せては引いていくのに、コーネリアはどんどん溺れていった。

いつの間にか腕の拘束はほどかれていて、爪がシーツにいくつもの波紋をつくっていた。けれど大きすぎる快感はそんなことでは散ってくれない。コーネリアは涙をぽろぽろこぼして喘ぎ、荒々しく後ろから突いてくるシリウスの動きに合わせて腰を振った。苦しいのに、もっとほしくて、何度達してもなぜか満足できなくなっていた。

まるで中毒みたいに。シリウスに与えられる快感に身も心も支配されていく。それが嫌ではなかった。

「コーネリア、好きです。愛してる。あなただけです……離さない」

暗くて独占欲たっぷりの声が耳を犯す。後ろから耳の裏を舐められ、耳朶をしゃぶられる。

抽送も激しくなり、繋がった場所は蜜でぐちゃぐちゃだった。もう、お互いの境目がわからないほど熱く淫らに溶け合っている。

「あぁ、んぁ……ひゃぁ、あぁ……いやぁ……ッ、あつい……」

体中、どこもかしこも性感帯にでもなったしまったみたいだった。触れ合っている場所すべてで感じてしまう。中はこすられるだけで簡単に達してしまうほどになっていて、途切れなく熱が弾ける感覚に頭がおかしくなってしまいそうだった。

喘ぐ声も嗄れ、淫らな息遣いだけが濡れた唇からこぼれる。ぎりぎりまで引き抜かれた熱が一気に押し入ってくるのに甘い悲鳴を上げながら、コーネリアの意識は飛んだ。けれどそれもすぐに、別の快感によって引き戻され、夢か現かわからなくなっていく。

「ひっ……！　あぁぁ……ッ！」

コーネリアの中をぴっちりと埋めつくすほど怒張した熱が、びくっと脈打った。腰にシリウスの指が食いこみ、やっと二度目の欲望が吐きだされた。

どくどく、とすべてを注ぎこまれる。けれど、シリウスのものは抜かれなかった。彼のソレは達しただけで萎えたりせず、蜜と精をだしたがっている入り口をぎっちりと塞いでいた。

まだ終わらせないつもりだ。背筋に、恐怖なのか快感なのかわからない震えが走る。これ以上は、壊れてしまうと思った。

「も、もう……だめ、やめ……て、あぁ……ひぃッ……！」

かすれた声で懇願しても、シリウスはやめてくれなかった。今までなら手加減して、そろそろ引いてくれたのに。なにか勘違いして嫉妬に狂った彼は、荒っぽい手つきで背後からコーネリアをかき抱き、繋がりを深くした。

角度が変わって、さっきとは違う場所に切っ先が当たる。無理やり持ち上げられ、立たされた膝ががくがくと震えた。

「駄目です。まだ付き合ってください。あなたが悪いんだ……離れていこうとするから」

「あ、あぁ、ちが……ぅ……あぁンッ、はっ、はぁ……」

否定したくても、もう言葉が思いつかない。離れてなんていかないと伝えたかったけれど、ぶつけられる独占欲にも感じてしまっていて、このままもっとめちゃくちゃにされたいと思った。

「ずっとこの腕に、あなたを閉じこめておけたらいいのに……」

コーネリアが覚えていられたのはそこまでだった。その後は、意識を快楽の渦に飲みこまれ、シリウスが満足するまで体を貪られ続けたのだった。


「すみません、本当にすみませんでした」

目を覚ますと、青ざめたシリウスに平謝りされていた。外はすでに真っ暗だ。今日の仕事は終わっていたので問題ないが、予定が入っていたら激怒したところだ。

「ほんと、なんてことしてくれたのよ……体中、痛いし。下半身に力が入らないじゃない」

別に怒ってはいなかったが、嫌味たっぷりに言ってにらみつける。シリウスは恐縮したように小さくなり、またぺこぺこと頭を下げて謝ってきた。心底反省しているようだった。

なんだか可哀想になり溜め息をつく。

たしかに一方的な行為だったかもしれないが、コーネリアも楽しんでいた。シリウスの独占欲が気持ちよくて、興奮もした。縛られても怖いとは思わなかったし、本気で嫌だったら最初の段階で罵詈雑言をあびせかけて彼のやる気を削ぐぐらいのことはする。それぐらいの余裕はあった。そうしなかったのは、まあ流されてもいいかという思いが秘かにあったからだ。

ただ、それを教えてあげる気はなかった。

「まあ、いいわ……それより、なんでここにいるの？　まだ航海中でしょう。それにあの男と結婚するなんて、どうしてそんな誤解をしたの？」

「え……？　結婚しないんですか？」

「しないわよ。あんな人格破綻者となんて御免だわ」

「でも、里親の件で結婚を提案されたんですよね？　コーネリアなら飛びつきそうだと思ったのですが……」

なぜその件を知っているのか。後で聞くことにして、質問に答えた。

「たしかに魅力的な提案だったわ。でもね、あんな男が出来上がるような劣悪な環境で、大切なウィリアムとジャスミンを育てられるわけないじゃない。性格が歪んだらどうするのよ」

それもそうですね、とシリウスが納得したような表情でうなずいた。

「で、どうしてここにいるのか。その件をなぜ知っていたのか話して。でないと本気で怒るわよ」

腰が痛いのでベッドに横になったままにらみつけると、シリウスがこれまであったことをあせった様子で話してくれた。

「バカね……なにやってるのよ。仕事放りだしてくるんじゃないわよ」

そんな手紙の内容に踊らされてなにをしているのか。心底呆れ果てると同時に、愛されているのだなとしみじみ感じてしまい、恥ずかしくなって毛布で顔の半分をおおう。にやけてしまいそうになる口元を引き締めようとするが、うまくいかない。

ベッドに腰かけたシリウスは、肩を落としてしょげ返っているが、どこか不満顔だ。

「じゃあ、あの婚姻届はなんなんですか？　それから白いドレスは？」

今度はシリウスからの質問だ。さっき彼が破いたドレスは、床で丸まっている。

「仕事で服が汚れて、油の臭いがついてしまったのよ。そのまま役所にいくのは迷惑かなって思って、途中でドレスを買っただけ。そのお店で長身の私が着られるドレスが、それしかなかったのよ」

白いドレスに特別な意味はなかった。だが、白いドレスと役所の組み合わせでシリウスがなにを勘違いしたのかだいたいわかった。簡易結婚式をしてきた後だとでも思ったのだろう。

「……婚姻届は？」

このまま無視しようと思っていた質問を再び投げられ、コーネリアは口ごもる。シリウスから視線をそらしてそっぽを向くと、尖った声が飛んできた。

「誰と結婚するつもりなんですか？　子供たちを引き取るためですか？」

なんて鈍い男なんだろうと腹が立ってきた。そもそも一旦別れた仲で、大人しく身を引いたくせに、なぜ責められなくてはならないのか。

「答えてください！　俺じゃ駄目なんで……」

「あなたに決まってるでしょ！　他に誰がいるのよ。迎えにきてとか言ってたくせに、ちゃんと待てもできないなんて思わなかったわ！　航海から戻ってきたら、有無を言わせず婚姻届にサインさせるつもりだったに決まってるでしょ！」

怒鳴り返してシリウスを見上げると、ぽかんとした顔で固まっていた。

「……俺？　俺と結婚してくれるんですか？」

ゆっくりと言葉の意味が脳に浸透していったのか、シリウスの表情がじわじわと喜色に彩られていく。見ているのが恥ずかしくなるような喜びように、コーネリアは寝返りを打って彼に背中を向けた。

「勘違いしないでよね！　子供たちを引き取るのに、結婚したほうがあの男に勝てる見込みがあるからよ！」

コーネリアはあれからもう一度、福祉士にかけあった。その中で、もしコーネリアが経歴のしっかりした男性と結婚するなら、里親になれるかもしれないと言われたのだ。ロレンソの地位や財産は魅力的ではあるが、やはり彼の素行に福祉士も引っかかっていたらしい。あとは子供たちの意向だが、それは問題ないことが認められた。

そこでコーネリアはシリウスと結婚することを決心した。クレアに背中を押されたのもある。里親とか関係なく、シリウスと結婚したい。彼に迷惑をかけることになっても、一緒に人生を歩んでいきたいと思ってしまった。

「コーネリア、愛してます。幸せにします」

ベッドに入ってきたシリウスが、背中からコーネリアを抱きしめてくる。

「……子供たちのことで、迷惑をかけるかもしれないわ。それでも、結婚して」

「はい、もちろん。そんな心配しなくても、大丈夫ですから」

シリウスの腕の中で体を反転させる。吐息がかかる距離に彼の顔があった。

「ありがとう……私も愛してるわ」

クレアの言うように、他人を押しのけてまで幸せになろうとは思えない。けれど、自分の我が儘も叶えないと幸せにはなれないだろう。その我が儘で喜んでくれる相手がいるなら尚さらだ。そしてできることなら、押しのければならない相手も一緒に幸せにしたい。

ウィリアムとジャスミンを切り捨てて、シリウスと結婚するなんてできないし、シリウスと別れてしまうこともできない。もちろんクレアともいつかまた、笑い合える日がくるのを願っている。

どれか一つだけなんて嫌だ。このすべてを手に入れたい。

それがコーネリアのだした答えだった。

シリウスの顔が近づいてきて、唇がゆっくりと重なる。優しいついばむような口づけにうっとりと目を閉じ、コーネリアは彼とならすべての願いを叶えられると信じていた。

エピローグ

白い壁に囲まれた部屋は、狭いけれど清潔で生活に必要な最低限のものが収まっている。本当だったら大部屋に入れられるはずなのに、独房にしてもらえたのは、今日、面会予定の男のおかげなのかもしれない。

面白い男だ。彼の会社が所有する豪華客船を爆破したのは私だというのに、建造物破損の訴えや弁償は取り下げるという。爆破事件で怪我をした乗客への補償も彼の会社が請け負うらしい。

私の罪は事件を起こして公共の安全を乱した罪と、コーネリアに対する殺人未遂罪。セラピアに洗脳された軍人一人を射殺した殺人罪だ。

それらの罪も、あの男が派遣した優秀な弁護士のおがけでだいぶ減刑され、刑期も短くなった。ここまでしてくれるのは、私がエレオスとセラピアからエリエゼルの製法を守り隠し続けてきたから。その苦労への報酬だと、あの男は言った。

その報酬にはジャスミンの治療も含まれていて、他にも治療したい人間がいるなら無償で請け負うとも約束してくれた――。

私は刑務官に頼んで支給してもらった便箋を机に置き、ペンをとった。唯一の親友で幼馴染（おさななじみ）みの彼女に結婚祝いを贈るために。

なんて書こう……なんて書きだせばいいのだろう？

便箋の上でペンをさ迷わせ、書きだしさえ思いつかなくて苦笑した。私は、彼女に手紙を送ったことなんてなかった。ちょっとしたメモやメッセージ程度ならあるけれど、手紙と言えるような長さのものは、これが初めてかもしれない。

それぐらい、私たちはずっと傍にいた。離れるなんて想像もしていなかった。

いいえ、違うわ。考えたくなかっただけ……いつかこんな日がくるって、私はずっと怯えていた。

彼女がうちの邸の隣に越してきた頃。私は彼女のことが嫌いだった。こうありたいと思う自分の理想像そのものだったから。

グレース家の娘になる前の自分は、まるで彼女の劣化版みたいで、一緒にいるだけでみじめな気持ちになった。幸せな場所を手に入れていたのに、私の劣等感は消えなかった。この幸福な生活も家族も偽物でしかないと、どこか冷めた目で自分を見下ろしていたからだろう。

その気持ちが変化したのは、あの忌まわしい事件から――彼女の両親が殺され、彼女は深い傷を負った。

いっそ彼女も死んでくれていれば、私はきっとここまで思い悩まなかった。棺と一緒に彼女がお墓の下に埋められていたなら、罪悪感は湧いたとしても、永遠に抱き続けることなくいつかは忘れていっただろう。彼らに見つかるかもしれないという恐怖に追いかけられることもなかった。

病院のベッドに横たわり、たくさんの管に繋がれ包帯を巻かれた彼女の姿は、私の過去を断罪しているようだった。同時に、過去からは逃れられないぞ、いつか父娘共々捕らえてやるぞ、と彼らに脅されているようでもあった。

怖くて怖くて、私は彼女から逃げてしまいたかった。傍を離れられなくなったのは、「クレア、大丈夫？」なんて聞かれたせいだ。

傷だらけで、ベッドから起き上がることもできないのに。なにを言っているんだろう？

私なんかより自分の心配をするほうが先なのに。本当にお人よしなんだから……。

あの後、大人たちから私が取り乱した理由を彼女は聞いたはずだ。私が彼女を身代わりにしたとは誰も知らないけれど、子供なら両親が殺されたのは私のせいだと責めても不思議ではない理由だ。

なのに彼女は一度も私を責めなかった。もし、聞いた理由以上の罪があるとしても、子供である私に責任なんてないと断言した。それでもまだ、なにも知らないからそんなふうに言えるとうじうじする私に、次になにかあった時助けてくれればいいと言ってくれた。

その差し伸べられた手に、私がどれだけ救われたか。彼女はきっと一生知ることはないだろう。

あれから私は、私の理想像そのものに育っていく彼女を、傍で見守ることに幸せを感じて生きてきた。

したくない結婚をしたのも彼女の傍にいるためだった。できれば私も彼女のように仕事をして、自立して生きたいと思っていた。けれど、グレース家の両親はそれを許すような人たちではなかったし、目立つような生き方はなるべく避けたかった。どこで彼らに目をつけられるかもわからない。

そんな打算の上で選んだ夫は、父の部下だ。遠くに嫁ぎたくない私にとって都合のよい彼は、喜んでうちの婿養子になってくれた。後継ぎを得られ、両親もとても喜んだ。私はこれで彼女と離れずにいられると秘かにほっとしていた。

恋いこがれて得た伴侶ではなかったけれど、夫は私を大切にしてくれた。子供も授かり、私はまったく望んでいなかった結婚で、穏やかな家庭を手に入れ安息を感じることができた。子供たちを守らなければと強く思うようにもなり、生みの親と育ての親、両方の気持ちが痛いほどわかるようになってしまった。

利己的で、保身ばかり考えて生きてきた私が、それまで知ることのなかった気持ちだ。

私のせいで死んだのかもしれない本当のクレアを思い、グレース夫妻に申し訳ないと、できるならお父様の罪を懺悔したかった。

それから、私の身代わりになったせいで重傷を負い、子供を産めなくなった彼女にも……。

安寧を得て、幸福を感じられるようになるほど、私の罪悪感は増していった。彼女に謝罪できないのなら、どうにかして同じだけの幸せと奪ったものを返したいと願った。

その願いを、今やっと叶えられるかもしれない。

お父様が私の体に刻んだ、メッセージが残るお腹のあたりを見下ろす。ずっとここに、願いを叶えるものが眠っていたなんて、こんなひどい話があるかしら。

乾いた唇から、笑い声がもれ目に涙がにじんだ。

頑丈なドアの外で刑務官の声がする。面会の時間になったので準備をしろと。

白紙のままの便箋に、私はさらさらとペンを走らせた。短い結婚を祝う言葉だけをつづる。それしか書けなかった。

要件は面会相手に伝えてもらおう。そしてあとは、彼女が判断すればいい。

私からの贈り物を受け取るかどうかを……。

*

海軍の礼装をしたシリウスにエスコートされて甲板にでると、周囲から拍手と歓声がまき起こり、色とりどりの花弁が紺碧の空に舞い、白いウエディングドレスの上に落ちて彩りを添えた。細かなガラスビーズでボタニカル柄が刺繍(ししゅう)されたドレスは、シンプルな細身のデザインでありながら豪奢(ごうしゃ)だった。裾は歩きやすい短いトレーン。ベアトップに、レースの長袖ボレロ。艶やかな黒髪を結い上げた頭は、ベールではなく網レースのついた小さな帽子で飾っている。

変に可愛らしすぎたりしない、地味好みのコーネリアが納得するウエディングドレスだった。結婚パーティと新婚旅行のために仕事を詰めていて、ドレスのデザインは執事とメイド任せにしていたが派手なデザインにされなくてよかった。クレアがいたら、ここぞとばかりにどんなデザインにされたかと考えそうになり、コーネリアは一瞬だけ憂いの表情を浮かべた。

二人の結婚パーティに招待されたのは、ごく近しい間柄の身内と友達。それと、この船に乗っている船員――海軍関係者だけだった。パーティ会場に選んだのは軍艦。それもスカイ提督の船で、

しばらく航海にでる予定のないものだ。今は整備点検中ということになっているが、ほとんどの調整は終わり港で休んでいる状態だった。それを借りて沖にまででてパーティを開いたのは、ゴシップ誌などの記者の目を避けるためである。

海と空に囲まれただけの軍艦の上。解放感がありながらプライベートもしっかりと守られる環境だ。甲板も普通の船より高い位置にあるので、船で追いかけてくる者があったとしても、船上のパーティを写真などに収めるのは難しい。

「それにしても、聞いていたより人が多いような気がするんだけど？」

祝福してくれる彼らに、コーネリアはやや引きつった笑みを返しながら緋色の絨毯を歩き、隣のシリウスに小声で詰め寄る。

「軍艦で結婚パーティをすると言ったら、招待してない者も集まってしまいまして……ちょうど、休暇中だった海軍仲間が多くいたせいですね」

「私、目立ちたくなかったんだけど」

「すみません。でも、これから新婚旅行先まで航海する予定なので、不測の事態に備えて人員はあったほうがいいですから」

この船上パーティは、新婚旅行の足も担っていた。新婚旅行先まで招待客を乗せたまま航海し、二人を現地に置いたら出港した港に戻る予定になっている。要するに招待客もちょっとした船旅を味わえる。

「やっぱりパーティなんてしなければよかった」

みんなで集まって騒ぐのは嫌いではない。ただ、自分がその輪の中心になり見世物みたいになるのは、コーネリアの苦手とするところだ。場の空気を壊すような態度はとれないし、自分の都合でパーティから抜けるのも難しい。花嫁として笑顔を振りまいていないといけないのも、頬の筋肉が引きつってつらい。

「そう言わないでください。軍で堂々と長期休暇がとれるのなんて、慶弔関係だけなんですから」

当初、コーネリアは婚姻届けを提出するだけでじゅうぶんだと、断固として結婚式もパーティも拒否していた。長年お世話してきた女主人の結婚に喜ぶ執事の泣き落としも、ジャスミンの「綺麗なドレスが見たい！　トレーンベアラーになって私も可愛いドレスが着たいわ！」というおねだりも、叔父の「スカイ家の面子も考えなさい」という説教にも屈しなかったコーネリアであったが、シリウスの「長期休暇がほしいです」の悲壮感がこもったお願いに折れることとなった。

基本、軍人には交代で週一日の休みが与えられている。他に有給休暇もとれるようになっているが、いざ国の有事が起これば有給休暇も定休日もなくなる。へたをすると数ヵ月や数年単位で休みがなくなる仕事だった。

幹部であってもそれは同じで、むしろ上の立場であればあるほど代わりがいないので休んでなんていられない。また有事に休んで遊んでいたとなれば、記者たちの格好の餌食となり叩かれることとなる。

そういう職場環境にコーネリアも同情を禁じ得なかった。自由に休みが設定できる自分と違い、公僕であるシリウスにとって休みはとても貴重なもの。しかも海軍は、一度任務で航海にでると数ヵ月単位で家に帰れず、船上――要するに仕事場で寝起きするので、休みがあってないようなものだ。

だが、慶弔休暇に関してだけは扱いが違った。もちろん国を揺るがす有事となれば話は別だが、ちょっとした事件や事故、災害、小規模なテロ程度ならば、慶弔休暇中の者は絶対に呼びだされない。呼びだしてはいけないという暗黙のルールがあるらしい。

その中でも慶事休暇。結婚式やパーティ、新婚旅行などの休暇は長期間とれる。有給休暇も含めれば、最長で一ヵ月ほどは認められていた。

ただし、同僚や上官を招いての結婚式やパーティもせずに、新婚旅行の長期休暇だけほしいというのは難しかった。軍規では問題ないが、感じが悪い。経済的や、なにかやむをえない事情があるならまだしも、スカイ家の息子であるシリウスにそういった理由がないのは明白だ。

という内容をシリウスからとうとうと説明され、コーネリアは仕方なくこの度の結婚パーティを承諾した。記者の取材がこないことと、招待客を絞ることを条件に。

「ああもう、こんな観衆の中で誓いをたてなきゃならないなんて……」

甲板に集まった招待客を改めて見回し、溜め息をつく。

面倒な人間関係がある貴族の招待は、軍艦でパーティをすることで絞れた。豪華客船ではない軍艦では、貴族が満足するもてなしは出来ない上に、宿泊は軍人が寝起きする部屋を借りる。清潔ではあるが、部屋もベッドも狭くて簡素だ。おかげで、この結婚パーティに参加したいという貴族はぐっと減り、喜んで招待を受けたのは心から二人の幸せを願っている人間か、軍艦に興味深々な変わり者だけとなった。

ただ、貴族の参加を絞れたぶん、軍人が増えた。ほとんどシリウス関係の招待客だが、多くは招待されていない軍人たちだった。彼らは結婚パーティにかこつけてバカ騒ぎがしたいのだ。シリウスもスカイ提督もそのへんには寛容で、コーネリアも別に嫌ではない。修理工の男どもに比べたら、軍人のほうが統率がとれていて上品だ。貴族的な優雅さには欠ける結婚パーティだが、気を張っていなくていいのでコーネリアの性には合っている。

しかし、すでに酒を手にして酔っている彼らの中心で誓いのキスをするのかと想像すると、羞恥で今にも逃げだしたい気持ちになる。きっと大いにはやし立てられることだろう。

「コーネリア、嫌なら誓いをたてるだけでもいいんですよ」

耳元で話しかけられ顔を上げると、いつの間にか絨毯の端まできていた。

「ちゃんとするわよ。嫌じゃないの、恥ずかしいだけだから」

自分の我が儘でシリウスに恥はかかせられないし、場の空気を盛り下げる気もない。ちらりと視線を向けると、さっきまで申し訳なさそうな顔をしていた彼が、口元をほころばせている。というか、にやけていた。

なにがそんなに嬉しいのかわからないが、にらみ返すとシリウスは慌てて口元を引き締めて祭壇の前で足を止めた。

結婚の誓いをするために、簡易に作られた祭壇にはスカイ提督が立っている。婚姻には、資格を持った立会人が必要で、神父や牧師、判事などが有資格者だ。そして船長——スカイ提督にもその資格があった。

提督が結婚の意志を確認する形式的な台詞を口にし、二人は誓いの言葉を返す。そして向かい合った。

シリウスの手が肩にかかり、目の前が陰るのを見て瞼を閉じた。緊張と羞恥で固く結ばれた唇に唇が重なると、歓声とはやし立てる声が聞こえてきて、すぐにでも体を離したくなる。けれど、シリウスの口づけはなかなか終わらなかった。少し我慢していれば終わると思っていたコーネリアは、自身の腰を抱く彼の胸を軽く叩く。もう離してと合図を送るように。

すると終わるどころか、ぐっと腰を強く抱き寄せられ、口づけを深くするように合わせる角度を変えられる。緩んだ唇の隙間から舌が入ってこようとして、思わず手にしていた白薔薇のブーケでシリウスの横っ面を殴っていた。

「なっ……長いわよっ！」

衝撃で離れていったシリウスにそう言うと、悪びれた様子もなく「すみません、つい……」と返される。きつくにらみつけるが、幸せそうに緩みきった笑顔を浮かべるだけ。背後では、今の一幕に受けて笑う声やはやし立てる声が上がっている。

「もうっ、からかわないで！」

振り返ったコーネリアは、真っ赤になってそう叫ぶと、手を振り上げて少し形が歪んでしまったブーケを投げた。ひときわ大きな歓声が上がり、軍人たちのブーケ争奪戦が始まった。酔いの回った彼らはとても楽しそうで、他の招待客もこういうバカ騒ぎを敬遠することもなく、なし崩し的に賑やかなパーティへとなだれこむ。

ジャスミンやウィリアムも楽しそうに笑っている。ただ、苦笑しながら拍手する叔母の隣で、叔父だけが頭を抱えて大きな溜め息をついていた。

ほろ酔い加減のコーネリアは、シリウスに抱きかかえられ今夜の寝室となる部屋にやってきた。幹部専用の部屋で、他の部屋に比べて広く、寝室だけでなく居間もありバスやトレイも揃(そろ)っている。甲板ではまだパーティが続いていて、盛り上がった軍人たちが軍歌を熱唱する声がかすかに聞こえてくる。

「なんかいつもより体がふわふわして目が回る」

ウエディングドレスのままベッドに寝かされたコーネリアは、ぐったりと手足を投げだす。そんなに飲んでいないはずなのに。輪の中心にいて疲れたせいだろうか。

「船が揺れるからでしょうね。慣れていないと、よけいに揺れている感じがして、酒の回りも早くなるみたいですよ」

コーネリアより飲んでいたのに、シリウスは足元もしっかりしていて顔色も変わっていない。礼装の上着を脱ぎ、グラスについだ水を差しだしてくれる。彼に抱き起こしてもらって水を飲み、一息ついたところでノックの音が部屋に響いた。

「やあ、久しぶりだね！」

シリウスがドアを開くと、パーティに招待していないロレンソが部屋に入ってきた。コーネリアは顔をしかめ、シリウスは目を丸くしている。

ロレンソを招待しなかったのは里親の一件があったからだ。そしてその後シリウスとの結婚が決まり、無事にウィリアムとジャスミンの里親になれた。籍を入れて養子にするのも考えたが、グレース籍でクレアの子供のままでいたいという二人の願いを聞き入れることにした。

「なにしにきたの？　そもそも、どうやって乗ってきたの？」

出港時には乗っていなかったはずだ。

「密航でもしたんですか？」

「先輩に向かって、ひどい言いようだな。これから商談で隣国に赴く予定で、うちの船をだしたんだ。その航路に君たちの結婚パーティをする軍艦があった。だからついでにお祝いしてからいこうと、船を横付けして乗りこんだんだよ」

船を待たせているので、用がすんだらすぐに引き上げるとロレンソは言う。

「それにしても、私に招待状も送らないなんて失礼じゃないか？　シリウスとは仲が良かったつもりなのだが」

「たまたま卒業校が同じなだけで先輩風ふかせないでください。あと、招待状を送らなかったのはコーネリアに手をだそうとしたからです」

穏健なシリウスにしては珍しく、冷淡な態度だ。ロレンソは気にしたふうもなく、にこりと笑い返してからコーネリアを振り返った。

「これからお楽しみというところに乱入して悪かったね」

頬から首筋、鎖骨へと舐めるように這わされるロレンソの視線に、脱げかけていたボレロの前を慌てて合わせる。シリウスが無言でロレンソの腕を掴み、強制的に部屋の外へ連れだそうとした。

「待て待て！　私はグレース夫人から結婚祝いを預かってきただけだ！」

引きずられるようにドアへ向かっていたロレンソの言葉に、シリウスが足を止める。コーネリアはベッドから飛び降りて、二人に駆け寄った。酔いが一気にさめた。

「クレアからなにを預かったの？」

シリウスの腕を振りほどいたロレンソが、手紙を取りだす。簡素な白い封筒だった。

『結婚おめでとう、コーネリア。結婚祝いを贈ります。いつまでも幸せに』

たしかにクレアの筆跡だが、贈り物がなにか書いていない。首を傾げてロレンソを見ると、急に真剣な面持ちになった。

「彼女からの贈り物はエリエゼルだ。君の古い怪我を治してやってほしいと頼まれた」

彼の言葉に息を飲み、手紙を持つ手が震えた。それは、子供が産めるようになるかもしれないという意味だった。

「ロレンソ商会は、彼女の娘ジャスミンを治すのと同じで、君への治療も無償でするつもりだ。彼女が守ってきたエリエゼルの製法の価値を考えれば、無償で治療する人間が一人増えてもお釣りがでるぐらいだ。それに新しい臨床のサンプルも手に入る」

昔の傷がエリエゼルでどれぐらい治るか、それを観察するいいサンプルになるのでぜひ治療を受けてもらいたいとロレンソは続けた。

「ただ、治療を受けるかどうかは君次第だ。嫌なら拒否してもらってかまわないよ。グレース夫人もそう言っていた。決心ができたら、ロレンソ商会に連絡をくれ。君の名前をだせば、私に繋ぐよう手配してある」

そう言うと、ロレンソは踵を返し「では退散するよ。お幸せにね」と手を振って帰っていった。

「コーネリア……どうします？」

どれぐらい時間がたったのか、手紙を持ったまま立ちつくしていたコーネリアを、シリウスが背後からそっと抱きしめてきた。

「……わからない。だって、そんなこと考えたこともなかったし。急だから、どうしていいか」

怪我を負ってすぐの頃、子供が産めなくなったという事実はまだふんわりとした不安なだけで、現実味も深刻さもなかった。仕方ないかと思う程度だった。それから思春期や適齢期を迎え、自分が他の女性とは違うのだという疎外感を少しずつ持つようになった。

年頃だったコーネリアにも、叔父経由で見合い話はいくつか届いた。仕事で関わる男性からデートに誘われることも稀にあった。けれど誰も彼も、コーネリアが妊娠できないことを告白すると離れていった。貴族の間にその事実が広まってからは、見合い話はまったくこなくなった。

叔父夫婦がいろいろ気を回してくれたおかげで、コーネリアに失礼なことを言う人間はいなかったし、嫌な話が耳に入ることもなかった。それでも少しずつかすり傷が増えるように、心の深い場所が曇っていった。そうやってコーネリアは過去の傷や現実を受け入れてきた。もし、普通の女性としての幸せも選択肢にあったなら、女独りで生きていく覚悟はしなかったかもしれない。

意地を張っているつもりはないが、家族や家庭を持つのはあきらめてきた。自分には手の届かない場所にある幸せだと思っていた。

それが今は、目の前にある。シリウスに愛され、結婚し、ウィリアムとジャスミンの里親にもなれた。もうこれでじゅうぶん幸福だ。これ以上を求めたら罰が当たると思うほどに。

なのに、シリウスとの子供を持てるかもしれないという事実に、喜ぶよりも呆然とする。エリエゼルの謎を解いた時に、こんなことは考えもしなかった。

「クレアってば……とんでもないお祝いを寄こすのね」

そうこぼして、シリウスに笑いかけたつもりだったが、声が震え涙で視界が揺れた。

「どうしよう……私、長い時間をかけて今の私を受け入れてきたのよ。今さら、こんな……私に産めるのかしら？」

エリエゼルで治療して、どれぐらいで傷ついた内臓が快復するのか。快復したとして、妊娠は可能なのか。年齢的にも不安がある。妊娠可能な体になっても、もう妊娠は難しいかもしれない。ぬか喜びになってしまうかもと思うと、なにもしないほうがいいのではと心が揺れる。

「大丈夫ですよ。コーネリアなら産めます。もし駄目だったとしても、今まで築いてきたものがなくなるわけじゃありません。俺の気持ちだって変わりませんよ」

シリウスの腕の中で体を反転させられ、涙のにじむ目尻や頬に口づけられる。

「愛しています。だから、怖がらないで……治療についてはゆっくり納得のいく答えをだしていきましょう」

「そうね、そうするわ……」

うなずくと唇を優しくふさがれ、ベッドへ連れていかれた。押し倒され、口づけが深くなる。

「もう、今夜は俺のことだけ考えてください」

情熱的な囁きの後、耳朶を甘噛みされ、ウエディングドレスと下着を手早く脱がされた。甘くとろけるような愛撫を全身にほどこされ、舌と指で何度もいかされ身も心もぐちゃぐちゃに乱される。シリウスが触れなかった場所はないぐらいに体中を舐め回され、快感に意識が飛びかけては、淫らな刺激にまた意識が戻るのを繰り返す。

「もっ、もう……だめぇ、ああぁッ！　シリウス、お願い……っ」

何回、絶頂を迎えたのかわからない。苦しいほどの快楽にすすり泣き、シリウスを求めると、濡れそぼった蜜口に硬い切っ先を押し当てられた。一気に中を貫くそれに、内壁がびくびくと痙攣してからみつく。中をこするようにかき回され抜き差しを繰り返されると、コーネリアのあられもない声が止まらなくなった。

「ああぁんっ、いやぁ……ンッ！　いっ、あぁぁ……いいっ……！」

繋がった場所から蜜があふれ、いやらしい濡れた音が部屋に響く。そうやってまた何度も達して、たくさん愛されて夜はふけていった。


「え……目的地ってここなの？」

軍艦から下ろされた小舟に乗って連れてこられたのは、見覚えのある小さな島だった。シリウスは小舟を砂浜に上げ、流されないように近くの木にロープで固定すると、荷物を持ってコーネリアの傍までやってきた。

「そうですよ。ここが新婚旅行先です」

にっこりと微笑み返すシリウスを呆然と見上げる。

「ここって、あの無人島じゃない。なに考えてるの？」

豪華客船から落ち、流れついたあの無人島だ。思い出の場所と言われればそうだが、ここを新婚旅行先に選ぶなんて思いつきもしなかった。

当初、新婚旅行先はコーネリアのいきたい場所でいいということになっていた。けれど、仕事や趣味関係の旅行先ばかり上げる彼女に、シリウスが溜め息をついて前言撤回したのだ。このままだと、新婚旅行ではなく仕事道具の買い付け旅行になり、シリウスは荷物持ちになるところだったからだ。

コーネリアにもその自覚があったので、シリウスに任せることにした。その後、どこにいくか教えてもらえず、「ついてからのお楽しみです」とはぐらかされ続けたのだ。

「ここなら誰にも邪魔されませんし、コーネリアも仕事ができないでしょう」

「……そうね、したくても無理だわ」

たとえ仕事の買い付け旅行にならなかったとしても、いった先々でコーネリアならば仕事関係のものに興味を持ち、シリウスを放置して没頭しかねない。だが自然しかないここなら、邪魔するものはなにもないだろう。

どうもシリウスは、だんだんとコーネリアの扱いに慣れてきているようだ。

「でもちょっと待って。ここで二週間もサバイバル生活するの？」

休暇は三週間。そのうちの二週間を旅行に当て、残りの一週間は邸でゆっくりしようということになっている。しかし、二週間もまたサバイバル生活をするのかと思ったら、少しだけげんなりする。

「いいえ、前ほどのサバイバルにはなりませんよ。ついてきてください」

コーネリアの荷物も持ったシリウスのあとを歩いていくと、島に流れ着いた日に通った獣道につく。けれどそこは、綺麗に草が刈られて獣道というより、ちゃんとした小道になっていた。その先の岩場も石が切りだされて階段ができている。人の手が入って整備されたとしか思えない有様に驚いていると、二人で寝起きした泉の畔にこじんまりした小屋が建てられていた。

温暖で湿気の多いこの島に合わせた、涼しそうな作りの小屋で、コテージと言ってもいいだろう。

そして二人を歓迎するように、花やガーランドで小屋は飾られていた。

「どうしたの、これ？」

「新婚旅行先に悩んでいたら、軍の仲間がアイデアをだしてくれて、ついでに結婚祝いということで小屋まで建ててくれたんです。保存のきく食料や生活に必要なものが、小屋に揃えてあるので、そんなにサバイバルしなくても大丈夫ですよ」

他にも発電機が置いてあるので電気も使えるし、なにかあれば無線機で外とやり取りも可能だぞうだ。一週間後には、問題が起きてないか近くを通る巡視船が様子を見にもきてくれるという。

「気に入りましたか？　嫌なら、すぐにでも帰れますよ」

少しだけ不安そうにシリウスがこちらをうかがう。子犬のような目で見つめられ、コーネリアは思わず声を上げて笑った。

「とても素敵で気に入ったわ。ありがとう、シリウス！」

荷物で両手が塞がった彼の首に、背伸びして抱きつき口づけた。

近くで鳥たちが羽ばたく音がして一陣の風が吹き、潮の香りと花々の甘い香りを運んできた。まるで、二人の新しい門出を祝うようだった。

あとがき

こんにちは。または、初めまして、青砥あかです。

今回はスチームパンク世界でティーンズラブを書いてみました。初めて書く世界観でドキドキしましたが、いかがだったでしょうか？

スチームパンクを書くにあたり、いろいろ調べていたのですが、実に奥が深くて面白い世界ですね。また、とても懐が深くもあるのだなと思いました。私はこれまで、ヴィクトリアン朝に蒸気機関や歯車など、それらが合わさったものがスチームパンンクと思いこんでいました。でも、それだけではなくて、自由な発想でいろんな時代や国、技術とからめて描いたり、ファッションを楽しむ世界なのですね。

いろいろな作品がスチパンとして紹介もされていて、「ええ！　それもスチパンなの！」と驚いたり（スチパンとは思わずに読んでいた作品が多数ありました）、新たな発見があったりと、資料をあさっているだけでも楽しかったです。

とにかく自由度の高い世界観がスチパンの魅力かなと思います。機会があったら、また書いてみたいですね。

さて、スチパンといえばやっぱりアクションやヒロインが強いというイメージが私にはあり、ヒロインのコーネリアは気が強くて自立した、一人でも生きていけるタイプのキャラになりました。そして、できるかぎりアクションも盛りこもうとがんばったところ、担当さんには「ＴＬなのにドンパチしすぎ」と言われました。私としてはまだまだドンパチが足りない気がしたのですが……これ以上、ドンパチにページをさくとエロがなくなるなと思って自重しました。
　世界設定も戦後で、ちょっと暗めですね。おかげで、キャラがみんな不幸な生い立ちを背負うことになってしまいました。キャラについてあんまり書くとネタバレになりそうなので、このへんでやめておきます。

　この作品は去年メクるで連載していたものになります。それを加筆修正して、最後にエピローグを書き加えています。一応、エピローグ前で物語は完結しておりますので、エピローグは後日談です。連載で最後まで読んでくださった方も、初めてお読みになる方も、楽しんでいただけると幸いです。

29歳独身レディが、年下軍人から結婚をゴリ押しされて困ってます。

2018年4月17日　初版第一刷発行

著	青砥あか
画	なおやみか
編集	株式会社パブリッシングリンク
装丁	百足屋ユウコ＋モンマ蚕（ムシカゴグラフィクス）

発行人	後藤明信
発行	株式会社竹書房

〒102-0072　東京都千代田区飯田橋2-7-3
電話　03-3264-1576（代表）
03-3234-6301（編集）
ホームページ　http://www.takeshobo.co.jp

印刷・製本　中央精版印刷株式会社

ISBN 978-4-8019-1440-7
Printed in Japan